MEIN HERZ GEHÖRT DIR, COWBOY

Die Cowboys von Mule Hollow Serie
Buch fünf

DEBRA CLOPTON

Mein Herz gehört dir, Cowboy

Copyright © 2019 Debra Clopton Parks

Alle Rechte Vorbehalten

Mein Herz gehört dir, Cowboy

AUF DEM WEG NACH KALIFORNIEN KANN CHOCOLATIÈRE DOTTIE HART EIN MÄDCHEN NICHT ABWEISEN, DAS PER ANHALTER NACH MULE HOLLOW, TEXAS, UNTERWEGS IST. DA SIE SICH SORGEN UM DEN TEENAGER MACHT, WECHSELT DOTTIE DIE RICHTUNG UND FÄHRT IN DEN WINZIGEN ORT, DER AUF DER SUCHE NACH EHEFRAUEN FÜR SEINE COWBOYS ZEITUNGSANZEIGEN GESCHALTET HAT.

SHERIFF BRADY CANNON HAT GENUG ÄRGER AM HALS MIT DEM CHAOS, DAS DIE KUPPELWÜTIGEN ALTEN DAMEN DES ORTES AUSGELÖST HABEN. ALS DIE ATEMBERAUBENDE CHOCOLATIÈRE MIT EINEM HERZEN SO SÜSS WIE ZUCKER AUFTAUCHT, TRÄUMT ER PLÖTZLICH VON SCHOKOLADENKÜSSEN UND EINEM HAPPY

END … DOCH ER HAT SEINE GRÜNDE, SINGLE ZU BLEIBEN.

KÖNNEN DIE KUPPLERINNEN DES ORTES SIE DAVON ÜBERZEUGEN, SICH DER HERDE EINSAMER COWBOYS AUF DER SUCHE NACH LIEBE ANZUSCHLIESSEN.

KAPITEL EINS

Als sie die einsame Gestalt in ihrem Seitenspiegel sah, trat Dottie Hart heftig auf die Bremse und brachte ihr urzeitliches Wohnmobil abrupt zum Stillstand.

Was um alles in der Welt dachte sich dieses Kind nur?

Einen Moment später war Dottie ausgestiegen und beobachtete, wie das Mädchen ihr auf dem Seitenstreifen des hektischen Highways entgegengejoggt kam. Die Welt war voller Verrückter, die nur darauf warteten, ein Mädchen wie sie in die

Finger zu bekommen – und sie fuhr per Anhalter!

Heute würde ihr nichts passieren, denn heute war sie Dottie aus gutem Grund über den Weg gelaufen, und Dottie war jemand, der so etwas nicht ignorierte.

„Hey, danke, dass du angehalten hast", sagte das Mädchen und ließ ihren Rucksack vor Dotties Füße fallen.

Sie war ein Teenager, vielleicht schon zwanzig, älter, als Dottie zuerst gedacht hatte, doch definitiv zu jung, um per Anhalter durch die Gegend zu reisen!

„Klar, gerne doch", sagte Dottie. „Sieht aus, als ob Gott heute seine schützende Hand über dich gehalten hat."

Das Mädchen schob trotzig das Kinn vor und runzelte die Stirn. „Du meine Güte! Gehörst du zu diesen Spinnern, die Anhalter mitnehmen, um ihnen dann irgendwelchen Religionsmist aufzuzwingen?"

Dottie schüttelte den Kopf. „Sehe ich aus, als wäre ich so mutig?"

Das Mädchen entspannte sich ein bisschen, wirkte aber immer noch argwöhnisch. „Nein. Und ich fahre mit dir, weil ich dringend weitermuss. Übertreib's nur nicht mit dem Gottkram. Der Alte und ich verstehen uns gerade nicht so gut."

Dottie sah das Mädchen an. „Das tut mir leid. Komm, lass mich dir mit dem Ding helfen."

„Hey, hey!" Das Mädchen riss ihren Rucksack zurück, als Dottie danach griff. „Ich trage meinen Kram selbst, Lady. Du hast zwar den fahrbaren Untersatz, aber ich habe Rückgrat. Und ich sag dir, so wie dein fahrbarer Untersatz aussieht, würde ich sagen, dass mein Rückgrat länger durchhält. Wie alt ist das Ding?"

„Hey! Pass auf, wie du über mein Wohnmobil sprichst!" Dottie tätschelte die Seite des Fahrzeugs. „Es ist keine Schönheit, aber das Baby wird uns hinbringen, wohin wir wollen – und das lange, bevor es seinen letzten Atemzug macht." Sie ging zur Tür, öffnete sie und warf einen Blick über ihre Schulter. „Wenn du mitfahren willst, schmeiß deine Tasche rein, damit wir weiterfahren können."

Während Dottie in den Wohnbereich des Wohnmobils kletterte, kämpfte sie gegen die Nervosität an, die sich einzuschleichen drohte, und redete sich ein, dass alles gut werden würde.

Du nimmst einen Anhalter mit!

Stimmt, aber beruhige dich, sagte sie zu sich selbst. Hier lagen keine Verbrecher in den Büschen auf der Lauer, die das Mädchen als Lockvogel benutzten. Sie sah auch nicht aus wie eine jugendliche Axtmörderin aus, darum würde schon nichts schiefgehen. Wirklich.

Als Frau musste sie ab und zu ein Risiko eingehen, oder nicht? Sie hatte eine zweite Chance in ihrem Leben bekommen und würde sich dafür dankbar zeigen, indem sie jedem half, dem sie helfen konnte.

Nicht, dass sie anderen empfohlen hätte, als alleinreisende Frau Fremde am Straßenrand aufzugabeln. So etwas hatte sie noch nie getan. Und wenn ihr Bruder davon erfahren würde, würde er ihr wahrscheinlich dafür das Fell über die Ohren ziehen, doch es fühlte sich richtig an. Und das reichte Dottie, um es zu tun.

Sie war auf dem Weg, ihren neuen Job in einem Frauenhaus anzutreten, einem Zuhause für gefährdete Frauen. Wie sollte sie in den Spiegel blicken, wenn sie an einer vorbeifuhr, ohne ihr zu helfen?

Das könnte sie nicht. Darum war's das. Die Entscheidung war getroffen. Fall abgeschlossen. *Entspann dich.*

Sie nahm den Plastikbeutel mit Gummihäschen vom Armaturenbrett und hielt ihn dem Mädchen entgegen. „Magst du welche?"

„Gerne", sagte sie, schlug die Beifahrertür zu und griff nach dem Beutel.

Während sie ihr beim Verspeisen der Süßigkeiten zusah, entspannte Dottie sich noch weiter. Ja, sie sollte so schnell wie möglich nach Kalifornien fahren, doch das Mädchen brauchte offensichtlich eine Freundin.

„Im Kühlschrank sind Getränke, falls du Durst hast. Und richtiges Essen." Sie verkniff sich weitere Kommentare und lächelte. „Ich bin übrigens Dottie Hart", sagte sie und begegnete dem Blick der haselnussbraunen Augen des Mädchens, die ihren eigenen nicht unähnlich waren.

„Ich bin Cassie Bates", sagte sie und schob sich einen der kleinen Gummihasen in den Mund. „Ich bin auf dem Weg nach Mule Hollow – wo die Männer groß sind und Frauenmangel herrscht."

„Was?", lachte Dottie und schob sich selbst einen Gummihasen in den Mund. „Was soll das denn heißen?"

„Du weißt schon *Liebe ist in der Luft und in den Haaren!*", trällerte sie.

Dottie starrte sie an – vielleicht hatte hier jemand eine Schraube locker, doch Dottie war das nicht.

„Du hast wirklich keine Ahnung, wovon ich rede?", fragte Cassie mit großen, ungläubigen Augen. Ein vorwurfsvoller Blick, der fragte *lebst du hinterm Mond?*

„Nicht die geringste. Aber jetzt hast du mich neugierig gemacht." Extrem neugierig.

Cassie schob die Hand in ihre Gesäßtasche, zog einen Stapel Zeitungsauschnitte heraus und wedelte damit. Ordentlich ausgeschnitten und zu einem knapp einen Zentimeter dicken Bündel gefaltet.

„Das ist Mule Hollow in Texas. Ein winziger Ort irgendwo, wo sich Fuchs und Hase gute Nacht sagen. Sie haben Anzeigen geschaltet auf der Suche nach heiratswilligen Frauen, die bereit sind, dorthin zu ziehen und ihr Happy End zu finden."

Oh Gott, absurder ging es nun wirklich nicht. „Du sagst, dass es einen Ort in Texas gibt, der Anzeigen schaltet, um Frauen dazu zu bringen, Männer aus dem Ort zu heiraten?"

„Ja. Bist du taub? Das steht alles in Molly Popps Kolumne." Sie wedelte mit den Ausschnitten.

„Wer ist Molly Popp?"

„Molly Popp?" Wieder dieser vorwurfsvolle Blick. „Sie schreibt jede Woche einen coolen Artikel über alles, was in Mule Hollow so passiert. *Alle* lesen ihre Geschichten. Das ganze Internet muss voll davon sein. Aber ich habe weder einen Computer noch ein Handy, darum habe ich es in der Zeitung gelesen. Wo lebst du? Hinterm Mond?"

Wenn Cassie nur wüsste, dachte Dottie. „Lass uns einfach sagen, dass ich nicht viel Zeit zum Lesen hatte. Wem würde sowas Hanebüchenes einfallen? Bist du sicher, dass das eine echte Story ist und nicht nur so ein Ding, das sich die Zeitung ausgedacht hat, um Leser zu fesseln?"

„Oh, es ist real. Und ich gehe dahin, um ein neues

Leben anzufangen."

Dieser Wunsch war etwas, das Dottie nachvollziehen konnte. „Und wie wirst du das tun?"

Cassie sah sie ernst an. „Ich werde mir einen Mann suchen."

„W-wie bitte? Du kannst nicht einfach in einen Ort walzen und dir einen Ehemann aussuchen wie eine Bluse vom Ständer."

„Wer sagt das? Du solltest wirklich diese Artikel lesen." Wieder wedelte sie mit den Zeitungsausschnitten. „Das sind nette Typen. Männer, die wissen, wie man eine Frau behandelt. Sie wollen heiraten *und verheiratet bleiben*."

Dottie konnte nicht fassen, was sie da hörte. Doch offensichtlich war Cassie entschlossen, diese behämmerte Idee in die Tat umzusetzen. Was bedeutete das für sie? Dottie atmete tief durch und fragte sich, was sie tun sollte.

Du weißt die Antwort. Richtig. Sie hatte sich in dem Moment der Sache angenommen, als sie angehalten hatte, um Cassie mitzunehmen. Sie würde sich vergewissern, dass das Mädchen sicher war, bevor sie sie in diesem winzigen Kaff zurückließ. Aber einen Umweg machen? In ein wirklich schräges kleines Kaff am Ende der Welt fahren – einen Ort, der *Zeitungsanzeigen* schaltete, um Frauen anzulocken! Das war ein Szenario, das ihr nicht im Traum eingefallen wäre.

Doch selbst am Leben zu sein, hier zu sitzen und die Chance zu haben, überhaupt über ein solches Szenario nachzudenken, war ein Geschenk.

Dottie hatte drei Monate ihres Lebens im Krankenhaus mit dem Tod gerungen. Drei Monate. Seitdem war jeder Tag ein Geschenk.

Sie schloss die Augen und rang die Panik nieder, die immer noch jedes Mal in ihr aufstieg, wenn ihre Gedanken zu den dunklen Stunden wanderten, die dazu geführt hatten, dass sie im Krankenhaus gelandet war. Wie jedes Mal hyperventilierte sie beinahe beim Gedanken daran. Sie zwang sich, sich zu beherrschen. Sie wollte ihrem Fahrgast keine Angst machen.

Ja, sie hatte viel zu verarbeiten, doch sie hatte noch mehr zu feiern. Sie war am Leben. Sie war ein wandelndes Wunder, das den Wirbelsturm überlebt hatte, der ihr Zuhause verwüstet und versucht hatte, ihr das Leben zu nehmen, als alles um sie herum zusammengestürzt war. Wenn man wie sie drei Tage in einem dunklen Loch unter den Trümmern seines eigenen Hauses überlebt und gespürt hatte, wie seine Lebensenergie schwindet, konnte man zumindest versuchen, sich für die Gnade, die einem zuteil geworden war, zu revanchieren.

Die Bezahlung für diese Schuld wartete in Kalifornien auf sie. Sie wurde dort dringend gebraucht – Cassie Bates mit ihrem seltsamen Vorhaben war nicht Teil dieser Gleichung gewesen. Und doch gab es einen Grund dafür, dass sich ihre Wege gekreuzt hatten, und Cassie brauchte eine Freundin. Jemanden, der auf sie aufpasste, sie an einen sicheren Ort brachte und dafür sorgte, dass es ihr gutgehen würde.

Wie konnte Dottie ihr nicht helfen? Ein ganzer Einsatztrupp von Helden war zu ihrer Hilfe geeilt und hatte sie aus den kalten, feuchten Tiefen ihres Hauses befreit, das beinahe zu ihrem Grab geworden wäre. Sie war jedem einzelnen von ihnen dankbar dafür, dass sie den Extraschritt gegangen waren, um sie zu retten.

Wenn diese Männer ein solches Risiko für sie eingehen konnten, als die Chance, sie lebend zu finden, verschwindend gering gewesen war, konnte sie auch für dieses verzweifelt aussehende Mädchen da sein.

Kalifornien war immer noch ihr Ziel, doch sie konnte einen kleinen Umweg machen. Vorfreude erwachte in ihr. „Also", sagte sie und zog Cassies Blick an. „Wie kommen wir in dieses Mule Hollow?"

Sheriff Brady Cannon stand in Petes Futterladen und blickte aus dem Fenster hinaus auf Mule Hollows verlassene Hauptstraße, auf der die Schatten des Nachmittags über den Asphalt wanderten. Als das klapprige Wohnmobil um die Ecke gebogen war, hätte er sich fast an einem Sonnenblumenkern verschluckt.

Die Klapperkiste war gut zwanzig Jahre alt, und der verbogene Kühlergrill sah aus wie ein schiefes Grinsen angesichts der Fracht, die das Wohnmobil trug. Fracht, die gefährlich krumm und schief auf dem Dach des seltsamen Fahrzeugs angebunden war. Weiße Korbmöbel und anderer Kram, den er nicht ausmachen konnte, waren wild durcheinander auf dem Dach gestapelt. Vor seinem inneren Auge tauchte das Bild einer Cartoonfigur auf, die übers Land zog.

Während er das schräge Wohnmobil betrachtete, war er ein bisschen überrascht, einen Händler so früh hier zu sehen. Die ersten jährlichen Mule Hollow Handelstage würden erst in vier Tagen stattfinden. Was bedeutete, dass seine Kopfschmerzen ihm noch vier Tage Aufschub gewähren würden – Tage, für die er dankbar war. Doch Frühankömmlinge waren nicht gerade etwas, worüber er sich freute.

Als das jämmerliche Wohnmobil plötzlich ächzte und Rauch unter der Motorhaube hervorquoll, erwachte der Cartoon zum Leben. „Oh Junge, lasst die Spiele beginnen", stöhnte er.

Er reagierte instinktiv, warf seine Handvoll Sonnenblumenkerne in den Müll, nahm Petes Feuerlöscher von der Wand neben der Kasse und rannte los.

Schwarzer Rauch quoll unter der Motorhaube hervor, als er sich auf den heißen Hebel konzentrierte, hustend von den Dämpfen, die ihn einhüllten. Als der

Hebel endlich nachgab und er die Motorhaube aufstieß, musste er zurückspringen, um den Flammen auszuweichen, die aus dem Motorraum loderten. Zum Glück hatte er Petes Feuerlöscher im Anschlag und das Feuer in Sekunden gelöscht. Nicht, dass das den Motor noch hätte retten können – der war Geschichte.

„Oh nein!"

Als er das hörte, wirbelte er herum und fand eine äußerst dünne Frau mit rabenschwarzen Haaren und blass-braungrünen Augen. Geschockt vom Anblick des dampfenden Motors schwankte sie, und Brady ließ den Feuerlöscher gerade noch rechtzeitig fallen, um sie aufzufangen, als ihre Knie nachgaben. Er erschrak, als er spürte, wie leicht und blass sie war, als er sie in die Arme nahm. Ihre zarten Wangenknochen, die hervortraten, weil sie so dünn war, stachen ihm besonders ins Auge. Sie sah nicht gesund aus. Während er sie betrachtete, flatterten ihre Lider, und als sie sich auf die Lippe biss, konnte er die Willenskraft sehen, mit der sie ihre Lider zwang, nicht zuzufallen.

„Dottie, bist du okay?", rief eine Teenagerin, der

die Sorge ins elfenhafte Gesicht geschrieben stand, während sie nervös von einem Bein aufs andere trat.

„Ja ja, ich bin okay", versicherte sie dem Mädchen.

Brady war anderer Meinung. „Miss, Sie sehen gar nicht gut aus. Ich denke–"

„Mir geht's gut. Wirklich. Sie können mich wieder runterstellen."

Die Stärke in ihren Worten und die Entschlossenheit in ihren Augen ließen ihn gehorchen. „Wie Sie meinen." Vorsichtig stellte er sie auf ihre Beine, froh, als sie nicht wieder schwankte. Ein bisschen Farbe kehrte in ihre Wangen zurück, doch sie blieb ziemlich blass, auch wenn er sehen konnte, dass sie zart gebräunt war.

„Ich bin Dottie." Sie streckte ihm ihre zierliche Hand entgegen und lächelte gewinnend. „Dottie Hart. Tut mir leid wegen meinem … naja, dem da." Sie verdrehte die Augen und wedelte mit der Hand, als wollte sie das Geschehene verscheuchen.

Offensichtlich mochte Dottie Hart es nicht, zerbrechlich zu sein. Es sah aus, als wäre ihr ihre

Schwäche peinlich. „Keine Sorge", sagte er. „Doch so ungern ich es auch sage, Ihr Motor sieht nicht so gut aus." Sie presste ihre Lippen aufeinander. „Ach übrigens, ich bin Brady Cannon."

Ihr Blick wanderte vom Wohnmobil zu ihm. „Sheriff Cannon", sagte sie mit Blick auf den Stern auf seinem weißen Hemd.

Ihre Stimme war sanft, und ihre Augen … „Alle nennen mich Brady hier."

Sie nickte, lächelte jedoch nicht. Ihr Blick wanderte zurück zum Motor. „Danke, dass Sie das Feuer gelöscht haben. Gibt es einen Automechaniker in Mule Hollow, der mich wieder auf die Straße bringen kann?"

Sie sah ihn fragend an. Zwei senkrechte Linien bildeten sich zwischen ihren Augenbrauen. Er konnte beinahe sehen, wie ihre Gedanken um das Problem kreisten.

„Wir haben einen Mechaniker, doch leider ist der im Moment nicht hier. Er hatte einen Familiennotfall, um den er sich kümmern musste. Aber nächste Woche kommt er zurück. Doch ich bin mir nicht sicher, ob ein

Mechaniker ihren Motor reparieren kann."

„Naja." Sie presste ihre Lippen aufeinander, blickte in Richtung des Mädchens und begegnete seinem Blick. „Das werden wir sehen."

Sie holte tief Luft und schien eine Entscheidung zu treffen. „Ich wollte sowieso ein paar Tage bleiben."

„Das dachte ich mir. Sieht aus, als wären Sie die erste hier. Wir können ja schonmal alles aufbauen, dann kann Prudy kommen und drüben auf dem Platz nach Ihrem Motor sehen, wenn er zurückkommt. Ich rufe ein paar Jungs, die mir helfen können, ihr Wohnmobil zu–"

„Hey, Dottie, hier ist es!", fiel ihm die Teenagerin ins Wort. Sie winkte aufgeregt von der anderen Straßenseite, wo sie hin getrottet war, während sie sich unterhalten hatten.

Dottie lächelte und wandte sich dem Mädchen zu. Bradys Blick blieb an ihrem Lächeln hängen, fasziniert davon und von der unendlichen Tiefe ihres Blicks. Da war etwas an der Art, wie sie die Dinge betrachtete.

„Schau es dir nur an, Dottie!", rief Cassie.

„Was denn?", lachte Dottie, und selbst im Licht

der untergehenden Sonne glitzerten ihre Augen wie Licht, das von einem kühlenden Pool reflektiert wird.

Brady wusste, dass *es* der grellpinkfarbene Salon war, vor dem das Mädchen stand.

„Das ist Lacy Browns Heavenly Inspirations Salon!", rief sie. „Genau wie in den Artikeln!"

Sie presste ihr Gesicht wie eine Zweijährige an die Scheibe und starrte in den Laden. Das war ein zwischenzeitlich vertrauter Anblick für Brady und die anderen Bewohner von Mule Hollow. Wenn in den letzten Monaten Frauen nach Ladenschluss in den Ort kamen und Lacy schon nach Haus gegangen war, spähten viele durchs Fenster. Die Anzeigen hatten alles ins Rollen gebracht, doch Mollys Artikel über Lacy und Mule Hollow hatten den Ort über die Countygrenzen hinweg berühmt gemacht. Es erstaunte ihn, und an den meisten Tagen bereitete es ihm Kopfschmerzen.

„Sie liebt diesen Ort hier wirklich", sagte Dottie, als sie sich wieder zu ihm umdrehte.

„Mule Hollow und Lacys Salon scheinen auf manche Leute diese Wirkung zu haben. Die Einwohner zählen darauf. Warten Sie nur auf das Wochenende, wenn alle ankommen. Da sind dann mehr Nasenabdrücke an der Fensterscheibe als der von Cassie."

„Sie haben gesagt, ich wäre die erste? Klingt, als erwarten sie eine Menge Leute dieses Wochenende?"

Brady lachte und steckte seine Hand in seine Gesäßtasche. „Das können Sie laut sagen. Ich bin zu einem Gläubigen geworden, und wenn die Ladys sagen, dass es einen Besucheransturm geben wird, dann vertraue ich darauf, dass es einen geben wird. Einen Moment nur – ich organisiere nur jemanden, der Ihnen dabei helfen kann, von der Straße zu kommen und aufzubauen. Wir haben vor morgen mit niemandem gerechnet, aber das kriegen wir schon hin. Warten Sie einfach kurz, und ich bin gleich zurück."

Dottie blickte dem Sheriff nach. Gott, eben wäre sie beinahe ohnmächtig geworden! Sie hasste es wirklich, wenn das passierte. Und vor dem Sheriff – einem atemberaubenden Hünen von einem Mann–

Cassie kam zu ihr gejoggt. „Wohin geht er?", fragte sie. Ihre Energie erinnerte Dottie an ihre eigene vor dem Unfall. Oh, wie sehr sie diese Gesundheit vermisste, die sie als so selbstverständlich betrachtet hatte. Sie war achtundzwanzig und gerne täglich gejoggt. Sie musste geduldig sein und langsam weiter trainieren, dann würde sie wieder stark werden.

„Ju-hu, jemand zu Hause?" Cassie wedelte mit der Hand vor Dotties Augen herum und riss sie damit aus ihren Gedanken. „Tut mir leid", sagte sie. „Er ist jemanden holen gegangen, um uns von der Straße zu bekommen."

Cassie wirbelte herum und starrte Brady hinterher. „Glaubst du, dass er ein paar gutaussehende Cowboys holen wird? Das wäre toll. Wirklich toll."

Als sie die überschwengliche Begeisterung in Cassies Augen sah, dachte Dottie, dass es am besten war, sie ein bisschen zu zügeln.

„Cassie, vielleicht wäre es gut, wenn du dich diesen Jungs nicht gleich an den Hals wirfst."

Sie machte große Augen. „Wer hat was von an den Hals werfen gesagt? Ein Mädchen muss tun, was ein Mädchen tun muss. Nicht wahr? Wow! Schau dir das an!"

Ein riesiger schwarzer Truck bog um die Ecke. Was für ein Monster. Die Motorhaube war fast höher als ihr Kopf! Wow. Sie war beinahe genauso erstaunt wie Cassie.

Und das wollte etwas heißen, denn Cassie starrte den riesigen Pick-up mit offenem Mund an.

Als der Fahrer heraussprang, trat Cassie einen Schritt zurück und studierte den jungen Mann. Er trug verschlissene Jeans, Stiefel und ein ausgebleichtes T-Shirt. Er sprang aus dem Wagen wie jemand, der bereit war, sich jedem Abenteuer zu stellen, das ihm über den Weg lief. Er sah aus, als wäre er für jeden Spaß zu haben.

Dann stieg Sheriff Brady auf der Beifahrerseite aus, und er sah aus wie der Mann, der ihr aus dieser Misere heraushelfen würde. Dottie musste ihren eigenen Impuls, einen Schritt zurückzuweichen und ihn mit offenem Mund anzugaffen, unterdrücken. Der Mann war atemberaubend. Genug, um einer Frau auf einer Mission, die sie weit, weit von Mule Hollow wegführen würde, Schmetterlinge in den Bauch zu zaubern. *Reiß dich zusammen, Mädel.*

Sie schüttelte innerlich den Kopf angesichts ihrer lächerlichen Reaktion und konzentrierte sich auf den jüngeren Mann. *Ignorier den Sheriff.* Sie brauchte diese Ablenkung nicht.

Der Cowboy tippte sich mit der Hand an den Hut, dann schenkte er Cassie ein schiefes Hundertwattlächeln. „Sieht aus, als könntet ihr Hilfe brauchen. Einen Moment, und ich regle das für euch Ladys."

Er begann, Ketten von der Lagefläche seines Trucks zu ziehen, dann kroch er unter die Front von Dotties Wohnmobil – jedoch nicht, bevor er Cassie einen verstohlenen Blick zugeworfen hatte. Und Cassie, ja Cassie hielt Maulaffen feil.

Als der Sheriff herüberkam und neben Dottie stehen blieb, musste sie gegen den Drang zu fliehen ankämpfen. Sie war kein unhöflicher Mensch, und ihre eigenartige Reaktion irritierte sie. „Er weiß, was er tut, oder?", fragte sie, ein bisschen bestürzt darüber, dass es sich so anhörte, als zweifelte sie an seinem Urteil.

„Jake kann alles überall herausziehen."

„Woher weiß er, wie man das macht?" In dem

Moment, als sie die Frage ausgesprochen hatte, hätte sie sie am liebsten zurückgenommen, denn der Sheriff sah sie an, als hätte sie den Verstand verloren.

„Er mag zwar noch ein halbes Kind sein", sagte er und versuchte, dabei ein Lachen zu unterdrücken. Die Betonung lag auf *versuchte*, denn sie konnte es ganz klar sehen. Seine Lippen bebten, und Lachfältchen tanzten um seine Augen herum.

„Ah, sehen Sie nicht die großen Schlappen auf seinem Truck?", fuhr er fort. „Jake und seine Kumpels verbringen fast jeden Abend beim Mudding überall im County. Glauben Sie mir, wenn ich sage, dass er alles abschleppen kann."

Natürlich konnte sie das sehen. Doch– „Das sollte reichen." Jake rutschte unter ihrem Wohnmobil hervor, stand auf und ging hinüber zu seinem Truck, um die Kette am Abschlepphaken zu befestigen. Dottie hörte Cassie seufzen, als er zur offenen Tür des Wohnmobils eilte, sich hinein lehnte und die Gangschaltung auf neutral stellte. Als er die Tür zuschlug und wieder zu ihnen gejoggt kam, hatte Dottie ihre Bedenken vergessen und glaubte daran, dass er wirklich alles abschleppen konnte. Er wirkte auf jeden Fall kompetent.

„Kann ich euch rüber zum Stellplatz mitnehmen?"

„Oh ja! Ich meine, sicher", sprudelte Cassie heraus.

Miss toughes Mädchen war ein atemloses Häuflein Wackelpudding. Dottie musste sich zusammenreißen, nicht loszuprusten, als Cassie geradezu auf den Truck zu schwebte und auf den hohen Beifahrersitz kletterte.

Und dann, einfach so, war Dottie allein mit Sheriff Brady. *Überhaupt* keine Situation, mit der sie glücklich war.

„Wollen wir?", fragte er gedehnt, begleitet von einer einladenden Geste in Richtung seines Trucks.

Dottie zögerte, dann folgte sie ihm.

Es wurde schnell dunkel, als sie die Straße hinunter gingen. Im Dämmerlicht warf sie dem attraktiven Mann einen verstohlenen Blick zu. Er überragte alles um ihn herum … und um ihren gesunden Menschenverstand war es geschehen. Durch ihn war ihr jeder Schritt, den sie machten, bewusst.

Und das gefiel ihr nicht. Überhaupt nicht!

Aus heiterem Himmel flatterte ihr Herz. *Oh nein!*

Beinahe wäre sie vor Überraschung gestolpert.

„Sind Sie okay?", fragte er und legte die Hand an ihren Ellbogen, um sie zu stützen.

„J-ja", stammelte sie und zog ihren Arm zurück. Das war nicht gut. Sie war hier in diesem bezaubernden Ort wegen Cassie. *Cassie* war diejenige auf der Suche nach einem Mann. Doch was sie, Dottie Marie Hart, anging, ihr Leben war unstet und kompliziert.

Sie warf dem Sheriff ihren besten nonchalanten Blick zu. Egal, wie gut er aussah oder wie verrückt ihr Puls stolperte angesichts seiner Nähe. Egal, wie freundlich er war und vollkommen egal, dass er ihr das Gefühl gab, innerlich genauso schwach zu sein wie äußerlich.

Sheriff Brady Cannon schien ein wunderbarer Mann zu sein, und er trug keinen Ehering. Doch all das war egal, und daran würde sich für sie nichts ändern. Sie hatte einen Plan, der keinen Raum für Liebeleien ließ.

Punktum. So unstet war sie auch wieder nicht.

Sie hatte einen himmlischen Plan, eine Schuld, die sie zu begleichen hatte für ein verändertes Leben. Dieser Gedanke war alles, was sie brauchte, um wieder einen klaren Kopf zu bekommen.

Zu spät wurde Brady bewusst, dass er nicht nachgedacht hatte, als er den Spaziergang vorgeschlagen hatte. Dottie schien wackelig auf den Beinen zu sein. Sie war offensichtlich schwach, denn eine Frau wurde nicht einfach grundlos ohnmächtig. Was für ein Idiot er doch war! Und jetzt liefen sie nebeneinander her, und sie hinkte – stolperte sogar – und bemühte sich, es zu verbergen. Als er langsamer ging, sah sie ihn mit großen Augen an.

„Ich brauchte ein bisschen Bewegung“, platzte sie heraus, als hätte sie seine Gedanken gelesen, als wollte sie keine Schwäche eingestehen. Ihre Worte kamen atemlos heraus. „Ich, also … ich bin einfach ein bisschen erledigt, wenn ich lange fahre.“

Er nickte und bemerkte, dass sie ein wenig Abstand zwischen ihn und sich brachte. „Kommen Sie von weit her?" Er sah sie an. Er wollte mehr über sie erfahren, doch er wollte nicht zu sehr bohren, was für ihn als Cop nicht leicht war.

Sie nickte, wich seinem Blick jedoch aus. „Ja."

Einsilbige Antworten waren nicht das, was er sich erhofft hatte. Auch wenn sein Leben hier in seinem kleinen Heimatort anders war, sein vorheriges Leben als Cop in den Straßen von Houston war immer noch sehr präsent in allem, was er tat. Er wollte Details wissen, und plötzlich schwirrte sein Kopf voller Fragen. „Wie weit? Wo kommen Sie her?" *Ganz geschmeidig, Brady.*

„Ich bin vor fünf Tagen in Florida losgefahren."

„Autsch! Das ist ein weiter Weg."

„Oh ja, aber die meisten Leute hätten ihn in drei Tagen geschafft. Ich habe mir bei einem Unfall die Hüfte verletzt und schaffe jeden Tag nur eine gewisse Strecke, bis ich nicht mehr kann. Vor allem, wenn ich am nächsten Tag in der Lage sein will, mich zu bewegen.“

„Was für ein Unfall war das?“ *Was in aller Welt tust du da, Brady?*

Sie verschränkte ihre Arme und blickte in die Ferne, als wollte sie nicht wirklich darüber reden, dann wandte sie sich ihm zu. „Ich war dumm und dickköpfig genug, mir einzubilden, mein Haus vor einem Orkan beschützen zu können.“

„Oh.“

Sie schnitt eine Grimasse. „Klingt bescheuert, ich weiß, glauben Sie mir, und das Haus ist über mir zusammengestürzt, trotz meiner persönlichen Bemühungen, es bei einem Kategorie III-Sturm aufrecht zu halten.“

Auch wenn sie kurz lächelte, war ihm klar, dass das, was sie erlebt hatte, alles andere als lustig gewesen war. Doch gerade in seinem Beruf wusste er, dass ein bisschen Humor helfen konnte, mit einer Situation zurechtzukommen.

„Ich habe drei Monate im Krankenhaus verbracht. Mir ging es gar nicht gut. Kein Urlaub, den ich jemandem empfehlen würde, wie Sie sich sicher vorstellen können. Und danach habe ich etliche Monate Reha gemacht. Alles in allem geht's mir großartig, doch einen Marathon kann ich noch nicht laufen."

Sie begegnete seinem Blick. Er konnte ihre Miene nicht lesen, doch er war fasziniert von der Eindringlichkeit ihrer Worte. Wie viel Schmerz und Leid musste sie durchgemacht haben? Es war offensichtlich, dass es immer noch wehtat. Soviel konnte er sehen. Als Cop hatte er gelernt, andere recht gut zu lesen. Und Dottie war ein Buch, das man langsam lesen musste. Und sorgfältig.

„Aber das werde ich." Sie lächelte.

Er blieb stehen. Sie waren die fünfzig Meter um die Ecke gelaufen. Auch, wenn sie nichts gesagt hatte, konnte er sich gut vorstellen, dass diese zerbrechliche junge Frau Schmerzen erlebt haben musste, die er sich nicht einmal vorstellen wollte. Er sah ihr in die Augen, aufmerksamer diesmal, und sah einen Schatten von … Wut – trotz ihres Lächelns. Er hatte ihn schon einmal gesehen, doch plötzlich fragte er sich, ob sie überhaupt wusste, dass er da war. „Da gehe ich jede Wette", sagte er. „Ich habe so den Eindruck, dass sie jemand sind, der alles schaffen kann, was er sich in den Kopf gesetzt hat."

Zu seiner Überraschung schüttelte sie den Kopf, und Tränen stiegen in ihre Augen.

„Nur durch die Gnade Gottes." Sie hob ihr Kinn und blinzelte die Tränen weg. „Sie haben ja keine Ahnung, wie oft mir nach Aufgeben zumute war. Um ehrlich zu sein war es nicht meine Kraft, die mich durch diese furchtbaren Stunden unter meinem eingestürzten Haus oder die Monate qualvoller Reha gebracht hat." Ihre ernste Miene machte einem Lächeln Platz. „Ich bin der lebende Beweis, dass aus den schlimmsten Zeiten etwas Gutes entstehen kann, wenn wir es nur zulassen."

Brady steckte in Schwierigkeiten.

Er wusste es in dem Moment, als sie ihn erneut anlächelte.

Er wusste es in dem Moment, als sie ihren Blick

gen Himmel richtete und zwinkerte, als hätte sie ein Geheimnis, und den Tränen und der Wut trotzte, um nach dem Glück zu greifen.

Oh ja, Brady steckte bis zum Hals in Schwierigkeiten, denn auch wenn er Dottie Hart kaum eine halbe Stunde kannte, wollte er alles über sie erfahren, einschließlich ihres Geheimnisses.

KAPITEL ZWEI

Mule Hollow bereitete sich auf einen ziemlich wichtigen Tag vor. Selbst im Dämmerlicht konnte Dottie sehen, wo die Standplätze für Buden und Trailer markiert waren. Es gab sogar Stromanschlüsse für die Schausteller, doch sie war natürlich keiner. Doch wie der Zufall es wollte, war sie Bäckerin und Chocolatière auf dem Weg nach Kalifornien, die am Straßenrand über Cassie gestolpert war, was sie wiederum nach Mule Hollow gebracht hatte, wo ihr Motor den Geist aufgegeben hatte. Sie lächelte, als sie sich an das Kinderlied über die alte Frau, die eine

Fliege verschluckte, erinnert fühlte. In diesem Moment, während der Unterhaltung mit Sheriff Brady, wurde ihr bewusst, dass, wenn es einen sicheren Ort gab, an dem man eine Panne haben konnte, es Mule Hollow war.

Er hatte ihr sogar eine Lösung gezeigt, wie sie ihr Geld für Kalifornien sparen konnte – zumindest einen Großteil davon. Anstatt ihre Ersparnisse anzugreifen, um für die Reparatur des Wohnmobils zu zahlen … konnte sie einfach über das Wochenende Pralinen herstellen und backen, um ein bisschen Geld für die Rechnung des Mechanikers dazuzuverdienen. So würde sie ihr Sicherheitspolster nicht angreifen müssen.

Alles war gut, abgesehen vom Zeitfaktor. Doch in dem Moment, als sie Cassie aufgegabelt hatte, hatte sie in Kauf genommen, dem Zeitplan hinterher zu fahren, darum würde sie einfach versuchen, sich zu entspannen. Versuchen, sich keine Sorgen zu machen. Und warum sollte sie auch? Sie hatte für eine sichere Reise nach Kalifornien gebetet, und ihr wäre nie auch nur im Traum eingefallen, dass ein Hundert-Meilen-

Umweg zu ihrer Mission hinzukommen würde. Doch sie wollte sich gar nicht ausmalen, was passiert wäre, wenn sie auf dem Highway gewesen wäre, als der Motor in Flammen aufgegangen war. Zum einen hätte sie wahrscheinlich das Feuer nicht löschen können; dann hätte sie wahrscheinlich selbst per Anhalter weiterreisen müssen.

Und sie hätte vielleicht alles verloren. Schon wieder.

Nicht, dass Besitz ihr noch viel bedeutete. Wenn man einmal unter all seinen weltlichen Besitztümern im Sterben gelegen hat – Besitztümer, die man sein Leben lang angehäuft hatte, musste das das die Betrachtungsweise ändern. Doch sie musste zugeben, dass ihr ihr Wohnmobil nicht egal war. Es hatte ihrem Großvater gehört, und auch, wenn es ziemlich mitgenommen aussah, steckten eine Menge Erinnerungen darin.

Davon abgesehen hatte es bei demselben Sturm, bei dem sie fast ums Leben gekommen wäre, auch so einiges abbekommen … sie und ihr vorsintflutliches Monstrum waren Kämpfer. Sie hatten beide überlebt.

Sheriff Brady schob seinen Hut ein Stück weit zurück und blickte auf sie hinab, und plötzlich wurde ihr bewusst, dass er etwas gesagt haben musste. Er musste sie für eine Verrückte halten, da ein normaler Mensch nicht gen Himmel zwinkerte und dabei belämmert grinste.

„Tut mir leid, was haben Sie gesagt?", fragte sie und wandte ihre Aufmerksamkeit ihm zu.

„Ich sagte, die übrigen Schausteller dürften ab morgen eintrudeln, doch der Markt fängt erst am Freitag an." Er hielt inne und legte die Fingerspitzen auf ihre Schulter. „Sind Sie okay?"

Seine Berührung war sanft, und Dottie versuchte, die Wärme zu ignorieren, die davon ausstrahlte. „Ja, ich bin manchmal nur ein bisschen seltsam."

Er lächelte. „Ich muss sagen, dass ich noch nie jemanden gen Himmel zwinkern gesehen habe."

„Ach nein?" Dottie versetzte ihm einen spielerischen Schubs. „Das sollten Sie unbedingt mal versuchen."

Er lachte. „Das überlasse ich lieber Ihnen. Aber es war niedlich."

Sie lachte, doch als sich ihre Blicke begegneten, blieb ihr das Lachen im Hals stecken.

Ein Schatten huschte über sein Gesicht, und seine Augen schimmerten im schwindenden Licht. Plötzlich fühlte es sich an, als tanzte ein Kiesel über ihren Bauch wie über einen See und jagte Wellen durch sie hindurch. *Du meine Güte!*

„I-ich", brachte sie heraus. „Ich muss Ihnen was erklären."

„Und das wäre?" Er senkte das Kinn und zog eine Braue hoch.

Was war nur mit ihr los? Sie war müde – es war ein langer, sehr langer, harter Tag gewesen. „Ich bin nicht hergekommen, um hier etwas zu verkaufen."

Sie ratterte den Satz so schnell herunter, dass er sie irritiert ansah.

„Ach nein? Er blickte über seine Schulter das Wohnmobil an, das die anderen gerade an die Kabel an einem der Stellplätze anschlossen. Das alte Wohnmobil sah aus, als gehörte es auf einen Markt wie diesen.

„Ja …", sagte sie und versuchte sich auf das zu

konzentrieren, was sie hierhergebracht hatte. „Ich habe Cassie hundert Meilen von hier am Straßenrand aufgegabelt. Sie war per Anhalter unterwegs. Ich konnte sie nicht einfach so stehenlassen, darum habe ich meine eigene Regel, keine Anhalter mitzunehmen, gebrochen. Als sie mir erzählt hat, wohin sie unterwegs war, konnte ich sie nicht einfach irgendwo auf dem Weg absetzen und hoffen, dass sie jemand anderes sicher hierherbringen würde, darum habe ich es getan."

Brady nahm seinen Stetson ab und fuhr sich mit der Hand durch seine kurzen braunen Haare.

Und Dottie vergaß einen Moment lang alles. Dieser Mann war atemberaubend – selbst mit dem Abdruck des Hutes auf seiner Stirn.

„Wollen Sie mir damit sagen, dass sie einen Umweg von *hundert* Meilen gemacht haben, um eine Anhalterin nach Mule Hollow zu bringen?"

Sie nickte und verstand den fassungslosen Unterton in seiner Stimme nur zu gut. „Nicht irgendeine Anhalterin. *Cassie.* Oh, Moment. Ist Fahren per Anhalter verboten?"

Brady schmunzelte, und ihr Magen schlug einen Purzelbaum.

„Nicht, dass ich wüsste. Doch es könnte sich negativ auf Ihre Gesundheit auswirken."

„Ha-ha. Wahnsinnig witzig." Sie schnitt eine Grimasse. „Ich wollte nicht, dass Cassie in Schwierigkeiten kommt", fuhr sie fort. „Ich habe einfach das Gefühl, auf sie aufpassen zu müssen. Sie weiß alles über diesen Ort und hat auf der Fahrt hierher ununterbrochen davon gesprochen, dass sie hier einen Ehemann finden würde. Es ist, als ob sie davon besessen wäre, einen Ehemann finden zu wollen, und das am besten *gestern*."

„Sie ist nicht die erste Frau, die auf der Suche nach einem Ehemann hierherkommt – aber Moment mal. Wie alt ist sie eigentlich?"

„Bingo! Ich weiß es ehrlich gesagt nicht. Ich dachte auch, dass sie ziemlich jung ist, doch ich glaube nicht, dass sie so jung ist, wie ich zuerst angenommen habe. Als ich sie vorhin gefragt habe, hat sie nur erklärt, dass man eine Lady nie nach ihrem Alter fragen sollte."

Sofort war er ganz Polizist. Seine Augen funkelten, und sie konnte geradezu sein Gehirn rattern hören. „Ich glaube, ich muss mich mal genauer mit Cassie befassen. Sie könnte in irgendwelchen Schwierigkeiten stecken."

„Bitte tun Sie das, danke. Aber ich will ihr keine Angst machen. Ich glaube nicht, dass es gut wäre, wenn sie mitbekäme, dass Sie Informationen über sie einholen. Geht das auch ohne, dass sie etwas davon erfährt? Wenn sie eine Ausreißerin ist, läuft sie sonst vielleicht wieder weg."

„Stimmt", nickte er. „Gut, dass Sie eine Weile hier sein werden, um ein Auge auf sie zu haben." Dottie musste ihm beipflichten. Sie würde mit ihrem Bruder Todd reden müssen, damit er wusste, was los war. Wenn er erst einmal die ganze Geschichte gehört hatte, wäre er sicher auch der Meinung, dass es wichtig war, dass sie ein Auge auf Cassie hatte. Im Moment konnte sie sowieso nicht viel in Kalifornien tun, zumindest nicht, bis sie wusste, ob sie den Mietvertrag behalten würden … Sie schickte ein Stoßgebet für den *Sicheren Hafen* gen Himmel. Es war unfassbar, dass ein Ort, an dem so wundervolle Arbeit geleistet wurde, so plötzlich so viele Probleme haben konnte. Sie verdrängte ihre Sorge. Alles würde gut werden.

„Hast du je in deinem Leben so einen Traumtypen gesehen?" Cassie hielt inne, füllte ihr Wasserglas und seufzte.

Dottie schüttelte das Kissen ihres Gastes und warf es auf das Bett über dem Fahrerabteil ihres Wohnmobils, dann hob sie ein weiteres Kissen auf. Cassie strahlte, seit Jake gekommen war, um ihnen zu helfen. Dottie rechnete fest damit, dass das Mädchen jeden Moment hinauf in ihr Bett schweben würde.

Plötzlich war sie so anders als der toughe Teenager, den sie am Rand des Highways aufgegabelt hatte.

Dottie sah sie an. „Er sieht wirklich gut aus. Aber Cassie, er ist nicht viel älter als zwanzig." Es war ein schwaches Argument, doch mehr hatte sie nicht, um Cassie zu bremsen.

„Und wo liegt das Problem?"

„Kein Problem. Er ist nur … also, jung." Dottie fühlte sich älter als achtundzwanzig, als sie in Cassies jugendliches Gesicht blickte, während sich das Mädchen in die Sitzecke fallen ließ, ihr Kinn aufstützte und sie ansah. Dottie wandte sich dem Einbauschrank zu, um ihrem strahlenden Blick zu entgehen. Sie fühlte sich unsicher, wenn sie jemandem Ratschläge erteilen sollte, und sie … ja, sie musste sehen, was sie alles an Zutaten im Schrank hatte, damit sie morgen früh mit dem Backen anfangen konnte.

Nein, sie musste versuchen, Cassie zur Vernunft zu bringen.

„Wie alt bist du, Dottie?"

„Fragt das Mädchen, das mir heute Nachmittag sein Alter nicht verraten wollte. Schon vergessen?"

„Das war, bevor ich dich besser kennengelernt haben. Bevor ich Vertrauen zu dir gefasst habe."

Vertrauen.

Dotties Magen zog sich zusammen beim Gedanken, dass Brady Erkundigungen über Cassie einholen würde. Vertrauen. „Ich bin achtundzwanzig. Und du?"

„Neunzehn. Wirklich. Ich weiß, ich weiß, ich seh nicht so aus. Ich hasse es, wenn mir immer alle sagen, dass ich jünger aussehe. Doch wenn du mich ganz aus der Nähe ansiehst, siehst du, dass ich keine sechzehn mehr bin. Schau, ich hab schon Krähenfüße.“

Dottie prustete vor Lachen und wandte sich ihr gerade rechtzeitig zu, um sehen zu können, dass sie auf ihre Augenwinkel deutete. „Du meine Güte!“ Doch sie hatte Recht. Auf den zweiten Blick sah sie wie neunzehn aus. Vielleicht. Wieder einmal fragte sie sich, was Cassies Geschichte war.

„Okay, du siehst aus wie neunzehn. Um die neunzehn zumindest. Glaubst du nicht, dass das ein bisschen jung ist, um so darauf versessen zu sein, jemanden zum Heiraten zu finden? Du weißt schon, dass man sich dafür zuerst verlieben sollte.“

„Hey, ich *will* einen Ehemann, und ich werde einen bekommen. Ich werde mich verlieben, doch es … ach, vergiss es. Ich bin zu müde, um klar denken zu können. Was willst du morgen kochen? Kann ich helfen?“

„Ob du helfen kannst?" Cassie hatte schnell das Thema gewechselt, doch Dottie ließ es ihr durchgehen. Für die Diskussion zum Thema Ehemann brauchte sie Energie, und die hatte sie gerade einfach nicht. „Bist du nicht diejenige, die mich überhaupt erst in diese Lage gebracht hat?"

Cassie kicherte. „Ja, da hast du wohl Recht."

„Dann ja. Morgen wirst du lernen, wie man Süßigkeiten herstellt. Wir machen nur Buttertoffee und Brownies. Hier im Wohnmobil geht nicht viel mehr, aber das bekommen wir schon hin. Und die Mikrowelle können wir auch benutzen. Kochst du gerne?"

Cassies Lächeln verschwand. „Ich – ich kann ein bisschen kochen. Eine Dose Bohnen oder Mais aufwärmen geht schon."

Irgendetwas an der Art und Weise, wie sie es gesagt hatte, ließ Dottie überlegen, ob mehr an der Sache dran war. So war es meistens.

„Aber" – sie strahlte – „Ich liebe Buttertoffee. Ich find's cool zu lernen, wie man es macht. Ich frage mich, ob Jake Buttertoffee mag. Er sagt, sein Boss hat ihm gesagt, dass er die nächsten drei Tage tun soll, was immer Miss Norma ihm aufträgt, darum wird er morgen in der Nähe sein."

„Wer ist Miss Norma?"

„Norma Sue Jenkins. Ich kann es kaum erwarten, sie, Adela und Esther Mae zu treffen. Das sind die drei Frauen, die die Anzeige geschaltet haben, die Lacy Brown und Sheri Marsh hierhergebracht hat. Und dann ist da noch Molly, natürlich, und Sam. Und Clint und Cort und J.P. und Bob–"

„Whoa, immer langsam mit den jungen Pferden! Über wie viele Leute schreibt diese Molly eigentlich?"

„Alle hier … denke ich. Aber ich bin mir nicht sicher, denn über Jake hat sie nie geschrieben, und ich sag dir, das hätte sie sollen. Auch wenn wahrscheinlich Bob mein Mann werden wird. Bob ist was Besonderes–"

„Bob? Wer ist Bob, und was meinst du mit *dein Mann*?" Dottie war flau im Magen.

„Bob Jacobs – um ihn drehen sich die meisten von

Mollys Geschichten. Er ist der Hauptgrund, weswegen ich gekommen bin. Er ist derjenige, den ich heiraten werde."

Brady sprang aus dem Führerhaus seines Traktors und wirbelte mit seinen Stiefeln eine Staubwolke vom Scheunenboden auf. Er brauchte dringend eine Dusche, ein großes Glas Eistee und ein bisschen Zeit zum Entspannen. Er verließ die Scheune, ging über die Wiese und den Natursteinpfad zum Haus. Seine Mom und sein Dad hatten sich selbst übertroffen, als sie das riesige zweistöckige Ranchhaus gebaut hatten.

Was für eine Verschwendung, dass er allein hier lebte.

Er kaute immer noch auf diesem Problem herum, nachdem er frisch geduscht aus dem stillen Haus hinaus auf die Veranda trat. Das Patschen seiner nackten Füße hallte hinter ihm, eine Erinnerung daran, dass ein alleinstehender Mann wie er kein so großes Haus für sich allein haben sollte.

Er ließ sich auf der obersten Stufe nieder, lehnte

sich gegen den Pfosten, wie er es in seinem Leben schon tausendmal getan hatte, und trank einen Schluck von seinem Tee. Abgesehen davon, dass er der Sheriff war – der einzige offizielle Notfallhelfer im Umkreis von zwanzig Meilen – hatte er auch seine eigene Viehzucht. Darum hatte er immer genug zu tun. Und es half ihm, nicht zu viel über das für ihn viel zu große Haus nachzudenken.

Oder darüber, dass er nie das Patschen von Kinderfüßen hören würde…

Er holte scharf Luft, spürte den warmen Wind, roch den Staub und das Gras, vermischt mit einem Hauch Glyzinienduft vom Spalier. Es war schwer zu glauben, dass er einen Großteil seiner Jugend damit verbracht hatte, der Ruhe des Landlebens und ganz besonders Mule Hollow zu entkommen.

Und den Hoffnungen und Träumen seiner Eltern für ihn.

Wenn seine Eltern seine Rückkehr noch erlebt hätten, wären sie glücklich – zumindest theoretisch. Träume enden nicht immer so, wie man es sich erhoffte, doch er hatte sich an die Realität seiner

Heimkehr angepasst.

Im Leben ging es um Illusionen. Und darum, das, was man bereute, zu überwinden.

Dottie Hart.

Diese schöne Frau war etwas Besonderes. Die Essenz ihres Seins musste das jedem sagen, da war er sich sicher. Er konnte sich nicht vorstellen, dass sie diese Wirkung nur auf ihn hatte. Doch es war nur für den Moment, da sie nur auf der Durchreise war. Heute hier, morgen schon wieder weg – im wahrsten Sinne des Wortes. Woher kamen also all diese Gedanken, die ihn bombardierten?

Er trank einen weiteren Schluck von seinem Eistee, dann betrachtete er einen Kieselstein auf der Treppe zur Veranda und rollte ihn mit seiner großen Zehe hin und her. Als er nach Mule Hollow zurückgekommen war, hatte er akzeptiert, dass er *beschädigt* war, und es war ihm egal gewesen, doch die Erkenntnis, was seine Vergangenheit für seine Zukunft bedeutete, traf ihn heute mit voller Wucht. Zum ersten Mal in sechs Jahren störte es ihn plötzlich, dass er nie heiraten und eine Familie haben würde.

Es war lächerlich, denn er war Dottie gerade eben erst begegnet, und plötzlich sah er seine Entscheidungen in einem anderen Licht. Er stand auf, ging ein Stück den Natursteinweg hinunter und spürte die kühle Brise auf seiner vom Duschen feuchten Haut.

Ein Bild von Dottie Hart tauchte vor seinem inneren Auge auf. Er konnte nicht fassen, dass sie einen solchen Umweg gemacht hatte, um auf Cassie aufzupassen. Er dachte an den guten Samariter aus der Bibel. Als er als Kind die Geschichte in der Sonntagsschule gehört hatte, hatte er das, was der Mann getan hatte, als nichts Außergewöhnliches betrachtet. Wenn er vom Fahrrad gefallen war und sich das Knie aufgeschürft hatte, war immer ein Haufen Leute da gewesen, die ohne zu zögern anhielten, um ihm zu helfen.

Doch das war die Perspektive eines Kindes gewesen.

Als Cop hatte er am eigenen Leib erlebt, dass es nicht üblich war, dass jemand anhielt und jemandem am Straßenrand half. Niemand wollte sich irgendwo einmischen. Die Leute hatten Angst. Und das aus gutem Grund.

Er verstand nur zu gut, wie gefährlich es da draußen war. Er hatte es aus nächster Nähe erlebt. Ein Teil von ihm wollte Dottie schelten, dass das, was sie getan hatte, leichtsinnig gewesen war, besonders für eine Frau in einer Gegend, die sie nicht kannte. Doch die Bewunderung, die er für sie empfand, hielt ihn davon ab. Wieder fragte er sich, was wohl ihre Geschichte war. Er fragte sich … *hör auf damit, Brady.* Abgesehen davon, dass er ihr half herauszufinden, ob Cassie Bates eine Ausreißerin war, sollte er sich keine Fragen stellen, was Dottie anging.

Denn die Realität war einfach, dass er am Ende eines jeden Tages allein in dieses Haus gehen würde.

Er hatte sich für ein Leben als Cop entschieden. Er hatte gesehen, was mit der Familie eines Cops geschah, wenn im Dienst irgendetwas schiefging. Er hatte geglaubt, seinen Partner in seinen Armen sterben sehen zu müssen, wäre das schwerste gewesen, was er je hatte tun müssen. Doch Eddies Frau und seine

Kinder im Krankenhaus zu sehen, hatte sein Leben verändert.

Er hatte entschieden, dass er nie jemandem, den er liebte, solches Leid zumuten würde.

Im Leben ging es um Entscheidungen. Gute. Schlechte. Schwere.

Er drehte sich um, kehrte zu seinem leeren Haus zurück, öffnete die Fliegengittertür und ging hinein. Allein.

KAPITEL DREI

Sam's Drogerie und Diner. Dottie las die Aufschrift auf dem Fenster. Sie lächelte, als sie nah genug kam, um das Schild „Hier essen Sie auf eigene Gefahr" zu lesen. Klang, als hätte dieser Sam einen Sinn für Humor.

Als sie wie immer um fünf Uhr am Morgen aufgewacht war, hatte sie sich entschlossen, sich im Ort umzusehen und sich im Café eine Tasse Kaffee zu genehmigen. Nachdem sie trainiert und ihrem Bruder eine E-Mail geschickt hatte, in der sie ihn auf den neusten Stand gebracht hatte, war sie direkt hierhergekommen. Sie freute sich darauf, das Café zu sehen, das Cassie so lebhaft beschrieben hatte – mit seiner Musikbox mit Schallplatten, die jedoch immer denselben Song spielte, bis sie sich für einen anderen Song entschied.

Als sie eintrat, war es wie eine Reise zurück durch die Zeit. Sie fühlte sich wie ein Kind an der Hand ihres Großvaters, der ihr im Gemischtwarenladen nicht weit von seinem Haus eine Limonade gekauft hatte.

Sie dachte gerne an diese Zeit zurück.

Das Diner roch nach alten, geölten Holzdielen, frittiertem Speck und den Süßigkeiten an der Kasse. Sie inhalierte den Duft und wusste sofort, dass sie diesen Laden lieben würde. Der erste, den sie sah, als sie den Gastraum betrat, war Sheriff Brady. Ob sie es nun zugeben wollte oder nicht, er war eine Zierde für jeden Ort. Die ganze Nacht hatte sie sich einzureden versucht, dass er unmöglich so attraktiv sein konnte, wie sie ihn im Gedächtnis hatte.

Weit gefehlt.

Er war genau so und noch viel besser.

Sie hatte keine Zeit für sowas. Sie hatte ein Ziel,

und das war nicht hier in diesem Ort. Sie würde nur ein paar Tage hierbleiben. Blicke waren erlaubt, mehr jedoch nicht. Kein Flirten – nicht, dass sie je gut darin gewesen wäre – denn der Mann war tabu.

Vergiss das bloß nicht.

„Morgen, Miss Hart." Seine Begrüßung zog ihren Blick auf seine Kaffeetasse, als er einen Schluck von dem dampfenden Gebräu trank.

Dottie wischte ihre plötzlich klammen Hände an ihrer Jogginghose ab und schenkte ihm die Andeutung eines Lächelns. Sie hatte furchtbar schlecht geschlafen, was seltsam war, denn der Tag war wirklich interessant gewesen. Auf keinen Fall hatte sie damit gerechnet, dass die Alpträume zurückkommen würden. Als sie schweißgebadet mit pochendem Herzen in der Dunkelheit aufgewacht war, hatte nicht einmal das Nachtlicht an ihrem Bett geholfen. Wie immer hatte nur eines geholfen: nach draußen zu gehen, unter den freien Himmel. Jetzt war jedoch alles okay. „Guten Morgen, Sheriff. Haben Sie gut geschlafen?"

Er zog eine Augenbraue hoch. „Und Sie?"

Sie zuckte mit den Schultern und bemerkte zwei

ältere Männer, die am Fenster über ein Damespiel gebeugt saßen und lauschten.

Sie schluckte. „Eine neue Umgebung ist gutem Schlaf nicht immer zuträglich. Cassies Schnarchen auch nicht. Aber was immer Sie auch tun, sagen Sie nicht, dass ich Ihnen das erzählt habe. Wenn es etwas gibt, das ein junges Mädchen nicht will, dann, dass die Welt erfährt, dass sie schnarcht."

Brady schmunzelte. „Da haben Sie wahrscheinlich Recht." Ihre Blicke begegneten sich. Dottie schluckte und vergaß einen Moment lang alles außer der statischen Elektrizität, die zwischen ihnen surrte. Das war lächerlich! Sie hatte gehofft, dass sie sich das Prickeln nur eingebildet hatte, doch dem war nicht so.

Er räusperte sich, stellte seine Tasse ab und bot ihr den Platz sich gegenüber an. „Setzen Sie sich doch zu mir." Sie nickte, was jedoch nicht mehr als ein Reflex war. Davon abgesehen musste sie mit ihm reden. Sie rang die Schmetterlinge in ihrem Bauch nieder und ging zu seiner Sitznische, froh, dass sie heute Morgen nicht so sehr hinkte. Sie nahm auf der Bank ihm gegenüber Platz und blickte ihm direkt in die Augen.

Sie würde nicht zulassen, dass kindische Vernarrtheit sie wieder ablenken und ihren gesunden Menschenverstand trüben würde. Sie hatte ein Ziel, das weit größer war als diese – diese Vernarrtheit.

Oh, doch er *hatte* schöne Augen.

Am Rand ihres Sichtfeldes setzten sich die zwei Damespieler ein bisschen auf, um ein bisschen besser hören zu können. Erneut riss sie sich aus ihren Gedanken und lächelte den beiden alten Männern zu, auch wenn sie sie nicht kannte. In Kleinstädten hatten die Wände Ohren und Augen, doch diese beiden hatten einfach noch nicht begriffen, dass sie sie durchschaut hatte.

Sie waren eine gute Ausrede, Brady nicht anzusehen, und sie war dankbar für die Ablenkung.

„Ich habe Sie vorhin beim Training gesehen. Als ich in den Ort gefahren bin, habe ich zufällig in die Richtung geblickt, wo Sie gerade Crunches gemacht haben. Sah aus wie eine Szene aus *G.I. Jane*."

„Das gehört zu meiner Reha." Physisch wie psychisch, doch das sagte sie nicht.

„Wenn Sie so weitermachen, sind Sie in

Nullkommanichts wieder stark." *Wenn es doch nur so einfach wäre!*

„Das wäre schön. Ich bin nie schwach gewesen, und ich kann es nicht leiden. Es macht mich wahnsinnig." *Auf mehr als nur eine Weise.*

Plötzlich schwang die Küchentür auf, und ein kleiner, runzliger Mann kam mit einem Teller Eiern mit Speck heraus.

„Morgen", sagte er, als er den Teller vor dem Sheriff abstellte. „Ich habe was von Schwachsein gehört – wenn Sie jeden Tag einen Teller davon essen, dann sind Sie in zwei Wochen stark wie ein Ochse. Versprochen."

Dottie lachte – doch der kleine Mann lachte nicht. Er meinte es ernst. *Ups.* Das Letzte, was sie wollte, war, seine Gefühle zu verletzen.

„Sam nimmt sein Frühstück sehr ernst", sagte Sheriff Brady, und seine Augen glitzerten, während er sein eigenes Lachen unterdrückte.

Sam verschränkte seine drahtigen Arme und musterte sie. „Eier und Speck machen einen Körper stark. Ist mir egal, was die Nachrichten dieser Tage behaupten. All der raffinierte Zucker ist das, was einen umbringt. Und so wie Sie aussehen, haben Sie in letzter Zeit nicht viel gegessen."

So viel zu ihrer Annahme, dass sie langsam wieder ihre alte Figur zurückbekam.

„Sam, das ist Dottie Hart. Sie ist diejenige, von der ich dir erzählt habe. Dottie, das ist Sam. Und die beiden da drüben sind Applegate Thornton und Stanley Orr."

Cassie hatte die Namen erwähnt. „Freut mich, Sie alle kennenzulernen, Gentlemen." Die beiden Damespieler nickten und brummten etwas, das sie nicht verstehen konnte. Sam streckte ihr die Hand entgegen, und als sie sie ergriff, wäre sie fast von der Sitzbank gefallen, da er sie so heftig schüttelte, dass sie das Gefühl hatte, er würde ihr den Arm auskugeln. „Du meine Güte, diese Eier und der Speck müssen funktionieren."

Er strahlte und gab zum Glück ihre Hand wieder frei.

„Ich mache Ihnen gleich einen Teller. Und wie wäre es in der Zwischenzeit mit einem Kaffee?"

„Oh ja, bitte.“

Ein wenig entspannter blickte sie ihm hinterher, als er wieder in Richtung Küche verschwand.

„Ist ihr Arm okay?“, fragte Sheriff Brady und beugte sich vor, damit nur sie seine Frage hören konnte.

„Ja, danke, aber, Junge, der Mann hat einen Händedruck.“

„Sam übertreibt es ein bisschen mit dem Händeschütteln. Ich weiß nicht warum, aber es ist immer dasselbe.“ Dottie kicherte, schluckte es jedoch hinunter, als Sam mit einer Tasse Kaffee zurückkehrte. Sie dankte ihm und blickte ihm wieder nach, als er mit dem Versprechen verschwand, in ein paar Minuten mit ihrem Essen zurückzukommen.

Sie wollte gerade etwas sagen, als einer der Damespieler – Applegate, wenn sie sich nicht täuschte – mit der Hand auf den Tisch schlug und laut knurrte.

„Warum hast du diesen Zug gemacht?“

„Weil ich es wollte. Hat sich einfach angeboten, du alter Esel.“

„Gerade eben war dein Stein noch nicht da

gewesen.“

„Willst du etwa behaupten, dass ich schummle?“

„Ich sage nur, dass der Stein vor einer Minute noch nicht da gewesen ist.“

„App, ich habe es nie nötig gehabt, zu schummeln, um dich zu schlagen, warum sollte ich also jetzt damit anfangen?“

Unsicher, ob sie sich Sorgen machen sollte oder ob das normal war, blickte Dottie von den beiden alten Männern wieder zu Sheriff Brady. Er schien nicht einmal mitzubekommen, dass sich die beiden stritten, so konzentrierte er sich auf seine Eier.

Sie tat es ihm nach, trank ihren Kaffee und versuchte, die beiden zu ignorieren. Es fiel ihr jedoch schwer, als einer aufsprang und hinausstürmte. Sie begegnete Bradys Blick über dem Rand ihrer Tasse, und er zwinkerte ihr zu. „Das passiert andauernd.“

Okay, vielleicht würde sie doch nicht wieder zum Frühstücken hierherkommen. Oder vielleicht konnte sie etwas für die beiden alten Männer tun? Sie bemerkte, dass der Mann, der geblieben war, zufrieden Sonnenblumenkerne aß und die Hülsen in einen Eimer spuckte. Widerlich! Doch wenigstens war es kein Kautabak.

Sam brachte ihr ihre Eier mit Speck und füllte ihren Kaffee und den des Sheriffs auf. „Stanley, wann wirst du je damit aufhören, das mit ihm zu machen?"

„Was hast du gesagt?"

„Du hast mich sehr wohl gehört. Ich habe gesehen, wie du dein Hörgerät lauter gestellt hast, als Miss Dottie reingekommen ist."

Stanley verzog das Gesicht zu einer einzelnen Anhäufung von Falten und spuckte eine weitere Hülse aus. „App braucht ab und zu mal was, das sein Blut in Wallung bringt. Das hält ihn am Leben."

„Ja, also wenn er eines Tages reinkommt und dir in den – du weißt schon, was ich meine. Will es in Gegenwart einer Lady nicht aussprechen, doch du weißt, was ich meine. Dann rechne bloß nicht mit meinem Mitleid."

Dottie beobachtete, wie Sam wieder durch die Schwingtür verschwand. Sie fing an, sich Sorgen wegen der zwei alten Männer zu machen; an Essen konnte sie jetzt nicht einmal denken. Dann ging plötzlich die Tür auf und Applegate kam wieder herein, setzte sich und nahm sich eine Handvoll Sonnenblumenkerne als wäre nichts passiert.

„Du alter Esel", sagte er. „Ich war auf halbem Weg zu meinem Truck, als mir eingefallen ist, was für ein Tag heute ist."

„Ich krieg dich jedes Jahr." Stanley lachte und rieb sich die Hände.

Applegate schnitt eine Grimasse. Dottie fühlte sich an eine getrocknete Pflaume erinnert. Der arme Mann. „Warte du nur bis zum nächsten ersten April. Nächstes Jahr kriege ich dich."

„Das sagst du jedes Jahr, und ich warte immer noch drauf."

Der erste April! Stanley hatte Applegate in den April geschickt! Dottie konnte nicht fassen, dass sie vergessen hatte, dass heute der erste April war. Sheriff Brady lächelte, als sie ihn wieder ansah.

„Wow, ich dachte wirklich, dass das das Ende einer langen Freundschaft war", sagte sie, und diesmal war sie es, die sich vorbeugte.

„Das passiert jedes Jahr. Scheint die beiden am

Leben zu halten. Aber Sie sollten wirklich Ihre Eier essen, bevor sie kalt werden und Sam es persönlich nimmt."

Dottie lachte und nahm ihre Gabel in die Hand. Mule Hollow schien ein interessanter Ort zu sein, um ein paar Tage da zu verbringen.

„Sie sagten, Sie waren auf dem Weg nach Kalifornien, bevor Sie Cassie aufgegabelt haben?"

„Ja. Mein Bruder ist Pastor in Los Angeles, und er arbeitet mit einer Stiftung für Frauen in Risikosituationen zusammen – häusliche Gewalt, alleinerziehende Mütter aus sozial problematischen Gegenden. Ich habe zwei Wochen da verbracht und jetzt ziehe ich dorthin, um für sie sowas wie die Hausmutter zu werden." Allein der Gedanke daran machte sie glücklich, nicht, dass sie wirklich eine Mutterrolle übernehmen würde – sie sah sich selbst als Überlebenden und als Mentorin. Jemand, der Ähnliches durchgemacht hatte. „Ich werde mich um das Haus da kümmern und den Frauen ein bisschen grundlegendes Wirtschaftswissen beibringen. Ich möchte meine Chocolaterie dort wieder aufmachen und die Frauen auf Rotationsbasis einstellen. Ich freu mich schon so darauf."

Sheriff Brady stützte seine Ellbogen auf den Tisch und sein Kinn auf seine Daumen. „Klingt nach einem tollen Plan. Sie haben ein gutes Herz."

Dottie schüttelte den Kopf. „Wenn man dem Tod ins Gesicht geblickt hat und weiß, dass es ein Wunder ist, dass man überlebt hat … für mich wäre es seltsam, wenn ich mich nicht dafür revanchieren würde. Ich halte mich nur an mein Versprechen, dass ich etwas bewegen würde, wenn ich es überleben würde."

„Wie ich schon sagte, Sie haben ein gutes Herz. Zahllose Menschen schwören dasselbe, wenn sie in Schwierigkeiten sind, doch sobald sie wieder auf die Beine kommen, haben sie es auch schon wieder vergessen."

Dottie erschauerte, als sie an diese dunklen Stunden vor ihrer Rettung dachte. „Ich werde es nie vergessen. Niemals. Ich sehe das Leben in einem ganz anderen Licht, seit ich aus diesem dunklen Loch gerettet worden bin. Und ich gebe mir größte Mühe, das Leben in diesem neuen Licht zu leben." Und das tat sie auch. Sie blickte nicht zurück, nur voran und nach oben. Selbst die Rückkehr ihrer Alpträume würde nichts daran ändern.

Als sie das Diner verließ, begleitete Brady sie. Sie war überrascht, als sie zu ihrem Wohnmobil kamen und überall Cowboys an irgendwelchen Projekten arbeiteten. Es war wie eine Szene aus *Weg in die Wildnis*.

Und Cassie war mittendrin. Das Mädchen flatterte von einer Gruppe zur nächsten und stellte sich vor. Für Dottie sah es verdächtig nach Speeddating aus.

„Ich frage mich, ob diese Jungs wissen, was sie will?"

„Oh, die meisten dieser Jungs wollen genau dasselbe. Vielleicht nicht die ganz jungen, doch die meisten sind begeistert von dieser Kampagne, Frauen hierher zu bringen. Die Wahrscheinlichkeit, eine Frau von außerhalb zu finden, war ziemlich bescheiden. Viele haben sich entschieden, hier wegzuziehen, weil sie nicht allein leben wollten. Oder vielleicht sollte ich besser sagen, dass sie nicht den Rest ihres Lebens mit einem Haufen anderer Junggesellen verbringen wollten."

Dottie konnte es ihnen nicht verdenken. Doch Cassies ernster Blick wirkte eher so, als wäre sie dabei, sich ein neues Paar Schuhe auszusuchen. Und das war einfach nicht richtig. Dottie war nie verliebt gewesen, doch sie wollte den richtigen Mann, den einen, der nur für sie gemacht war. Sie hoffte, dass Cassie begreifen würde, dass an Liebe mehr dran war, als die Männer in einer Reihe aufzustellen und schnell einen auszusuchen. Sie hoffte, dass sich das Mädchen Zeit lassen würde, den Richtigen zu finden.

Sheriff Brady blieb vor ihrem Wohnmobil stehen. Er stemmte seine Hände in die Hüften, was seine breiten Schultern und seinen drahtigen, muskulösen Körperbau betonte. Dottie ertappte sich dabei, wie sie sein Profil studierte.

Warum war dieser Mann nicht verheiratet? Er sah gut aus, war nett, machte einen herzlichen Eindruck

…. und, ja…

Oh, komm schon, Dottie. Schluss damit.

Schluss damit, brummte sie vor sich hin. Dieser Mann strotzte nur so vor Anziehungskraft. Sein Foto war wahrscheinlich im Lexikon als Illustration des Wortes abgedruckt.

Er schien alles zu haben, und doch war er Single.

Was bedeutete das?

KAPITEL VIER

Es war erst acht Uhr am Morgen, doch nach der Stunde im Diner fühlte sich alles viel besser an. Als sie jetzt mit Sheriff Brady neben ihrem Wohnmobil stand, konnte Dottie ihre Reaktionen auf den Mann nicht verstehen.

Nervös öffnete sie die Tür des Wohnmobils und nahm eine Packung Gummihasen vom Armaturenbrett. Trotz des schweren Frühstücks, das sie gegessen hatte, brauchte sie etwas, um ihre Nerven zu beruhigen – Zucker!

„Auch eins?" Sie bot ihm die Tüte voller bunter

Häschen an.

„Nein, danke", sagte Brady und starrte sie an, als hätte sie ihm eine Tüte Würmer angeboten.

„Erzählen Sie Sam nichts davon", flüsterte sie, schob sich ein paar in ihren Mund und ließ die süß-sauren Leckerbissen schmelzen.

„Ihr Geheimnis ist bei mir sicher", sagte er und nickte. „Sie wissen aber schon, dass das Zeug Sie umbringen wird."

„Mmm, danke für die Warnung. Ich werde daran denken, wenn ich das nächste Mal versucht bin, eine ganze Packung auf einmal zu essen."

Er runzelte die Stirn. „Bitte sagen Sie mir, dass Sie das nicht tun."

Sie versuchte, beschämt dreinzublicken. Sie gab sich große Mühe, denn sie sollte sich dafür schämen.

„Bitte sagen Sie mir, dass Sie nicht eine ganze Packung von diesen Dingern auf einmal essen."

„Also…" Sie scharrte mit den Füßen. „Manchmal schon. Aber nicht allzu oft", sagte sie schnell. „Ich will lange leben, darum esse ich meistens nur ein paar davon am Tag."

Lügnerin!

Er schüttelte den Kopf und schmunzelte. Er schob seinen Hut zurück und starrte an ihrem Wohnmobil empor. Es war ein Versuch, das Grinsen zu unterdrücken, gegen das er offensichtlich ankämpfte. „Wie haben Sie das alles da rauf bekommen?", fragte er.

Sie zerdrückte einen Gummihasen zwischen ihren Fingern und hielt ihn ihm entgegen, um ihn zum Lächeln zu bringen. Er schnitt stattdessen eine Grimasse, was jedoch auch akzeptabel war, und sie belohnte sich sofort dafür, indem sie den gelben Hasen in ihren Mund warf. Zwei Punkte! Jippieh!

„Glauben Sie mir", sagte sie vor dem Kauen. „Es war nicht leicht. Zum Glück haben mir ein paar Freunde aus der Kirche geholfen, das schwere Zeug da rauf zu bringen. Ich hab noch das eine oder andere dazu gepackt, nachdem sie nach Hause gegangen sind, Sie hätten sehen sollen, wie wir den Korbzweisitzer da hochgewuchtet haben."

Sie nahm sich noch einen Hasen.

„Brauchen Sie Hilfe, das Ding da runter zu

bekommen?" Dottie hielt in der Bewegung inne. Sie musste ihn wirklich loswerden, denn sie genoss die Unterhaltung mehr, als sie wollte. Okay, viel mehr, als sie wollte.

Doch sie brauchte Hilfe. „Die Leiter ist auf der Rückseite."

Er grinste. „Ach nein."

„Tut mir leid. Ich schätze, das war wohl offensichtlich."

„Mm-hm", sagte er gedehnt und grinste immer noch, als er ihrem Blick begegnete. In diesem Moment konnte sie beinahe Donner krachen hören.

Chemie!

„Ich bin gleich wieder da", sagte er, und sein durchdringender Blick studierte ihr Gesicht, bevor er ihr wieder in die Augen sah.

Er legte die Hand an die Metallleiter, die neben ihm plötzlich wackelig wirkte.

„Vielleicht sollte ich hochgehen", sagte sie, stellte ihre Tüte mit den Häschen auf die Stoßstange und wollte nach den Sprossen greifen. Ihre Hände berührten sich kurz, und die Spannung, die sie zu leugnen versucht hatte, erwachte zum Leben. *Chemie!*, schrie diese lästige kleine Stimme in ihrem Kopf. Eine Stimme, die sie zerdrückt hätte wie einen Gummihasen, wenn sie gekonnt hätte.

„Nein, Sie gehen da auf gar keinen Fall hoch", sagte er. „Nicht, solange ich hier bin." Er legte seine Hände auf ihre Schultern und schob sie beiseite. „Sie warten schön hier unten."

Er sah aus wie ein Mann, der alles im Griff hatte, besonders die paar Möbel auf dem Dach ihres Wohnmobils, als er die Leiter hinaufkletterte und das Dach betrat.

„Ich habe mir die Wiederholungen von *Trapper John, M.D.* angesehen, als ich ein Kind war. Da sind sie immer auf Gonzos Wohnmobil geklettert, aber das ist schon ein bisschen wackelig."

Das war eine Untertreibung, dachte sie, da sie sich noch genau daran erinnerte. „Als wir das Zeug aufgeladen haben, waren wir zu dritt da oben", sagte sie.

Er machte einen vorsichtigen Schritt auf den chaotischen Haufen zu und bückte sich, um die

Spannseile zu lösen.

Dottie schaffte es nicht, ihren Blick loszureißen. Er sah einfach zu niedlich aus, wenn er sich konzentrierte. Sie blinzelte in der Morgensonne zu ihm auf und entschied, dass er sich ruhig Zeit lassen konnte. Die Aussicht gefiel ihr.

Er löste ein Seil vom Dachträger, als etwas leuchtend Pinkfarbenes am Rand ihres Blickfeldes auftauchte. Sie drehte sich um und sah ein pinkfarbenes Caddy Cabriolet, das über die holprige Weide fuhr. Die lächelnde Blondine hinter dem Steuer winkte mit einer Hand über ihrem Kopf und lenkte mit der anderen, bevor sie den Wagen abrupt vor ihnen anhielt.

„Ich habe gehört, dass du hier bist! Hallo, Hallo, *Hallooo!*", lachte sie, sprang aus dem Wagen und umarmte Dottie stürmisch. „Ich wäre gestern Abend schon gekommen, aber ich hab's nicht geschafft. Wir mussten das süßeste Kälbchen entbinden, das du je gesehen hast. Aber ich habe Clint schon gestern gesagt, dass ich heute Morgen gleich in den Caddy springen und herfahren würde, um zu sehen, wie's den beiden Mädels geht, die sich entschieden haben, sich unseren kleinen Ort anzusehen. Ich hoffe, dass ihr eine Weile bleiben werdet. Wie geht's euch? Haben sie euch bei allem geholfen? Braucht ihr irgendwas?"

Die Frau ließ Dottie los, trat einen Schritt zurück und streckte ihr die Hand entgegen. Dottie ergriff die Hand, ein bisschen überwältigt von der überschwenglichen Begrüßung und dankbar, dass sie nicht gerade einen Gummihasen im Mund hatte. Sie hätte sich wahrscheinlich daran verschluckt.

„Lacy Brown", sagte die Frau, dann lachte sie, hielt ihre linke Hand hoch und wackelte mit dem Ringfinger. „Oh nein, das passiert mir noch andauernd. Nein, mein Name ist Lacy *Matlock*."

Lacy kicherte, und Dottie kicherte mit. Sie hatte spontan das Gefühl, dass es mit Lacy immer etwas zu lachen gab.

„Lacy, das ist Dottie Hart", sagte Brady. „Dottie, Lacy kann jemanden zu Tode quasseln, wenn man nicht die Chance ergreift, die Flucht zu ergreifen."

„Dottie, ich habe gehört, dass Brady dich gestern gerettet hat. So ist unser Sheriff – er rettet dauernd irgendjemanden. Doch sich selbst lässt er nicht retten."

„Du kannst jetzt wieder nach Hause gehen, Lacy", rief Brady vom Dach.

„Hey, du musst jetzt nicht gemein werden."

„Ich will nur nicht, dass Clint dich vermisst."

„Schon klar. Und meine Haare sind so glatt wie Gitarrensaiten."

Dottie betrachtete Lacys weißblonde Haare, die in wilden Locken unter ihrem gelben Hut hervorquollen.

„Ich glaube, er veralbert dich", sagte sie.

„Glaubst du?", fragte Lacy und stemmte ihre Hand in die Hüfte.

„Muss wohl sein, denn deine Locken sind alles andere als glatt."

Lacy kicherte. „Ich mag dich."

Dottie mochte sie auch. Wer konnte sie auch nicht mögen? Kein Wunder, dass der Ort aussah wie eine Packung bunter Wachsmalkreiden. Lacy Matlock war die Personifizierung des Begriffs „schillernde Persönlichkeit".

„Ah-hem."

Dottie blickte auf und sah Brady, der einen

Korbstuhl über den Rand des Dachs hielt und darauf wartete, dass jemand ihn ihm abnahm. „Seid ihr zu sehr damit beschäftigt, Freundschaft zu schließen, oder könntet ihr dem armen Kerl auf dem Dach behilflich sein?"

Dottie sah Lacy an. „Ich glaube, wir sollten ihm helfen."

„Wenn du meinst", seufzte Lacy. „Doch wenn er fertig ist, wäre ich dafür, ihn da oben zu lassen, und wir Mädels sollten ein bisschen Zeit miteinander verbringen."

Dottie nickte, dann streckte sie die Arme nach dem Stuhl aus und hätte ihn beinahe fallen gelassen, als er ihr zuzwinkerte.

„Das habe ich gesehen, Brady Cannon!", sagte Lacy.

Dottie spürte, dass ihre Wangen pinker waren als der Caddy hinter ihr. Ein Augenzwinkern. Was sollte das denn bedeuten? Er hatte ihr auch im Diner zugezwinkert, doch sie hatte es ignoriert. Doch diesmal … diesmal lächelte er auf sie hinab und lachte beinahe.

Der Mann spielte mit ihr. Damit konnte sie

umgehen. Doch das Problem war *Lacy Brown-Matlock.*

Sie hatte das Zwinkern gesehen und grinste. Über das ganze Gesicht.

Und Dottie war sich nicht sicher, was das zu bedeuten hatte.

Angezogen von dem pinkfarbenen Cadillac kam Cassie angerannt. Lacy gewann sofort eine neue Freundin, indem sie sie zu einer Spritztour in ihrem Klassiker einlud. Mit offenem Verdeck. Dottie stellte sich vor, dass Cassie zurückkommen würde mit Haaren, die vom Wind auftoupiert zu Berge standen.

„Die beiden werden sich verstehen wie Erdnussbutter und Gelee", sagte Brady, als er die Leiter hinunterkam und neben ihr stehen blieb, während die beiden davonfuhren. Ihre Arme berührten sich, und Doddie wich zurück, erschrocken von dem plötzlichen warmen Kontakt. „Das hoffe ich", sagte sie. „Cassie braucht eine Freundin hier."

„Hey, das wird schon. Aber, hey, ich muss leider

ins Büro, da werde ich mal die Fühler ausstrecken, was sie angeht. Ich melde mich, sobald ich etwas höre."

„Danke, das wäre schön", sagte sie und hatte ihm schon beinahe für das Zwinkern und das Chaos, das es in ihr ausgelöst hatte, vergeben. „Wer ist das?", fragte sie, als drei ältere Frauen über die Wiese in ihre Richtung kamen.

Brady blickte auf und lächelte. „Das ist das Herz von Mule Hollow. Bis später. Hallo, Ladys. Das ist Dottie Hart", sagte er zum Abschied. „Bitte lasst es behutsam angehen, ihr Wohnwagen hat einen Motorschaden, und sie hat keine Möglichkeit zur Flucht." Damit drehte er sich noch einmal zu ihr um, tippte sich an den Hut, zwinkerte ihr zu und ging.

Als sie ihm nachblickte, kam Dottie zu dem Schluss, dass George Strait Brady Cannon nicht das Wasser reichen konnte. Brady war der perfekte Cowboy … perfekter als der Countrysänger.

„Er ist schon ein Süßer, unser Sheriff", bemerkte die kleine Frau mit den lockigen grauen Haaren, verschränkte die Arme und blickte ihm nach.

Dottie wurde bewusst, dass sie starrte und wandte

sich den Frauen zu. „Ja, er ist extrem hilfsbereit."

„Oh ja, das ist er. Hi. Ich bin Norma Sue Jenkins."

„Und ich bin Esther Mae Wilcox", sagte die Rothaarige. „Brady ist ein ganz Liebenswerter. Wirklich. Wir halten schon eine ganze Weile nach der richtigen Frau für ihn Ausschau. Wir dachten, dass Ashby Templeton vielleicht die Richtige wäre, doch die beiden wussten, dass sie nicht füreinander geschaffen waren, nachdem sie einen Tag gemeinsam auf unserem Jahrmarkt verbracht haben."

„Esther, nicht drängen. Dottie ist gerade erst hier angekommen. Und wir freuen uns, dass Sie hier sind. Darf ich mich vorstellen? Ich bin Adela Ledbetter."

Dottie hörte die elegante Frau mit den schneeweißen Haaren und den strahlendblauen Augen kaum. Ihr war schwindelig von dem, was Ethel – nein *Esther* – gesagt hatte.

„Adela, ich weiß, dass sie gerade erst hier angekommen ist", fuhr Esther fort. „Doch soweit ich weiß, hat sie nicht vor, lange zu bleiben, darum müssen wir uns beeilen. Ihr wisst schon, das Eisen schmieden, solange es brennt."

„Solange es heiß ist", korrigierte Norma trocken.

„Es ist heiß, wenn es brennt – ist also dasselbe. Ihr wisst, was das heißt. Wir müssen sie festhalten."

Dottie konnte nicht fassen, was sie da hörte. Es war so schockierend, dass es schon wieder lustig war, darum kicherte sie.

„Was ist so lustig?"

Sie blinzelte Esther an. „Also, Ma'am, ich bin nicht hier auf der Suche nach einem Ehemann. Ich bin nur auf der Durchreise."

„Und?"

Dottie sah die beiden anderen Frauen an, die den Versuch, ihre Freundin zu zügeln, aufgegeben hatten. „Also, ich–"

„Mein Hank und ich … bei uns hat es nur ein Zwinkern gebraucht, und wir wussten, dass wir für immer zusammengehören."

„Ich dachte, es war ein Kuss?", bemerkte Norma Sue.

„Das auch. Aber ich wusste es vorher schon."

„Okay, Esther", sagte Adela lächelnd. „Lasst uns tun, worum Brady uns gebeten hat, und lasst uns dem armen Mädchen ein bisschen Luft zum Atmen lassen. Wenn es passieren soll, wird es passieren."

„Nein wirklich, ich bleibe nicht hier", platzte Dottie heraus. Diese Frauen nahmen ihre Kuppelversuche ernst. Dann begriff sie. Brady Cannon hatte es *gewusst*.

Er hatte genau gewusst, was er tat, als er sie den drei Frauen zum Fraß vorgeworfen hatte!

Und das Augenzwinkern!

Oh, was für ein hinterhältiger Kerl! Dieser Mann hatte ganz bewusst die Bluthunde auf sie angesetzt. Aber warum? Was in aller Welt hatte er sich dabei gedacht?

Sie blickte von einem freundlichen Gesicht zum nächsten und konnte nicht verstehen, warum er das tun würde – außer, um sich einen Scherz zu erlauben.

Doch das war nicht lustig! Das würde sie ihm heimzahlen.

In seinem Büro angekommen, hoffte Brady, dass er bald etwas finden und dass es ein leichter Fall sein würde. Eine Suche in der Datenbank war ein Anfang.

Er wusste, dass es zu viel verlangt war zu hoffen, dass sie wegen irgendeiner Lappalie von zu Hause ausgerissen war. Er wusste, dass meistens mehr dahintersteckte. Andererseits hoffte er, dass sie nicht auf der Flucht war, weil sie etwas ausgefressen hatte, denn das war durchaus vorstellbar.

Für alle Beteiligten wäre es das Beste, wenn er sich so schnell wie möglich Klarheit über Cassie verschaffte. Das Letzte, was er brauchte, war, dass sie die Herzen der Einwohner von Mule Hollow eroberte und dann irgendetwas anstellte.

Und dann war da noch Dottie. Es war nicht so, dass er dauernd irgendwelchen Frauen zuzwinkerte. Es war einfach so passiert.

Doch was wusste er schon. Auch Dotties Geschichte konnte eine Lüge sein. Vielleicht waren sie und Cassie zusammen in irgendetwas verwickelt ... Trickbetrüger gab es überall, und die Einwohner von Mule Hollow wären leichte Beute.

Er biss seine Zähne zusammen, nahm einen Kugelschreiber von seinem Schreibtisch und rollte ihn zwischen seinem Daumen und Zeigefinger. Sein Magen zog sich zusammen, und er schalt sich, dass das lächerlich war. Er wusste, woher sein Argwohn kam. Er hatte in seinem Job in der Großstadt so ziemlich alles gehört und gesehen, und das hatte ihn zu einem Zyniker gemacht.

Er klopfte mit dem Kugelschreiber dreimal auf den Schreibtisch.

Das bist du nicht mehr. Vergiss das nicht.

Eine Weile hatte er in der Großstadt von dem Nervenkitzel gelebt. Der schnelle Rhythmus des Reviers, die Lichter der Stadt, der Adrenalinrausch, der mit jeder Razzia einhergegangen war …

Er schloss die Augen und grub seine Fingernägel in die Handflächen.

Ich kann alles tun durch Christus, der mir Kraft gibt.

Dotties Worte … die gute, herzliche Dottie. Allein an sie zu denken zauberte ein Lächeln auf sein Gesicht. Er war ein Cop. Und sein Job verlangte, dass er alle Details untersuchte. Keine Möglichkeiten außer Acht ließ.

In seinem alten Leben war jeder ein Verdächtiger

gewesen – er schloss die Augen – doch das war nicht mehr so.

Dottie Hart war echt. Das wusste er, und er weigerte sich, zuzulassen, dass sein Ringen mit seiner Vergangenheit das vergiftete, wovon er wusste, dass es wahr war.

Er öffnete die Augen. Warum hatte er mit ihr geflirtet? *Weil du nicht anders konntest.* Etwas an ihr, eine innere Schönheit, die sie ausstrahlte, hatte ihn angesprochen.

Er lehnte sich in seinem Stuhl zurück, starrte an die Decke und konzentrierte sich auf das, was er sich vorgenommen hatte. Cassie zu durchleuchten.

Natürlich konnte es einen Haufen furchtbarer Gründe geben, warum das Mädchen gestern per Anhalter gereist war. Doch es gab immer noch den kleinen Hoffnungsschimmer, dass alles, was sie Dottie erzählt hatte, wahr war. Dass sie wirklich wegen Mollys Artikeln nach Mule Hollow gekommen war.

Er betete, dass dem so war, um Dotties willen.

Doch auch, weil sie damit die Kupplerinnen von Mule Hollow unglaublich glücklich machen würde.

KAPITEL FÜNF

Das Begrüßungskomittee war um einige weitere Frauen angewachsen, als Lacy und Cassie von ihrer Spritztour mit dem Caddy zurückkehrten.

„Wir werden euch Mädchen nicht so einfach wieder weglassen", erklärte Esther Mae, als Dottie eine Pfanne mit frischem Buttertoffee auf den Tisch stellte, auf dem jetzt eine Tischdecke lag und Blumen standen. „Ihr zwei passt einfach perfekt zu uns."

„Wo sie Recht hat …", pflichtete Norma Sue ihr bei. „Als Sam Adela erzählt hat, dass ihr hier seid, und Adela mich angerufen hat, hatte ich sofort ein gutes

Gefühl.“

Dottie lachte. „Ich bin froh, dass meine Panne in einem so schönen und freundlichen Ort passiert ist.“ Sie versuchte, nicht an das zu denken, was sich die Frauen zusammensponnen.

„Ich finde es so süß, dass du Mollys Geschichten gelesen hast und deswegen hierhergekommen bist, Cassie“, sagte Lilly Wells und zeigte dem Mädchen ein ‚Daumen hoch‘. „Wenn du wirklich einen Cowboy willst, könntest du hier glatt einen finden.“

„Ich freue mich, dass meine Artikel etwas bewirken“, fügte Molly Popp hinzu und warf ihre rostroten Haare über ihre Schulter, bevor sie ein Stückchen Buttertoffee auf ihre Serviette legte. „Es macht mir unglaublichen Spaß, diese Geschichten zu schreiben, und die Reaktionen darauf sind der Wahnsinn.“

„Unsere Post hier hat noch nie so viele Briefe bearbeiten müssen“, fügte Esther Mae hinzu. „Oh, Liebes, dein Buttertoffee ist so gut, dass meine Hüften schon vom Duft fetter werden. Und es macht mir überhaupt nichts aus.“

Lacys Maniküre, Sheri Marsh, hielt inne, bevor sie sich ein großes Stück dunkles Buttertoffee in den Mund schob. „Wo hast du gelernt, das zu machen? Ich mag vielleicht dünn sein, aber ich kann essen wie ein Scheunendrescher, und ich glaube, wenn ich professionell Buttertoffee-Wettessen machen könnte, würde ich glatt den Beruf wechseln", lachte sie.

Dottie staunte. Lacy hatte ihr Sheri als die einzige Frau vorgestellt, die alles stehen und liegen lassen würde, um fünfhundert Meilen zu fahren und mit ihr ein Abenteuer zu erleben. Dottie konnte sich lebhaft vorstellen, wie die beiden in Lacys Caddy übers Land gefahren waren. Es war nicht langweilig gewesen, dessen war sie sich sicher. Und – *du meine Güte* – sie wusste nicht, wo all das Buttertoffee so schnell hin verschwand! Sheri war ungefähr so dürr wie Olive Oyl, Popeyes Freundin, doch sie hatte bereits mindestens sechs Stücke verdrückt. Das war an sich schon ein Kompliment für das Rezept ihrer Großmutter Sylvia. Dottie war all das Lob, das ihr Buttertoffee bekam, geradezu unangenehm. Sie kochte gerne, und sie hatte ihren kleinen Pralinenladen geliebt. Er hatte einen guten Ruf gehabt, und sie hatte gutes Geld gemacht, als sie ihn verkauft hatte – genug, um sich eine Basis in Kalifornien zu schaffen, doch sie kam sich immer noch wie eine Hochstaplerin vor, wenn jemand ihr Talent lobte.

„Meine Mutter und meine Großmutter haben mir ihr Kochtalent vererbt. Und ihre Rezepte", sagte sie.

„Oh, schön", sagte Lacy und trommelte mit ihrem grellorangefarbenen Fingernagel auf den Tisch. „Mule Hollow könnte ein gutes Restaurant gebrauchen. Hast du je an diese Möglichkeit gedacht? Nur kein Flatrate-Essen, Sheri würde dich in den Ruin treiben."

Dottie zupfte sich am Ohrläppchen, sprachlos darüber, dass alle hier jedes „Nein" schlichtweg zu überhören schienen.

„Also, wie ich schon sagte habe ich anderweitige Verpflichtungen. Auch wenn mir Mule Hollow wirklich gefällt. Ich werde einen altmodischen Süßigkeitenladen in Kalifornien eröffnen."

Norma Sue sah sie an. Und Dottie sah, wie sie einen Blick mit Esther Mae austauschte. Sie taten es schon wieder, trotz dessen, was sie gerade gesagt hatte.

Wieder hatten sie das „Nein" nicht gehört.

„Sam hat mir erzählt, dass Brady heute Morgen über dich geprahlt hat. Sagte, dass du eine ganz ungewöhnliche Frau wärst, so einen Umweg zu machen, um Cassie hierher zu bringen."

„Das ist sie auch", platzte Cassie heraus, hielt sich die Hand vor den vollen Mund und redete weiter. „Ich hätte mir nie träumen lassen, dass mich jemand direkt hierherbringen würde. Sie ist wunderbar. Ich hatte schon befürchtet, dass ich entweder laufen oder ein, zwei Fahrten mit irgendwelchen Idioten ertragen müsste. Ich finde, du solltest hierbleiben. Bei uns." Als sie lächelte, klebte Schokolade an ihren Schneidezähnen. Es war kein hübscher Anblick, doch er berührte Dotties Herz, und auch, wenn ihr die Situation unangenehm war, wollte sie das Mädchen umarmen.

Adela tätschelte Cassies Hand, ein ruhiges Lächeln auf dem Gesicht, die Augen voller Weisheit. „Auch wenn es mich zutiefst beunruhigt, dass du per Anhalter hierhergekommen bist, junge Dame, bin ich froh, dass du hier bist – genau da, wo der Herr dich haben wollte.“

„Nichts für ungut, Miss Adela“, sagte Cassie. „Aber was diesen Gott-Kram angeht bin ich mir nicht so sicher.“

Dottie ließ den Blick über die Frauen schweifen – *taube, aggressiv kuppelnde Frauen,* doch sie wusste, dass Cassie bei ihnen gut aufgehoben war.

Da wurde ihr bewusst, dass das eine Gruppe war, die wirklich einen Einfluss auf hilfsbedürftige Frauen haben konnte. Der Gedanke grub sich in ihr Herz und begann zu keimen.

„Dottie, willst du uns nicht von dieser Mission, auf der du bist, erzählen?“, bat Lacy.

Dottie begegnete ihrem Blick. Das war eine Frau, die wusste, was eine Mission war. Dass sie nach Mule Hollow gekommen war, war auch eine Mission gewesen, darum begann Dottie zu erzählen.

„Ich bin auf dem Weg nach Kalifornien. Der *Sichere Hafen* ist eine Unterkunft für Frauen in Krisensituationen, und sie hat erhebliche finanzielle Probleme. Mein Bruder braucht mich.“ Dotties Miene verfinsterte sich bei dem Gedanken daran. Als sie sich umsah und das Interesse in den Blicken der anderen sah, fuhr sie fort, erleichtert, mit jemandem darüber reden zu können.

„Durch Budgetkürzungen haben sie ihre Subventionen verloren, und wenn sie nicht bald einen Weg finden, diese Mittel zu ersetzen, muss das Frauenhaus bald schließen. Und das darf nicht passieren. Ihr solltet die Frauen sehen, die da leben. Stacy zum Beispiel. Sie ist sowas von süß. Sie hat ein Baby, und wegen dieses Babys hat sie eine langjährige Geschichte voller Misshandlung und Gewalt hinter sich gelassen. Sie ist in ihrer Kindheit misshandelt worden und dann hat sie einen Mann geheiratet, der sie auch wieder misshandelt hat. Nachdem sie ihr Baby zur Welt gebracht hat, hat sie allen Mut zusammengenommen und Hilfe gesucht."

„Das arme Ding", sagte Norma Sue kopfschüttelnd.

Dottie nickte. „Sie hat keine Ausbildung, ist so eingeschüchtert, dass sie kaum spricht, doch sie kümmert sich rührend um ihr Baby. Dieses Frauenhaus darf nicht schließen." Sie hielt inne und entschloss sich, nicht zu sagen, dass sie glaubte, dass es der Grund war, warum sie noch am Leben war. Hier ging es nicht um sie, sondern um ihre Freundinnen in Kalifornien. „Wie auch immer. Von meinem Plan hängt eine Menge ab. Wenn alles gut geht, wird der Ertrag des Süßigkeitenladens das Haus finanziell stützen, von Fördermitteln unabhängig machen und den Frauen da ein besseres Leben ermöglichen."

Das wäre ein wunderbarer definierender Moment in ihrem eigenen Leben. Was gäbe es Besseres, als einer Frau, die jede Hoffnung aufgegeben hatte, auf einen neuen Lebensweg zu helfen?

„Dottie", sagte Lacy mit strahlenden Augen. „Das hört sich fantastisch an. Ich bin begeistert, wenn ich von solchen Gemeindeprojekten höre."

„Oh, das kannst du ihr glauben, wenn sie das sagte", schmunzelte Sheri.

Lacy versetzte Sheri einen Klaps aufs Knie. „Als ob es dir da anders ginge! Gemeindearbeit, jede Art von Gemeindearbeit, hier, da, ganz egal wo, ist die erfüllendste Berufung überhaupt."

„Leider gibt es andere Faktoren, die auch gegen

uns arbeiten", sagte Dottie. „Der Mietvertrag steht in drei Wochen zur Verlängerung an, und wir beten, dass die Miete nicht unerschwinglich wird. Oder dass sie die Vertragsverlängerung ablehnen. Dazu kommt, dass Todd, mein Bruder, gerade erfahren hat, dass der Eigentümer ein Angebot, das er kaum ablehnen kann, von einem Immobilienentwickler bekommen hat, der ein Shoppingcenter auf dem Block hochziehen will." Dottie kämpfte gegen die Wut an, die jedes Mal in ihr aufstieg, wenn sie daran dachte. „Ich versuche, mir nicht allzu große Sorgen zu machen", sagte Dottie. „Der *Sichere Hafen* ist ein wunderbarer Ort. Rose, eine andere Frau, die mit ihrem dreizehnjährigen Sohn da wohnt, hat mit ihm zwei Wochen in ihrem Auto gelebt, bevor Todd auf sie gestoßen ist. Sie hatten Angst–" Dottie sah die Frauen von Mule Hollow an und sah das Mitgefühl in ihren Augen.

Sie war froh, dass sie hierhergekommen war. Mule Hollow war das perfekte Beispiel dafür, wie die Welt aussehen könnte, wenn alle am gleichen Strang zogen, eine echte Inspiration. Dieser Ort war eine Utopie, die sie versuchen würde zu replizieren, sobald sie bei Rose und den anderen eingezogen war. Sie weigerte sich, sich Sorgen zu machen. Sie würde mit Glauben an die Sache herangehen.

Am Ende ihres ersten Tages in Mule Hollow hatte Dottie so viele Leute kennengelernt, so viele neue *Freunde* gewonnen, dass sie das Gefühl hatte, ihr ganzes Leben in Mule Hollow gelebt zu haben. Dieser Ort konnte einen süchtig machen. Wie konnte jemand hierherkommen und je wieder wegwollen?

An ihrem zweiten Tag in Mule Hollow stand Dottie mit den Hühnern auf. *Wirklich*, denn vor ihrem Wohnmobil wanderten Hühner herum und suchten nach Futter. Sie waren braun und schwarz und weiß. Sie hatte nie über Hühner nachgedacht, abgesehen davon, wenn es ums Essen ging. Doch Hühner waren sehr farbenfrohe, hoch individuelle Lebewesen.

Sie machte sich Kaffee und beobachtete eine Henne, die systematisch auf Käfer lauerte. Es machte Spaß, ihnen zuzusehen, und mit ihrer Farbenvielfalt waren sie hübsch, soweit man das von Hühnern sagen konnte. Sie fühlte sich wie ein Landei, so, wie sie dasaß und die Hühner beobachtete. Und ihr wurde bewusst, dass sie glücklich war.

Sie hatte in der vergangenen Nacht keine Alpträume gehabt, was eine große Erleichterung war. Gestern war ein seltsamer, wunderschöner Tag gewesen. Doch als sie sich schlafen gelegt hatte, hatte sie befürchtet, dass die Alpträume sie wieder heimsuchen würden – doch nein, stattdessen hatte sie eine friedliche Nacht gehabt. Mit den Hühnern aufzuwachen setzte allem die Krone auf. Widerwillig riss sie ihren Blick von den Tieren los und bereitete sich auf einen Tag am Herd vor. Ihr blieben zwei Tage für die Vorbereitungen, denn sie wollte das Buttertoffee nur noch während des Marktes verkaufen. Doch bevor sie irgendetwas anfing, setzte sie sich an ihren Laptop, wieder einmal dankbar für das Satelliteninternet, in das sie investiert hatte, und schrieb ihre tägliche Mail an Todd, die er an Rose und die anderen im Haus weiterleiten würde.

Sie hatte ihnen, seit sie aufgebrochen war, jeden Tag geschrieben, und sie liebten es. Keine von ihnen war je irgendwo anders gewesen, die meisten hatten ihr ganzes Leben innerhalb eines Zehn-Meilen-Radius' verbracht. Da war es selbstverständlich, dass es ihnen besonders gefallen würde, von Mule Hollow zu hören. Die Hühner würden sicher ein Hit sein, genau wie Lacy Matlock, Norma Sue und Esther Mae. Sie würden alles lieben. Und auch wenn sie ihnen erst einmal aus Mule Hollow geschrieben hatte, hatten ein paar der Frauen schon Mollys Geschichten nachgelesen.

Sie sollte sie alle zu einem Besuch hierherbringen.

Wow, *das* war ein Gedanke.

Selbst, wenn es nur für ein paar Tage wäre, würde es ihnen eine neue Lebensperspektive geben.

Bei dem Gedanken wurde ihr warm ums Herz. Sie konnte sich den Besuch bereits bildhaft vorstellen. Die Szene in ihrem Kopf, in der die Leute dieses charmanten Ortes sie mit offenen Armen begrüßten, machte sie sprachlos.

Sofort schrieb sie Todd eine zweite E-Mail, um ihm von der Idee zu erzählen. Eines Tages würden sie vielleicht in der Lage zu sein, das zu tun.

Als sie die Mail abgeschickt hatte, wandte sie sich den Vorbereitungen fürs Kochen zu. Lacy hatte gesagt, dass sie Hunderte von Besuchern erwarteten. Darum dachte Dottie in großen Dimensionen. Sie würde mehr Buttertoffees machen, einen ganzen Berg Brownies mit Nüssen und ohne, ihre Lieblings-Kokosnussbälle mit Nüssen … sie hätte auch zu gerne Erdnusskrokant gemacht, da sich das wunderbar verkaufen ließe, doch das war in ihrem Wohnmobil einfach nicht möglich. Sie würde sich mit den einfacheren Verkaufsschlagern zufriedengeben müssen, und vielleicht könnte sie auch ein paar Gummihasen machen.

Aus heiterem Himmel tauchte Sheriff Brady in ihren Gedanken auf und fing an zu winken und zu zwinkern. Gedanklich stieß sie den gutaussehenden Gesetzeshüter von sich. Sollte er doch winken, so viel er wollte, auf und ab hüpfen oder gar einen Handstand machen, sie würde sich nicht durch den Gedanken, wie nett er doch war, ablenken lassen. Oder wie hübsch sein Lächeln war, oder … okay, das war genug. Genug!

„Wie viel Uhr ist es?", stöhnte Cassie.

„Halb sechs, Schlafmütze", lachte sie und sah das haarige Etwas mit dem verschlafenen Blick, das sie von der Koje aus ansah, und war froh, dass sie abgelenkt wurde.

„Warum bist du so früh auf?", brummte Cassie in ihr Kissen.

„Weil wir Süßigkeiten zu machen haben! Auf geht's. Geh duschen, dann kannst du mir helfen."

Ein einzelnes geöffnetes Auge spähte Dottie unter dem Kissen hervor an. „Ich soll aufstehen?"

„Sonst noch jemand hier?"

Cassie nahm das Kissen von ihrem Kopf und kletterte aus der Koje, schob sich an Dottie vorbei und verschwand in der kompakten Duschkabine. Keine Beschwerden. Dottie war beeindruckt.

Die Eltern des Mädchens mussten sie furchtbar vermissen.

Brady hatte sicher zwischenzeitlich etwas herausgefunden. Sie würde ihm das Gezwinker vergeben, wenn er etwas, irgendetwas über Cassie in Erfahrung gebracht hatte.

Mit geübten Griffen organisierte sie die Zutaten

für die erste Ladung Köstlichkeiten, dann bereitete sie mit Cellophan und Geschenkband den Tisch vor, an dem Cassie die Süßigkeiten verpacken würde. Dabei wanderten ihre Gedanken immer wieder zurück zu Brady, wie eine Acht-Sekunden-Videoschleife, die sich weigerte, zu verschwinden. Ugh!

Er hatte gesagt, dass sie ein gutes Herz hatte. Ihr gefiel, dass Brady das nicht entgangen war und ihm seinerseits gefiel, was er sah. Das war der Teil, der sie jedoch störte. Warum gefiel es ihr so sehr, dass er es bemerkte?

Sorgfältig begann sie, Zucker in einer großen Rührschüssel abzumessen, und schaltete auf Autopilot, da sie die Mischung schon zahllose Male in ihrem Leben zubereitet hatte. Erinnerungen daran, wie sie mit ihrer Mutter und ihrer Großmutter gebacken hatte, tauchten vor ihrem inneren Auge auf und brachten ein Lächeln auf ihre Lippen.

„Hey, das Wasser hat sich *sooo* gut angefühlt!", seufzte Cassie, als sie in ein Handtuch gewickelt aus der Dusche kam.

Dottie lachte. „Du musst dich wacher fühlen."

„Oh ja. Lass mich mich schnell anziehen, dann kannst du mir Arbeit geben."

Dottie sah zu, wie sie in ihrem Schlafraum im Heck des Wohnmobils verschwand, um sich anzuziehen. Sie war so froh, Cassie begegnet zu sein, und hoffte, dass Brady etwas über sie herausgefunden hatte.

Drei Stunden später sprang Cassie von ihrem Platz auf. „Hey! Eine Hüpfanlage!"

„Was?" Dottie blickte von einem großen Topf aus, in dem sie trockene Zutaten vermengte, und folgte Cassies Blick aus dem Fenster in Richtung eines riesigen Haufens Plastik, um den eine Gruppe von Männern versammelt war. „Woher weißt du, was das ist?"

„Weil ich bei sowas geholfen habe. Ich meine, wir hatten sie immer in – ich hab sie überall gesehen. Hey, Jake ist da draußen."

Und damit war sie verschwunden, bevor Dottie Gelegenheit bekam, den Mund aufzumachen und sie davor zu warnen, Jake zu aggressiv zu verfolgen. Das Mädchen war schnell, das musste sie ihr lassen.

Während sie ihr nachblickte, als sie über die Wiese joggte, blieb ihr Blick an Sheriff Brady hängen, der neben der Gruppe aus seinem Truck ausstieg. Er blickte in Richtung ihres Wohnmobils, und ihr Herz schlug schneller. Deutlich schneller.

Dottie, du bist lächerlich.

Diese Vernarrtheit in Brady konnte nicht so weitergehen. Sie wusste das, und doch fiel es ihr schwer, dem Drang zu widerstehen, Cassie nach draußen zu folgen.

Es war lächerlich, diese romantische Offenbarung, die ihr Herz da hatte. Sie hatte ein Ziel, und dem würde nichts im Weg stehen.

Sie kippte das Wasser in die trockenen Zutaten, die ihr dafür dankten, indem sie sie in eine weiße Wolke hüllten. Hustend ignorierte sie den Staub und begann energisch zu rühren. Vielleicht war das das Problem mit Brady.

Sie war zu leichtgläubig. Sie hatte nicht viel Erfahrung mit Männern. Es war nicht so, als wäre sie je viel ausgegangen. Was wusste sie schon über Männer?

Davon abgesehen konnte sie nicht einfach losrennen und den Teig stehenlassen. Toffee wollte sorgfältig behandelt werden. Sie rührte weiter. Sein Gezwinker würde sie ihm jedoch irgendwie heimzahlen – sie musste sich nur überlegen, wie.

Genau das musste sie tun. Sie nahm einen Beutel Erdnüsse, riss ihn auf und schüttete den Inhalt in die Mischung. Da. Nimm das, Brady Cannon, du Charmebolzen.

Ein leises Klopfen riss sie aus ihren Rachegedanken.

„Dottie, sind Sie da drin?", hörte sie Bradys tiefe Stimme und hätte sich beinahe verschluckt.

Was? Ihr schuldbewusster Blick schoss zur Arbeitsfläche, auch wenn es nichts gab, das ihre Erdnussattacke mit Brady in Verbindung brachte. Woher sollte er wissen, dass sie gerade in Gedanken einen Beutel Erdnüsse nach ihm geworfen hatte. Oder sich ihn mit Schokolade, die ihm vom Gesicht tropfte, vorgestellt hatte.

„Dottie.“

„Kommen Sie rein. Ich kann nicht aufhören, was ich gerade mache.“ Ihr war übel. Plötzlich war sie nervös und fiebrig … *gedemütigt* war das richtige Wort. Sie stellte die Mischung auf den Herd und rührte weiter, als hätte sie einen bionischen Arm.

Als wollte sie Beweise vernichten.

Die Tatsache, dass sie ein Haarnetz trug, fiel ihr ein bisschen zu spät ein.

„Ich rieche Schokolade“, sagte er mit tiefer Stimme mit einem Vibrato, der Klang wie der Bass in einem Radio, der ein bisschen zu hoch gedreht war.

Sie seufzte, als er das Wohnmobil betrat und auf der unteren der beiden Stufen zur Kabine stehenblieb, was sie auf dem beengten Raum auf Augenhöhe brachte … was viel zu aufregend für ein Mädchen war, das in den letzten Minuten von diesen verrückten Ängsten geplagt wurde. Seinetwegen.

„Bilden Sie sich nicht ein, dass Sie irgendetwas davon bekommen“, blaffte sie. „Nicht nach dem, was Sie vorhin getan haben.“

„Hey, das war ein Scherz.“

„Dann geben Sie es also zu!“ Sie deutete mit dem schokoladenverschmierten Löffel auf ihn. „Wissen Sie, *wieviel* Ärger Sie mir damit eingebrockt haben?“ Sein Lächeln verriet ihr, dass er es sehr wohl wusste und dass da noch mehr auf sie wartete, wo das hergekommen war. Sein umwerfendes Lächeln reichte, um sie aus dem Gleichgewicht zu bringen, doch sie riss sich zusammen. „Ich muss gleich heiße Schokolade in diese Formen gießen und kann nicht aufhören. Mir sind also gerade die Hände gebunden. Doch passen Sie besser auf, denn wir sind noch nicht fertig mit dem Thema.“ Wieder deutete sie mit dem Löffel auf ihn.

Er hob beschwichtigend die Hände. „Oh, komm schon... ich meine Sie. Geben Sie zu, dass es die Ladys glücklich gemacht hat.“

Dottie fing an, Schokolade in die Formen zu gießen, und hielt inne, um ihm einen gereizten Blick zuzuwerfen. „Oh, und wie glücklich es sie gemacht hat. In ihren wirren Gedanken sind wir quasi schon verheiratet!“

Er lachte. „Das ist ein hartnäckiger Haufen. Doch

zur wichtigen Frage des Tages … kann ein Gesetzeshüter einer wütenden Chocolatière eine kleine Kostprobe abschwatzen?"

Dottie blieb der Mund offenstehen. „Sie glauben doch nicht wirklich, dass Sie Schokolade von mir bekommen? Schämen Sie sich denn gar nicht?"

Sein Grinsen sagte *nicht im Geringsten,* als er in den Raum hinauf kam. Sie zog eine Augenbraue hoch. „Hey Kumpel, ich habe nicht gesagt, dass Sie reinkommen können." Sie flirtete mit ihm. Nach all den Gedanken eben flirtete sie mit ihm! Was stimmte nicht mit ihr?

„Aber Sie haben auch nicht gesagt, dass ich nicht reinkommen kann." Wieder zwinkerte er ihr zu.

Dottie lachte, sofort eingewickelt von seinem Charme. „Sie sind furchtbar. Kommen Sie rein, wenn Sie es wagen."

Er rieb sich die Hände und strahlte wie ein Kind. Seine dunkelbraunen Augen glitzerten amüsiert. Er setzte sich an den Platz, den Cassie verlassen hatte, doch wo Cassie jede Menge Platz hatte, passte er gerade so auf die Bank. Er war ein überaus fitter

Mann, muskulös und groß. Er hatte sicher eine Freundin! Er trug keinen Ehering, also war er wahrscheinlich nicht verheiratet, doch er konnte in einer Beziehung sein. Die Frauen von Mule Hollow bildeten sich vielleicht nur ein, alles zu wissen, doch vielleicht war dem nicht so. *Whoa, wo kommt das denn plötzlich her? Das geht dich gar nichts an. Zwinkern hin oder her. Vor ein paar Minuten hast du noch gedacht, dass was mit ihm nicht stimmt.*

Sie war ihr ganzes Leben lang noch nie so konfus gewesen. „Was ist mit der Kostprobe?"

„Lässt sich vielleicht einrichten."

„Wie fühlen Sie sich heute?"

„Schluss damit!" Wieder zeigte sie mit dem Löffel auf ihn. „Keine Fragen über meine Gesundheit, sonst gibt es keine Kostprobe für Sie." Als sie mit dem Gießen der Schokolade fertig war, stapelte sie vorsichtig die Gussformen und stellte sie beiseite, damit sie langsam abkühlen konnten. In der Hoffnung, ihr pochendes Herz zu beruhigen, atmete sie tief durch, bevor sie sich wieder Brady zuwandte.

„Ich wette, Sie waren eine furchtbare Patientin."

Sie senkte ihr Kinn, begegnete seinem Blick und wünschte sich, sie hätte am Tag ihrer ersten Begegnung keine Schmerzen gehabt. Doch zumindest gab ihm seine Bemerkung etwas anderes als ihre Vernarrtheit in ihn, auf das sie sich konzentrieren konnte. „Ich musste mich monatelang beglucken lassen. Ich bin dankbar dafür, und ich liebe sie alle dafür. Aber jetzt geht's mir gut. Jedem tut hier und da mal was weh. Als wir uns begegnet sind, war das ein solcher Moment."

Er lächelte, rollte mit seiner Schulter und ächzte. „Ja, meine Schulter hat mir heute Morgen auch weh getan, doch ich hab Pferdesalbe draufgeklatscht, und jetzt ist es weg." Er rieb sich die Schulter. „Wenn Sie was davon brauchen, ich hab mehr als genug. Ich wäre sogar bereit, was gegen Schokolade einzutauschen."

„Sehr witzig."

„Nein wirklich. Das Zeug ist gut, riecht nur ein bisschen streng." Er rümpfte die Nase und zog die Augenbrauen hoch.

Dottie lachte und versetzte seiner Schulter mit ihrem Geschirrtuch einen Klaps. „Ich sollte Ihnen wohl besser was Süßes holen, bevor ich Ihretwegen gehen muss.“

„Gehen?“

„Ja, wegen tätlichen Angriffs auf einen Polizisten.“ Sie öffnete den Deckel einer großen Keksdose, nahm mit einer Serviette zwei Pralinen heraus und legte sie vor ihn auf den Tisch.

„Wenn ich die mag, werden Sie mich vielleicht nie los. Ich habe gehört, die sollen köstlich sein.“

Sie lächelte herzlich und entspannte sich ein wenig. „Dann werde ich Sie wohl nicht los, denn die sind *ausgesprochen* köstlich.“

Er lachte und sah sie fassungslos an. „Eingebildet sind Sie gar nicht, oder?“

In diesem Moment wurde ihr bewusst, wie sich die Bemerkung angehört haben musste, und sie wurde rot. „Nein! Überhaupt nicht“, keuchte sie und lächelte, auch wenn es ihr furchtbar peinlich war. „Das Lob gebührt meiner Großmutter. Das ist ihr Rezept, und sie hat es mir beigebracht. Diese kleine Praline, die sie da in der Hand halten, hat bei jedem Jahrmarkt in einem Zehn-County-Umkreis von meinem Heimatort das blaue Band gewonnen, von den großen Jahrmärkten in den Hauptstädten der Bundesstaaten, wo sie Preise abgeräumt hat, ganz zu schweigen."

„Ach so?" Er drehte die Praline in der Hand und betrachtete sie staunend von allen Seiten. „Wie alt ist diese Praline?"

Dottie verdrehte die Augen, versucht, ihm wieder mit dem Handtuch einen Klaps zu versetzen. „Hat Ihnen eigentlich schon jemand gesagt, dass Sie ein ganz Gescheiter sind?"

„Da wären Sie die erste."

„Das glaube ich nicht eine Sekunde. Schlaumeier."

Dottie war wie ein frischer Wind, und er hatte den Verstand verloren! Brady beobachtete ihre Miene und konnte sie einfach nicht nicht aufziehen. Er hatte die ganze Nacht an sie denken müssen – ausschließlich positive Gedanken. Ein Blick auf sie heute Morgen mit ihren funkelnden Augen und dem sanften Lächeln, und er fragte sich, warum er nicht ein einziges Mal schmutzigere Gedanken gehegt hatte.

Die Neckerei kam von ganz allein, und erzielte

eine Wirkung, die ihm gefiel … dieses Glitzern in ihren Augen, wenn sie begriff, dass er sie durch den Kakao zog. Er erinnerte sich an den Ausdruck auf ihrem Gesicht, als Stanley Applegate in den April geschickt hatte. Sie hatte geglaubt, dass die beiden sich wirklich zerstritten hatten. Unbezahlbar dieser Blick.

Er biss in die Praline. Zuerst Schokolade, dann Karamell, so üppig und dickflüssig, schmolzen in seinem Mund. Einfach köstlich. „Okay, wie wäre es mit etwa zwanzig Pfund von diesem Zeug?"

„Finden Sie was über Cassie raus, dann mach ich Ihnen zwanzig Pfund davon. Kostenlos."

Er schluckte und betrachtete die Szene vor dem Fenster. Jake und Cassie halfen Esther Mae und Hank Wilcox dabei, die riesige Hüpfburg aufzubauen. Die anderen hatten sich wieder ihren eigenen Vorbereitungen für das Wochenende zugewandt. Während er zusah, legte Cassie die Hand auf Jakes Arm und lächelte zu dem jungen Cowboy auf, der ihr mit einem Lächeln darauf antwortete, das ihn wie einen liebeskranken Welpen aussehen ließ.

„Ich erwarte ein Fax aus Austin. Da ist gestern

eine Vermisstenmeldung für eine Neunzehnjährige aufgegeben worden. Sie ist seit vier Tagen verschwunden."

Dotties Miene wurde traurig. „Ich verstehe das einfach nicht. Warum würde ein Mädchen wie Cassie einfach so davonlaufen?" Sie verdrehte das Geschirrtuch zwischen ihren Händen und setzte sich ihm gegenüber an den Tisch, um Cassie und Jake durchs Fenster zu beobachten. „Sie ist ein großartiges Mädchen – oder besser, eine junge Frau. Ich meine, zuerst dachte ich, dass sie irgendwelches Leid durchmacht, doch jetzt denke ich, dass sie nur Angst hatte, womöglich mit dem oder der Falschen mitzufahren. Ich meine, es war faszinierend, wie sie den ganzen Weg hierher über Mule Hollow gesprochen hat. Sie liebt diesen Ort, doch ich bin mir sicher, dass sie nicht nur von zu Hause weggelaufen ist, um einen Ehemann zu finden. Sehen Sie sich an. Sie ist so süß und so unbeschwert."

„Hey ... Dottie." Brady streckte seine Hand aus und legte sie auf ihre immer zappeligeren Hände. Sofort hörte sie auf, das Handtuch zu würgen, und sah ihn an. „Sie ist ein gutes Mädchen. Das sieht man. Ich habe in der Stadt Kids aus allen möglichen Gründen weglaufen sehen. Die Geschichten enden nicht immer böse. Glauben Sie mir, vielleicht ist es auch nichts."

Er betete, dass die aufmunternden Worte berechtigt waren.

„Was glauben Sie, wann sie mehr wissen werden?"

„Die Info könnte schon in meinem Büro liegen. Warum kommen Sie nicht mit mir rüber? Dauert nicht lange. Ich habe auch alle möglichen Variationen ihres Namens abgefragt. Bates ist nicht gerade ein seltener Nachname und Cassie dürfte eine Abkürzung für irgendetwas sein."

Sie blickte hinüber auf die Arbeitsfläche, die mit Zutaten und Schüsseln vollstand. Wenig Platz, doch sie kam zurecht. Er konnte ihre Gedanken kreisen sehen.

„Okay, ich kann anfangen, die Sachen, die ich bis jetzt gemacht habe, zu verpacken, wenn ich zurückkomme. Herauszufinden, was es mit Cassie auf sich hat, ist jetzt erstmal wichtiger."

„Dann lassen Sie uns fahren."

Er sah zu, wie sie die Hände auf den Tisch legte und sich beim Aufstehen aufstützte. Sie band ihre grüne Schürze ab und zog das alberne Netz von ihrem Kopf. Ihre seidigen Haare flossen über ihre Schultern, als sie fast schüchtern zu ihm auf lächelte.

„Ich hatte ganz vergessen, dass ich das schicke Netz aufhatte.“

„Ich fand es ganz niedlich.“

„Ein Schlaumeier und ein Flunkerer.“ Ihre Wangen wurden rot.

„Lassen Sie uns das nicht verbreiten. Die meisten Leute glauben, was ich ihnen sage.“

Sie lachte und folgte ihm hinaus in die Sonne. „Ach so?“

Er lachte. „Naja, ich bin schließlich der Sheriff.“

„Genau der Grund, weswegen ich Ihnen meine Beobachtungen nicht zum Vorwurf mache.“

Er wollte gerade zurückschießen, als Esther Mae sie sah.

„Hallo, ihr zwei.“

„Hallo, Esther Mae, Hank“, sagte er, griff in seinen Wagen und holte seinen Hut heraus. Er hatte ihn vorhin abgenommen, da er angenommen hatte, dass er beim Aufbau der Hüpfburg helfen würde. Er setzte ihn auf und fühlte sich wieder ganz.

„Sieht aus, als würde alles gut laufen", bemerkte Dottie. Ihre Schulter streifte seinen Arm, als sie neben ihm stehenblieb, und lenkte Brady sofort ab. Sie duftete nach Vanille und Schokolade, eine Kombination, die jeden Mann dahinschmelzen lassen würde.

„Läuft prächtig", hörte er Esther sagen. Brady blickte hinab auf Dotties glänzenden schwarzen Haare und dann zurück zu Esther. Er sollte ihre Spekulationen nicht anheizen.

„Und wie benimmt sich unser guter Sheriff heute dir gegenüber?" Esther zog eine Augenbraue hoch, und ihm wurde bewusst, dass der älteren Frau nichts entgangen war. Zumindest hatte Dottie nichts mitbekommen.

Oder doch? Als Dotties Gesicht wieder Farbe bekam, war er sich nicht sicher, ob ihr die Frage peinlich war oder ob es an der Morgensonne lag. Sie hatte ein furchtbares Martyrium hinter sich, und er musste seine Vernarrtheit im Zaum halten und nicht vergessen, dass sich jemand um sie kümmern sollte. Er musste versuchen, sie ein bisschen hinaus in die Sonne zu holen. Nach der anstrengenden Reha brauchte sie frische Luft und Sonne als letzten Therapiefaktor. Es gab nichts Besseres, als eine Wanderung, um Ausdauer zu trainieren und gesunde Farbe zu bekommen. Denn die Farbe, die er jetzt sah, war *nicht* normal.

Sie blickte zu ihm auf und ertappte ihn beim Starren.

„Ich denke, er hat gestern Abend das Handbuch studiert. Sheriff Brady behandelt mich strikt gemäß der gültigen Gastfreundschaftsregeln von Mule Hollow."

Esther lachte und betrachtete beide mit zusammengekniffenen Augen, was Brady noch nervöser machte.

„Da bin ich mir sicher", sagte sie. „Unser Brady ist ein sehr smarter Mann. Vergiss das nicht."

Brady schob den Finger in seinen Hemdkragen. „Dottie, ich denke, wir sollten losmachen und uns diese Ideen ansehen …"

„Oh ja, sicher. Wir sehen uns später, Esther. Bis dann, Hank."

„Bis später. Wenn du zurückkommst, haben wir die kleine Gummiente fertig, und vielleicht kannst du dann ja mit Jake und Cassie als erste hüpfen."

Dottie blickte zu der „kleinen Gummiente", wie Hank die Hüpfburg genannt hatte, hinüber und winkte Cassie zu, die einen Teil der sich schnell mit Luft füllenden Anlage in die richtige Position schob. „Ich glaube nicht, dass ich das tun will."

„Sicher doch. Das wird lustig."

Brady sah die Angst, die über Dotties Gesicht huschte. „Wenn wir nicht rechtzeitig zurück sind, können wir es vielleicht später probieren."

„Sicher", nickte Hank.

„Das ist wahrscheinlich sowieso besser, Brady. Dann kannst du sie auffangen, falls sie fällt", sagte Esther Mae.

Brady nickte und öffnete die Tür seines Trucks. Zeit, dem Feuer zu entkommen. Da brodelte etwas – das konnte er Esther Maes Blick ansehen. Vielleicht hätte er Dottie nicht vor den Frauen zuzwinkern sollen. Es war eine spontane Aktion gewesen … die er vielleicht noch bereuen würde, denn er hatte den Eindruck, dass er sich und Dottie damit direkt in die Aufmerksamkeit der alten Damen katapultiert hatte.

Was war nur aus seinem gesunden Menschenverstand geworden?

KAPITEL SECHS

„Das ist sie nicht." Dottie hielt das Foto der Ausreißerin aus Austin in der Hand und sah ihn beunruhigt an. „Oh, wie ich manchmal das Leben hasse. Ich wünschte, ich könnte helfen."

Brady nahm das Bild und legte es auf seinen Schreibtisch. „Wir können nicht immer helfen, doch wir können versuchen, etwas zu bewirken, wenn sich uns die Chance bietet. Was du für Cassie tust ist mehr als locker zwei Drittel der Bevölkerung je tun würden."

„Ich hoffe, dass du dich damit täuschst. Ich bin

mir sicher, dass zwei Drittel der Bevölkerung jemandem in Not helfen würden."

Brady zuckte mit den Schultern. Die Wahrheit war leider nun einmal die Wahrheit.

Das Telefon klingelte, und er folgte Dottie mit dem Blick zu der Fotowand, zu der sie ging, um ihm ein bisschen Privatsphäre zu gewähren, als er den Hörer abnahm.

„Büro des Sheriffs", sagte er und beobachtete Dotties Haare, die als seidige Kaskaden über ihre Schultern glitten, als sie sich vorbeugte, um die Fotos an der Wand zu betrachten.

Er drehte sich um und bat Seth Turner, das Gesagte zu wiederholen. Es hatte einen Unfall auf einer der Landstraßen zwölf Meilen außerhalb des Ortes gegeben.

Der Fahrer des Trucks war in seinem Fahrerhaus eingeklemmt.

Dottie hörte Brady sofort an, dass etwas Schlimmes passiert war. Sie drehte sich um, als er gerade den Hörer auflegte und sich mit der Hand vom Schreibtisch abstieß. Die Veränderung war abrupt.

Plötzlich war der entspannte Brady verschwunden. Der Mann, der um den Schreibtisch herum ging, war ganz Polizist. Dottie hatte bereits am eigenen Leib erfahren, dass in der sanftesten Frau und im zurückhaltendsten Mann Helden stecken konnten. Natürlich trug Brady schon eine Uniform. Er war keine Überraschung. Die, die sie gerettet hatten, waren eine Überraschung gewesen.

Eine Überraschung, die ihr die Augen geöffnet hatte.

„Es hat einen Unfall gegeben. Tut mir leid, aber ich muss los."

„Kann ich mitkommen? Ich verspreche, dass ich nicht im Weg stehen werde."

Sie folgte ihm hinaus, ein wenig verärgert angesichts seines Zögerns. „Komm schon, vielleicht brauchst du mich."

Er hielt inne, als versuchte er, ihre Fähigkeiten einzuschätzen. Sie wusste, dass das Letzte, was er an einem Unfallort brauchen konnte, ein Helfer war, der womöglich selbst Hilfe benötigen würde. Beim Anblick von Blut in Panik geraten würde oder so etwas.

„Ich kann das, Brady." Sie sah ihm in die Augen und nickte entschlossen, um ihre Worte zu unterstreichen. Es war offensichtlich, dass er es gewohnt war, Situationen einzuschätzen und schnell Entscheidungen zu treffen.

„Steig ein."

Ja!

Innerhalb von Sekunden rauschte der Ort an ihnen vorbei, begleitet von Sirenengeheul und Blaulicht, und Dotties Herz pochte vor Aufregung. Ihr war nicht einen Moment in den Sinn gekommen, dass sie vielleicht mit dem, was sie vorfinden würde, nicht zurechtkommen würde. Bis es zu spät gewesen war. Was, wenn sie nicht … Was, wenn sie … Ihr Magen drehte sich beim Gedanken daran, dass sie ihr Versprechen vielleicht nicht einhalten konnte.

Was, wenn sie ein Feigling war?

Doch Brady zuzuhören, wie er über Funk die verschiedenen Rettungseinheiten zusammentrommelte, lenkte sie von ihren plötzlichen Sorgen ab.

Er war wunderbar. Präzise, direkt, bereit für alles,

was sie bei ihrer Ankunft vorfinden würden.

Das Leben eines Mannes hing womöglich von ihm ab.

Dottie atmete tief durch. Die Landschaft rauschte an ihnen vorbei, und sie konzentrierte sich und betete für den Mann, der in seinem umgestürzten Truck eingeklemmt war. Sie war dankbar für den kompetenten Mann, der neben ihr saß. Wie sie eine Stunde zuvor schlecht über ihn hatte denken können, war ihr jetzt ein Rätsel. Er war durch und durch ein guter Mann.

Der Neunachser war mitten im Nirgendwo umgestürzt. Seth hatte den Unfall von seinem Traktor aus gesehen, doch da die Netzabdeckung in der Gegend so schlecht war, hatte er bis zu seinem Haus fahren müssen, um den Unfall zu melden.

Als sie am Unfallort ankamen, kam ein Cowboy auf sie zu gerannt.

„Das ist Seth", sagte Brady und öffnete seine Tür, noch bevor sein Wagen ganz zum Stillstand gekommen war. Er hatte ihr erklärt, wie alles ablaufen würde, und übernahm genau wie an dem Tag, an dem er ihren brennenden Motor gelöscht hatte, die Kontrolle über die Situation.

Seth war aufgeregt, als er auf sie zukam, doch sobald Brady aus dem Truck stieg, wurde er sichtlich ruhiger. Sie verstand das Gefühl. Brady Cannon sah aus, als könnte er alle Probleme lösen.

Sie folgte ihnen zur Unfallstelle, hielt sich jedoch zurück, da sie nicht im Weg stehen wollte, während Brady sich einen Überblick über die Lage verschaffte und in ruhigem Ton mit dem armen Mann im zertrümmerten Führerhaus redete. Er blutete stark, war jedoch bei Bewusstsein. Brady wies Seth an, den Kopf des Mannes gerade zu halten, um weiteren Schaden zu vermeiden, falls er sich das Genick verletzt hatte, und winkte sie zu sich. Er holte ein paar Kompressen aus dem Notfallkoffer, den er aus seinem Truck mitgebracht hatte, und legte sie auf die Schnittwunde am Kopf des Mannes.

„Bitte drück das auf seine Wunde. Schaffst du das?"

Überall war Blut. Sie schluckte, nickte jedoch. Der Mann lag in einem seltsamen Winkel und blinzelte sie an, als sie sich auf beengtem Raum neben Seth niederließ.

„Das macht ihr gut", sagte Brady zu ihnen und berührte sanft die Schulter des Verletzten. „Paul, das sind Seth und Dottie. Sie können sich mit den beiden unterhalten, während ich mich daran mache, Ihre Beine zu befreien, damit wir Sie gleich ins Krankenhaus bringen können, sobald die Kavallerie eintrifft."

Als Paul Dottie ängstlich ansah, schossen Erinnerungen in ihren Kopf. Kalte Dunkelheit. Kein Platz zum Atmen, keine Möglichkeit, sich zu bewegen, als schmutziges Wasser aus gebrochenen Leitungen sich mit ihrem Blut mischte. Kalte Schauer jagten durch Dottie hindurch, während sie gegen den Fluchtreflex und die aufsteigenden Tränen ankämpfte. Ihre Hände zitterten auf Pauls klammer Haut, und sie war sich sicher, dass er ihre Verzweiflung sah.

Ich bin immer bei dir.

Dottie hörte die Worte in ihrem Kopf. Sie konzentrierte sich darauf, denn sie wusste, dass es stimmte. Mut, der nicht ihr eigener war, vertrieb ihre Panik wie ein Segel, das sich im Wind blähte, und es gelang ihr, ihre Klaustrophobie niederzuringen.

Er braucht mich wie ich die Retter gebraucht habe, die zu mir gekommen sind. Heute würde sie sich nicht schlagen lassen. Das war ein Alptraum, der sie monatelang geplagt hatte, in dem sie diese furchtbaren Stunden, eingeklemmt, ohne Aussicht auf Rettung in Dunkelheit verbracht hatte. Doch jetzt würde sie nicht fliehen. Sie würde Paul nicht im Stich lassen. Das kam nicht in Frage. Ihre Retter hatten sie auch nicht aufgegeben, und trotz ihrer Ängste weigerte sie sich, jetzt ihren Platz zu verlassen.

Sie sah Paul in die verängstigten Augen, drückte die Kompressen auf seine Stirn und zwang sich zu einem Lächeln. Sie würde ihm genauso Mut zusprechen, wie ihre Retter es getan hatten. „Ich bin bei Ihnen", sagte sie sanft.

Bradys Hand auf ihrer Schulter half ihr, sich noch besser auf ihre Aufgabe zu konzentrieren. Sie blickte auf und bemerkte, wie eindringlich er sie ansah. Nur ein kurzer Moment war verstrichen, seit sie sich in das enge Führerhaus gezwängt hatte, doch die Zeit verlief so langsam, dass es sich anfühlte, als wären Stunden vergangen.

„Du kannst das. Sorg dafür, dass er sich mit dir unterhält. Ich bin gleich wieder da."

Sie blickte ihm kurz nach, dann konzentrierte sie sich allein auf Paul. „Alles wird gut", sagte sie, und in ihren Worten lag jetzt mehr Kraft, mehr Glauben. Sie würde tun, was nötig war, um diesem Mann zu helfen. Und alles würde gut werden.

Sie musste ihn nur dazu bringen, es auch zu glauben.

Dottie beobachtete Brady vom Beifahrersitz seines Trucks aus. Sie war steif, ihre Muskeln schmerzten, nachdem sie über eine Stunde in geduckter Haltung gekauert war, doch es war ein kleines Opfer für die Belohnung. Der Rettungssanitäter hatte gesagt, dass die Chancen dank ihrer gemeinsamen Hilfe gut standen für Paul. Dottie wusste, dass dank Brady alles so gut gelaufen war. Sie und Seth hatten die leichten Jobs gehabt, Brady hatte die schwere Arbeit geleistet.

Nachdem der Krankenwagen abgefahren war,

kümmerte sich Brady um die übrigen Details, bestellte den Abschleppwagen und einen Reinigungstrupp, um die Tonnen von Saatgut aufzukehren, die sich über die Straße ergossen hatten.

Sie war beeindruckt von Bradys professionellem Vorgehen und fragte sich zum wiederholten Male, ob die Leute in Mule Hollow wussten, wie viel Glück sie hatten, einen Mann wie ihn in ihrer Gemeinde zu haben.

Männern wie Brady verdankte sie ihr Leben. Männern, die ihr Leben riskierten, um andere zu retten.

Wärme hüllte sie ein, als sie sich an die Männer erinnerte, die tagelang unermüdlich gegraben hatten, um sie unter Bergen von Ziegeln, Holz und Schlamm zu befreien.

Tränen stiegen ihr in die Augen. Nicht einer der Männer, die sie befreit hatten, war ein Profi gewesen. Es waren alles Freiwillige gewesen, die ohne Schlaf oder Bezahlung unermüdlich gegraben hatten, um sie zu retten. Als sie ihren Blick senkte, wurde ihr bewusst, dass ihre Hände zitterten. Sie schloss die Augen und rieb sich die Oberarme und hasste die

Schwäche, die sie empfand, als ihr ganzer Körper zu zittern begann.

„Paul hat unglaubliches Glück gehabt“, sagte Brady, als er einstieg und sich auf den Fahrersitz setzte.

Dottie nickte, plötzlich fiel ihr das Atmen schwer.

„Dottie–“

Innerhalb von Sekunden war er aus dem Truck, rannte auf ihre Seite und riss die Tür auf. Er zog sie hinaus ins Freie und in seine starken Arme.

„Alles ist gut“, flüsterte er in ihre Haare.

Er hielt sie fest, beinahe, als wollte er, dass seine Kraft auf sie überging. Sie rang darum, Halt in dieser Stärke zu finden, doch wie eine Gerölllawine rissen Erinnerungen sie zurück in die Ruine, in das Grab, das sie immer wieder heimsuchte, und sie brach weinend zusammen.

Und Brady hielt sie.

Was hatte er sich nur gedacht? Diese Frau hatte einen Alptraum durchlebt, und er hatte sie in eine Situation gebracht, in der es um Leben und Tod gegangen war, und sie eingesetzt. Ihre Hilfe war von unschätzbarem Wert gewesen, doch zu welchem Preis?

Er wusste, dass Menschen, die furchtbare Traumata erlitten hatten, den Ballast oft für den Rest ihres Lebens mit sich herum schleppten. Er hätte sie nicht mitkommen lassen sollen. Das war fahrlässig von ihm gewesen.

„Du bist wunderbar gewesen", murmelte sie nach ein paar Minuten gegen sein Hemd. Er spürte ihre Tränen auf seiner Haut. Er strich mit der Hand über ihre seidigen Haare, schloss die Augen und versuchte zu ignorieren, wie perfekt sie in seine Arme zu passen schien. „Nein, du warst wunderbar. Ich weiß, es war schwer für dich, aber du warst so stark für Paul. Er hat all den Mut, den du ihm zugesprochen hast, gebraucht. Ich hoffe, dass das auch jemand für dich getan hat." Plötzlich stieg ein Bild von Dottie, schlammverschmiert und blutend, eingeklemmt unter einem Berg Trümmern vor seinem inneren Auge auf, und er hielt sie fester.

Sie nickte. „Das haben sie. Zwei Männer haben

sich zu mir durchgegraben. Selbst, als sie befürchtet haben, dass das Gebäude ganz einstürzen könnte, haben sie mich nicht aufgegeben. Sie waren bereit, mit mir zu sterben, wenn es passiert wäre. Sie sagten, sie haben sich zu lange zu mir durchgegraben, um ohne mich wieder da raus zu kriechen." Ihr leises Lachen wurden von einem Schluchzer unterbrochen. „Sie sind geblieben, und während sie mich befreit haben, haben sie mit mir geredet und mir das Wasser vom Gesicht ferngehalten …"

Sie verstummte.

„Genau dasselbe hast du heute für Paul getan."

Sie entspannte sich an ihn. Er spürte, wie ihre Kraft in sie zurückkehrte. Sie würde den Moment hassen, in dem sie ihm diese Schwäche gezeigt hatte. Sie hatte ihm bereits ziemlich deutlich klargemacht, dass sie es hasste, begluckt zu werden.

„Ich hatte solche Angst, dass ich es nicht schaffe. Dass ich ihn im Stich lassen könnte."

Brady lachte und schob sie ein Stück von sich, damit er ihr in die Augen sehen konnte. „Du? Ihn im Stich lassen? Du warst unglaublich. Du wusstest genau, was du zu ihm sagen musstest. Es war offensichtlich, dass du wusstest, was er empfindet. Es tut mir so leid, dass ich dich in diese Situation gebracht habe, Dottie."

Sie wischte sich die Tränen ab und trat zurück. Er hasste es, sie loslassen zu müssen. „Danke. Ich wollte nicht heulen. Es ist ja nicht so, dass ich die einzige bin, die sowas durchgemacht hat. Ich habe überlebt. Viele andere nicht."

Er legte seinen Finger unter ihr Kinn und zwang sie, aufzublicken. „Ich glaube, dass du hart daran arbeitest, das, was dir geschenkt wurde, weiterzugeben. Ich bewundere, was du in Kalifornien tun willst."

Als er ihre geröteten Augen sah, ihre fleckigen, geschwollenen Wangen und ihre rote Nase, konnte Brady den Blick einfach nicht abwenden.

Sie war ein Häuflein Elend! Sie war schön.

Und er wollte sie küssen und nie wieder loslassen.

KAPITEL SIEBEN

Dottie konnte sich nicht an Bradys Küche sattsehen. Sie war gigantisch.

Gi-gan-tisch!

An allen vier Wänden gab es Einbauschränke vom Boden bis zur Decke, und die Arbeitsflächen waren schier unendlich. Er hatte einen Gasherd mit sechs Brennern, der darum flehte, benutzt zu werden, und einen Doppelofen. Sie könnte definitiv hier arbeiten. Nachdem sie ihm bei seinem Rettungseinsatz geholfen hatte, hatte er darauf bestanden, dass sie seine Küche benutzte, um alles für den Markt vorzubereiten, da sie dort mehr Platz haben würde.

Widerwillig hatte sie zugestimmt. Jetzt war sie glücklich, sein Angebot angenommen zu haben. Es war keine Profiküche, doch sie kam einer sehr nahe.

„Dottie, schau dir das an!", rief Dottie, und stellte einen Sack mit Dekomaterial auf die Kücheninsel, bevor sie sich staunend umsah. Dottie hatte bereits dasselbe getan.

„Du lebst allein hier?", fragte sie Brady, als er mit Tüten beladen hereinkam.

„Jupp, ganz allein."

„Wow", staunte Cassie.

Dottie entging der Schatten nicht, der über Bradys Gesicht huschte. „Geh dich ruhig umsehen, wenn du magst. Meine Mom hat das Haus bauen lassen, damit sich jemand daran erfreut."

Cassie verschwand sofort durch die Tür. „Hast du viele Geschwister?", fragte Dottie.

„Nein, Einzelkind." Er stellte die Tüten auf die Arbeitsfläche neben ihr. „Ich hätte einen ganzen Haufen Geschwister haben sollen, doch es hat einfach nicht geklappt. Meine Mom war fünfundvierzig und mein Dad war fünfzig, als sie mit mir schwanger wurde.“

„Wow.“

Er lachte leise. „Ich glaube, das war genau das Wort, das sie benutzt haben, als der Arzt es ihnen gesagt hat. Sie waren überglücklich, Eltern zu werden, selbst in ihrem Alter.“

„Wo sind sie jetzt?“

Seine entspannte Miene machte einer Mischung aus Traurigkeit und etwas, das sie nicht deuten konnte, Platz.

„Sie sind vor fünf Jahren gestorben.“

„Oh, das tut mir leid.“

Er vergrub seine Hände in seinen Hosentaschen und sah sie an. „Ja, mir auch.“

Sie berührte tröstend seinen Arm, doch nur kurz.

„Auch wenn sie älter waren, waren sie sehr aktiv.“ Er schüttelte den Kopf. „Ich hab es nicht kommen sehen. Ich dachte, dass sie hier sein würden, wenn ich soweit sein würde, nach Hause zu kommen, doch sie sind bei einem Autounfall ums Leben gekommen. Ich kann es immer noch nicht fassen.“

„Was hast du gemacht?", fragte Dottie.

Er zuckte mit den Schultern. „Nach der Beerdigung bin ich wieder in die Stadt zurückgegangen, doch ich habe nichts mehr so gesehen wie zuvor. Was passiert war, hat mich verfolgt, genauso wie das, was mein Dad versucht hatte, mir zu zeigen." Er hielt inne und schüttelte den Kopf. „Es ist seltsam, doch am Ende war es der Tod meines Vaters, der mir seine Nachricht klargemacht hatte. Auch kleine Orte brauchen Gesetzeshüter. Sie brauchen gut ausgebildete Ersthelfer, und die Leute haben das Bedürfnis, sich während eines Notfalls sicher zu fühlen. Das ist alles möglich mit der richtigen Ausbildung." Er atmete tief durch. „Mein Vater hat zahllose Male versucht, mir zu zeigen, dass ich in Mule Hollow mehr gebraucht wurde als in der Großstadt. Doch ich habe es nicht begriffen. Wollte es nicht begreifen. Wie auch immer – genug davon … langer Rede kurzer Sinn: Ich bin nach Hause gekommen, wenn auch zu spät für meine Eltern. Doch ich bin gekommen."

Dottie sah das Lächeln, das seine Lippen

umspielte, und hatte das Gefühl, Brady Cannon schon ihr ganzes Leben lang zu kennen. Er war ein Mann von Integrität und Ehre. Doch etwas fehlte in seiner Geschichte. Sie konnte es in seinen Augen sehen und in seiner Stimme hören.

Doch es ging sie nichts an. Er half ihr, sich für den Markt vorzubereiten und herauszufinden, was es mit Cassie auf sich hatte. Sie konnte ihn bewundern, doch es war nicht nötig, dass sie in seinem Privatleben herumstocherte.

„Wir sind hergekommen, um Süßigkeiten zu machen, oder?", fragte er und änderte dankenswerter Weise das Thema.

„Ja, das sind wir. Hast du je schonmal welche gemacht?"

Er nahm seinen Hut ab und lächelte. Das Lächeln entblößte seine schönen Zähne, und Lachfältchen tanzten um seine Augenwinkel.

„Nein, aber ich habe jede Menge davon gegessen. Wie wäre es, wenn dwir Pekan-Karamell-Schildkröten machen würden?"

Sie lachte. „Können wir gerne. Doch jetzt, wo wir

all diesen Platz zur Verfügung haben, möchte ich Erdnusskrokant machen. Die Schildkröten müssen warten." Ihr blieben noch knapp zwei Tage, und sie wollte die Küche so gut nutzen, wie sie konnte.

„Das ist auch okay. Ich mag Krokant. Ich habe sogar noch die Marmorplatte, die meine Mom immer benutzt hat, um das, das sie gemacht hat, abkühlen zu lassen."

„Nein wirklich? Das wäre fantastisch. Ich kann zur Not auch Backbleche benutzen, doch das ist nicht halb so perfekt wie Marmor."

„Komm mit."

Dottie folgte ihm gerne. Sie gingen in das großzügig geschnittene Haus mit den breiten Fluren und polierten Parkettböden. Es war kein Musterhaus, sondern ein gelebtes, anheimelndes, älteres Haus, dem sie ansah, dass es geplant worden war, um darin zu leben.

Das Wohnzimmer war ein großer Raum mit vielen Antiquitäten darin. An der Wand stand ein hübscher Marmor-Beistelltisch, der etwa einen halben Meter breit und achtzig Zentimeter lang war. Brady nahm die

Lampe, die darauf stand, herunter, dann hob er die schwere Marmorplatte mühelos vom Holzgestell.

„Meine Mom hat Dad die Platte immer in die Küche bringen lassen, wo sie das Krokant ausgerollt und es trocknen lassen hat. Das ist eine meiner schönsten Kindheitserinnerungen."

„Ist das nicht witzig? Die Erinnerungen an meine Großmutter und meine Mutter beim Backen gehören auch zu meinen liebsten."

„Hey, Dottie", sagte Cassie und kam mit Jake im Schlepptau in den Raum gestürmt. „Schau, wen ich draußen aufgegabelt habe."

„Hi Dottie, Brady. Ich bin gerade vorbeigekommen, und Cassie sagte, dass ihr alle hier draußen seid. Wie auch immer. Ich war auf dem Weg zur Ranch, um nach den Kälbern zu sehen, und dachte – naja, ich hab mich gefragt, ob Cassie vielleicht mitkommen will."

„Macht es dir was aus?", fragte Cassie mit vor Aufregung leuchtenden Augen.

Dotties erster Gedanke war ja, doch sie brachte es nicht übers Herz. „Nein, geh nur. Du hast vorhin schon eine Menge verpackt, und ich weiß zu schätzen, dass du das selbständig gemacht hast." Dottie sah die junge Frau erröten und fand es liebenswert.

„Es hat mir Spaß gemacht. Ich habe früher bei so einem–" Sie unterbrach sich, wie immer, wenn sie versucht war, über irgendetwas zu reden, was war, bevor Dottie sie am Straßenrand aufgelesen hatte. „Ja, das Verpacken hat mir Spaß gemacht, und ich kann später weitermachen."

„Danke, viel Spaß." Dottie wusste nicht, was sie sonst zu Cassie sagen sollte. Sie war nicht ihre Mutter oder ihr Vormund, auch wenn sie hoffte, dass sie zumindest einen gewissen Einfluss hatte.

„Du willst dir wirklich das Erdnusskrokant entgehen lassen?", sagte Brady mit gespielter Autorität in der Stimme.

Dottie lachte. Er schien sich wirklich auf das Erdnusskrokant zu freuen. *Du auch. Mit ihm.*

Jake und Cassie verschwanden durch die Tür. Sie sahen nicht aus, als täte es ihnen leid, das Ereignis zu verpassen.

„Warum überrascht es mich nicht, dass es ihnen

nichts ausmacht, sich das entgehen zu lassen?", fragte Brady.

„Du hast doch nicht geglaubt, dass sie wirklich dableiben würden?" Machte er sich etwa wieder lustig über sie? Manchmal, wenn er es wollte, hatte er ein unlesbares Pokerface. Seine dunklen Augen verbargen Geheimnisse in ihren Tiefen.

„Ich denke, wir kommen auch gut allein klar." Er flirtete mit ihr. Der Funke in seinen Augen, als er das sagte, war unübersehbar. Dotties Herz machte einen Sprung, und sie erinnerte sich, wie es sich angefühlt hatte, in seinen Armen gehalten zu werden. Sie drehte sich abrupt um, öffnete eine Schranktür und suchte nach … nein, keine Schüssel, kein Messbecher … Bingo, da war ein Wellholz! Genau, was sie brauchte, um ihrem kranken Gehirn Vernunft einzubläuen. *Schwester, du weißt genau, dass du nichts lieber tun würdest als Erdnusskrokant mit Brady Cannon zuzubereiten.*

Sie schloss ihre Finger um das schwere Holz, und erst in diesem Moment kehrte ihr gesunder Menschenverstand zurück, zumindest teilweise.

Jede Frau, die bei Verstand war, würde gerne mit Sheriff Brady Cannon backen wollen. Der Mann war eine wandelnde Werbeanzeige für Ritterlichkeit. Es wäre viel verrückter, keine Zeit mit ihm verbringen zu wollen!

Okay, beruhige dich. Sie holte tief Luft und legte ihre Waffe nieder, dann drehte sie sich zum berufsmäßigen Ritter in glänzender Rüstung um. Sie würde einfach auf erwachsene Art und Weise mit dieser kindischen Vernarrtheit umgehen müssen.

Denn genau das war es.

Sich mit einem Küchenutensil zu schlagen war sicher keine Lösung.

Bei näherem Nachdenken *könnte* sie sich damit aus ihrem Elend befreien.

An ihrem dritten Morgen in Mule Hollow hatte Dottie sich gerade angezogen, als der Lärm anfing. Es war furchtbar, und sie rannte aus ihrem Schlafraum und sah, wie Cassie mit weit aufgerissenen Augen aus ihrer Koje sprang.

Als der Lärm erneut begann, drängten sie zur Tür, wagten jedoch nicht, sie zu öffnen. „Was war das?", flüsterte sie und wusste nicht, warum sie überhaupt flüsterte.

Cassie schüttelte den Kopf.

„Hört sich an wie ein Esel!" Dottie hob den Vorhang, damit sie aus dem Fenster spähen konnte.

„Es ist Samantha!", quietschte Cassie und hüpfte lachend auf und ab. „Ich kann's nicht fassen. Schau sie dir an!"

„Das ist ein Elefant", flüsterte Dottie und betrachtete die zementgrauen Speckröllchen des kleinen Esels. Sie stakste um das Wohnmobil herum, ließ sich plötzlich auf ihr gut gepolstertes Hinterteil fallen, reckte den Kopf gen Himmel und stieß den furchtbarsten Laut aus, den Dottie je gehört hatte.

Und sie klagte weiter. „Lass uns rausgehen." Cassie hatte die Tür geöffnet und sprang aus dem Wohnmobil, bevor Dottie nein sagen konnte.

Nein, einfach nein. Nein, nein, *nein!*

Sie war einem Esel nie näher als vielleicht dreißig Meter gekommen, und so viele waren es auch nicht gewesen. Normalerweise fuhr sie im Auto daran vorbei.

Und dabei wollte sie es auch belassen. Doch als Cassie in Shorts und weitem T-Shirt über die Wiese joggte, folgte Dottie ihr langsam. Sie hatte Angst, doch sie konnte Cassie nicht allein zu dem Eselelefanten gehen lassen. Dottie hatte den halben Weg zu dem klagenden Esel zurückgelegt, als sie den Hund sah. Er war ein struppiger Kerl mit langen Ohren und einem zottigen Schwanz, und er rollte sich auf dem Boden im Dreck, die Beine in die Höhe gestreckt und ein albernes Grinsen auf den hängenden Lefzen. Ohne seine Position zu verändern, verdrehte er den Kopf, damit er sie genauer betrachten konnte, dann ließ er sich auf die Seite kippen, sprang auf und schüttelte sich. Bevor sie reagieren konnte, sprang der schmutzige Hund auf sie zu, rammte ihre Knie und warf sie zu Boden.

Dottie schossen viele Gedanken durch den Kopf, als das haarige Biest sie umwarf, doch keiner davon war nett. Mit heraushängender Zunge und sabbernd wollte er gerade ihr Gesicht beschnuppern, als ein guter Samariter ihn am Halsband packte und wegzog.

„Lucky, nein! Wir müssen an deinen Manieren arbeiten!", schalt Lilly ihn, und ihre dunklen Haare wippten, als sie den Hund wegzerrte. Tut mir so leid, Dottie. Komm, lass mich dir aufhelfen."

Dottie lachte. *Was sollte sie auch sonst tun?* Es war lustig. Am Tag zuvor waren Hühner vor ihrem Wohnmobil gewesen, heute waren es ein Esel und ein wildgewordener Hund. Morgen würde *sicher* ein Elefant auf sie warten.

„Mule Hollow ist nie langweilig", lachte sie und nahm dankbar Lillys Hand. Wenn ihre Hüften nicht noch immer steif gewesen wären, hätte sie ohne Hilfe aufstehen können. Doch ihre Hüften waren eine andauernde Erinnerung an den langen Weg, den sie noch vor sich hatte. Da sie wusste, dass Lilly zusah und sich wahrscheinlich fragte, was mit ihr los war, ärgerte es sie noch mehr, dass sie so eingeschränkt war in ihren Bewegungen. Doch dankbar, sich überhaupt noch bewegen zu können, stützte sie ihre Hände auf die Knie, bevor sie sich aufrichtete.

„Bist du okay?", fragte Lilly.

„Jaja, ist nur eine Verletzung, die noch nicht ganz verheilt ist. Keine Sorge. Was macht ihr denn alle da unten?" Sie nickte in Richtung Ende des Feldes wo sie eine Menge Aktivität sah.

Lilly folgte ihrem Blick. „Wir bauen den Streichelzoo auf. Samantha hat sich entschlossen, sich ein bisschen umzusehen. Das alte Mädchen geht gerne auf Wanderschaft. Und Lucky ist manchmal ein bisschen zu begeistert. Tut mir wirklich leid. Ich glaube manchmal, dass er sich für eine Bowlingkugel und uns für Kegel hält!"

„Schon gut. Wirklich."

„Dein Rücken? Tut er weh?"

„Lilly, mein Rücken ist okay. Aufstehen ist manchmal ein bisschen schwierig. Samantha wird Cassie doch nicht beißen, oder?"

„Oh nein!", sagte Lilly und griff in ihre Tasche. „Darum ist sie die Hauptattraktion im Streichelzoo. Die Kinder können sogar auf ihr reiten. Und alles Geld, das wir einnehmen, wird für einen neuen Wassertruck für die Feuerwehr benutzt."

„Das ist ein wirklich guter Zweck."

„Ja, der Truck, den sie haben, ist wirklich uralt, und bei der letzten Gemeindeversammlung haben wir beschlossen, dass wir etwas bei jeder Veranstaltung hier tun wollen, um Geld für einen neuen Truck zu sammeln. Die Rancher würden natürlich, ohne mit der Wimper zu zucken, zusammenlegen und einen neuen kaufen, doch wir dachten, dass es nicht schaden könnte, wenn wir versuchen, zumindest einen Teil der Kosten durch Spenden abzudecken." Lilly rümpfte die Nase und lächelte. „Cort, meine süße Zuckerschnute, hatte die Idee mit dem Streichelzoo. Unser Sohn Joshua ist noch ein Baby, doch Cort liebt Kinder und dachte, es wäre schön, einen besonderen Ort für sie zu schaffen. Wir verlangen nichts dafür, sondern bitten lediglich um Spenden. Wenn jemand es sich nicht leisten kann zu spenden, können die Kinder natürlich trotzdem die Tiere streicheln. Cort könnte es nicht ertragen, ein Kind deswegen davon abzuhalten, Spaß mit den Tieren zu haben." Dottie lächelte und blickte in Richtung von Lillys Ehemann, der mit einem anderen Cowboy mobile Pferche für die Tiere zusammenbaute.

„Er scheint ein großartiger Mann zu sein."

„Das ist er. Manchmal muss ich mich selbst zwicken … aber ich sollte Samantha besser zurückbringen und ihm helfen gehen, bevor er denkt, dass ich ihm und Bob die ganze Arbeit überlasse."

Sie zog eine gelbe Süßigkeit aus der Tasche und rief nach Samantha. Cassie runzelte die Stirn, als Samantha schnuppernd die Nase hob und auf Lilly zu trottete. Sie streckte dem zottigen kleinen Esel die Hand entgegen, und Dottie musste lachen, als Samantha mit den Wimpern zu Lilly auf blinzelte, ihre Lippen schürzte und vorsichtig an dem gelben Toffee knabberte. „Samantha und ich sind verrückt nach dem Zeug." Sie streichelte den Esel zwischen den Augen und sah Dottie an. „Komm vorbei, wenn du Zeit hast. Wir werden alle möglichen Tiere da haben."

„Mach ich gerne."

Lilly wandte sich zum Gehen, dann wirbelte sie noch einmal herum. „Hey, du bleibst schon noch ein paar Tage, oder?"

„Ja, klar. Solange es dauert, mein Wohnmobil wieder auf die Straße zu bringen. Ich hoffe, der

Mechaniker kommt bald nach Hause.“

„Aber du darfst nicht abreisen, bevor du zum Abendessen zu uns gekommen bist.“

Cassie kam hinzu. „Du meinst Grillen?“

„Klar. Hättest du Lust darauf?“

„Ob ich Lust darauf hätte? Und ob.“

„Dann grillen wir. Bis später. Vergesst nicht, beim Streichelzoo vorbeizuschauen.“

„Sie ist nett“, sagte Cassie auf dem Weg zurück zum Wohnmobil. „Und diese Viecher sind zum Schießen. Kannst du dir vorstellen, dass Lucky früher Loser war?“

„Wie bitte?“

„Das war sein Name. Loser. Doch Lilly hat ihn umgetauft. Sein ursprünglicher Name war von Cort.“

Dottie schüttelte dem Kopf. „Das sieht einem Mann ähnlich, einem armen, arglosen Tier einen solchen Namen aufzudrücken.“

„Ja“, seufzte Cassie. „Der Name meines Hundes war Waldo.“ Dottie war sich nicht sicher, ob Cassie bewusst war, dass sie gerade eine Information über sich preisgegeben hatte. Da sie sie nicht mit der Nase darauf stoßen wollte, sagte sie nichts. Jedes Puzzlestück würde ihr helfen, herauszufinden, wer Cassie war. Das beste Szenario wäre natürlich, wenn Cassie ihr endlich genug vertrauen würde, um ihr von sich zu erzählen. Doch ihr lief die Zeit davon. Wenn Brady nicht bald etwas in Erfahrung bringen konnte, würde sie einfach riskieren müssen, das Mädchen zu verschrecken, und ihr ein paar direkte Fragen stellen. „Fahren wir heute wieder raus zu Sheriff Bradys Haus, um mehr Süßigkeiten zu machen?"

Brady. Sie versuchte, nicht daran zu denken, wie viel Spaß sie beim Krokantmachen gehabt hatten. Und diese Küche … wenn sie eine Küche dieser Größe und Ausstattung in Kalifornien hätte, dann wären Kochkurse ein Traum.

„Erde an Dottie. Erde an Dottie."

Oh Mann, sie musste mit dem Tagträumen aufhören. Cassie starrte sie an als hätte sie ein Rad geschlagen und Dottie hätte ihre Bemühungen nicht gewürdigt.

„Tut mir leid. Brady sagte, dass er uns hier abholt,

sobald er aus Ranger zurück ist. Er wollte heute früh rüber fahren und im Krankenhaus nach Paul, dem Trucker, sehen."

„Er ist so süß. Ihr beiden würdet ein süßes Paar abgeben. Wie ich und Jake. Junge, ich mag ihn."

Was war los mit dieser Stadt? War hier irgendwas im Wasser? „Cassie, ich weiß, ich bin nur die, die dich hierher gebracht hat–"

„Und mir ein Dach über dem Kopf gegeben hat", fügte Cassie mit einem schiefen Lächeln hinzu.

„Stimmt, aber irgendwas sagt mir, dass dieser ganze Ort dir ein Dach über dem Kopf anbieten würde, wenn du es bräuchtest."

„Stimmt auch", nickte sie. „Doch ich glaube nicht, dass ich sonstwo meine eigene coole Koje über dem Fahrerhaus haben könnte."

„Auch wieder wahr. Aber was ich sagen wollte war, dass ich hoffe, dass du, also ich meine – du hast gesagt, du bist hierhergekommen, um dir einen Mann zu suchen … und im einen Moment ist es Bob, dann Jake, und du kennst Bob nicht einmal persönlich." Sie schluckte und blickte in Richtung des Streichelzoos und des Cowboys, den Lilly Bob genannt hatte. Sie war froh, dass Cassie das Gespräch nicht mitgehört hatte.

„Dottie, mach dir keine Sorgen um mich. Ich *werde* einen Mann finden. Und Jake könnte der Richtige sein. Er ist so süß, und gestern durfte ich ein Kälbchen streicheln, und er hat mir ein paar gezeigt, die mit der Flasche aufgezogen werden. Ich bin wegen Bob hierher gekommen, doch man muss sich alle Möglichkeiten offen halten."

Dottie seufzte. „Was würde deine Mom dazu sagen, dass du so jung heiraten willst?" Da, sie hatte es ausgesprochen.

„Ich brauche nicht die Erlaubnis meiner Mom!" Ihre Wut erschreckte Dottie. „Ich bin *neunzehn* Jahre alt! Ich bin niemandem Rechenschaft schuldig. Und ich werde heiraten. Ist dir bewusst, dass manche Leute schon ein eigenständiges Leben führen, bevor sie neunzehn sind? Ein *glückliches,* eigenständiges Leben. Ich will Ehefrau und Mutter werden. Und zwar pronto!

Und ich will in Mule Hollow leben mit Lacy und Adela und Norma Sue und Esther Mae und dem Rest dieser wunderbaren Leute hier."

Dottie wurde bewusst, dass das Mädchen Recht hatte. Sie selbst hatte nach nur zwei kurzen Tagen hier angefangen darüber nachzudenken. Wer würde *nicht* in Mule Hollow leben wollen?

KAPITEL ACHT

Brady ging auf sein Haus zu und konnte etwas Süßes riechen, als er die Treppe zur Veranda zwei Stufen auf einmal erklomm. Erinnerungen daran, wenn er als Kind nach Hause gekommen war, schlichen sich in seinen Kopf. Wie er als Junge ins Haus geschlichen war und Kekse direkt vom Backblech gestohlen hatte … das Lachen seiner Mutter, wenn sie seine Hand wegschlug.

Doch das hier war anders, auch wenn der Duft und das einladende Licht Kindheitserinnerungen wachriefen. Ganz anders. Es fühlte sich an, als käme er nach Hause zu Dottie.

Er blieb wie angewurzelt stehen. *Was tust du da, Brady?*

Dottie war genau so wie die Ehefrau, die er sich immer gewünscht hatte. Sie hatte ein gutes Herz und eine fürsorgliche Seele. Sie war schön innerlich wie äußerlich … und sie würde in ein paar Tagen wieder abreisen. Es war sinnlos, dieser Anziehung, die er für sie empfand, nachzugehen. Das Beste, was er tun konnte, war, sie in Ruhe zu lassen. Sich zurückzuhalten und nicht weiter darüber nachzudenken.

Das Lachen, das aus der Küche drang, war wie ein Schlag in sein Gesicht. Es würde seiner Mutter gefallen, wieder Leben in ihrer Küche zu sehen. Sie hatte dieses Haus zum darin Leben gebaut.

Und was tat er? Er existierte gerade so darin.

„Hey, Brady!", rief Cassie, als er die Küche betrat. „Wir dachten schon, du würdest gar nicht mehr zurückkommen. Komm rein und erzähl, was passiert ist. Ich will alle Details." Er legte den Hut auf das Hutregal und fuhr sich mit der Hand durchs Haar, das nassgeschwitzt war, nachdem er so lange in der Sonne gestanden hatte, um zu versuchen, einen Streit zwischen zwei Standbesitzern zu schlichten. Die meisten Händler reisten heute an und bauten auf, da der Markt morgen anfangen würde. Und damit fingen die Kopfschmerzen seines Jobs an. Doch da draußen zu sein und das Gezanke erwachsener Geschäftsleute zu ertragen war nichts verglichen mit den Kopfschmerzen, Dottie gegenüber zu stehen und den Gefühlen, die er empfand, wenn sie in der Nähe war.

Er konzentrierte sich auf Cassie, und auch wenn er Dotties Blick spürte, sah er sie nicht an.

„Alles ist gut. Red, der Hotdog-Verkäufer, war ein bisschen gereizt, weil sein Stand neben Harlen, dem Taco-Verkäufer ist. Sie waren auf dem Markt in San Angelo nebeneinander, und Red hat Harlen beschuldigt, dort seinen Kompressor aus der Steckdose gezogen zu haben, sodass alle seine Hotdogs schlecht geworden sind.“

„Haben sie sich geprügelt?“, fragte Cassie mit einem geradezu unverschämten Grinsen. Sie lümmelte am Tisch herum und stützte das Kinn auf die Hände.

„Wer hat als erster zugeschlagen? War es der Gute?"

„Cassie!"

Dotties Ausruf lenkte seine Aufmerksamkeit auf sie. Sie lächelte, und sein Reflex war, es zu erwidern.

„Hey", sagte Cassie. „Ich mag Boxen, verklag mich doch. Außerdem finde ich es lustig, zuzusehen, wenn Leute sich bescheuert benehmen. Sie wissen selber, dass sie sich daneben benehmen, warum also nicht die Show genießen? Sie mögen offensichtlich die Aufmerksamkeit."

Brady lachte. Das Mädchen hatte Recht. Zumindest in gewisser Weise. „Red hat als erster zugeschlagen." Er schüttelte den Kopf, als ihre Augen zu leuchten begannen und sie sich interessiert aufrichtete. „Natürlich hat Harlen sofort angefangen zu schreien, und da hat sich Miss Belle eingemischt. Ich bin gerade noch rechtzeitig gekommen."

„Miss Belle? Wer ist das denn? Und warum hat sie sich so eingemischt?"

„Cassie!", protestierte Dottie erneut und lachte.

„Sie ist die Mais-am-Stock-Lady. Viele dieser Standbesitzer gehen zu denselben Veranstaltungen, und unsere Streithähne scheinen beide ein Auge auf Miss Belle geworfen zu haben.“

„Oh, ein kleiner Wettbewerb.“

„Hey, Wettbewerb ist doch gut, Dottie“, sagte Cassie. „Ich glaube, ich sollte selbst auch für einen sorgen. Oh, ich höre Jake – der Junge kann meine Gedanken lesen.“ Sie ließ den Beutel fallen, den sie gerade mit einer Schleife hatte zubinden wollen, bevor Brady sie abgelenkt hatte. Sie sprang von ihrem Hocker, umarmte Dottie schnell und eilte hinaus. Als die Fliegengittertür zufiel, wirbelte sie plötzlich herum, stieß sie noch einmal auf und steckte den Kopf herein. „Bis später, Brady. Wollte dich nicht ignorieren! Oh, und hast du sie festgenommen?“

Er lachte. „Nein, nur verwarnt.“

„Gut.“ Ihre Begeisterung war amüsant. „Vielleicht streiten sie sich morgen wieder, dann kann ich zusehen.“

Dann war sie verschwunden, und er war allein mit Dottie.

„Wenn sie der Meinung ist, dass sie fertig ist, ist sie fertig“, sagte er und sah Dottie an. Sie sah besonders hübsch aus in ihrer Jeans und einem goldgelben Shirt. Sie konzentrierte sich darauf, das Buttertoffee zu schneiden, darum konzentrierte er sich darauf, sich nicht auf sie zu konzentrieren. Er setzte sich auf Cassies Hocker, nahm den kleinen Beutel, den sie fallengelassen hatte, und band eine Schleife. Er musste weg. Alles stehen und liegen lassen und gehen. Jetzt.

„Hast du irgendwas gehört?"

Er blickte von seiner bemitleidenswerten Schleife auf und begegnete ihrem fragenden Blick. „Nichts. Jemand hätte sie inzwischen vermisst melden sollen." Er wollte es nicht aussprechen, doch wenn irgendjemand sich um Cassie sorgte, hätte derjenige sie zwischenzeitlich vermisst gemeldet.

Dottie legte die Hand auf ihr Herz und blickte aus dem Fenster über dem Waschbecken. Er sah die Sorge in ihren Augen.

„Ich – ich weiß, dass der Name ihres Hundes Waldo ist. Es ist ihr vorhin rausgerutscht. Ich denke, je sicherer sie sich fühlt, desto mehr wird sie erzählen. Vielleicht wird sie sich irgendwann jemandem anvertrauen, denkst du nicht?" Sie drehte sich mit hoffnungsvollem Blick zu ihm um.

Brady ließ den Beutel sinken und kapitulierte. Schleifen waren einfach nicht sein Ding. Sein Versuch sah ziemlich verunglückt aus. „Wir müssen mit ihr reden. Es ist Zeit."

Sie setzte sich ihm gegenüber auf einen Hocker und beobachtete ihn dabei, wie er gedankenverloren erneut eine Schleife zu binden versuchte. Sie nickte. „Ich rede morgen mit ihr. Das wird schon."

Er streckte sich über die Kücheninsel und legte seine Hand auf ihre, bevor er sich zurückhalten konnte. Diese Frau hatte so viel durchgemacht, doch mit dem Herzen dachte sie dauernd daran, anderen zu helfen. Als sie ihm in die Augen sah, schien die Zeit einen Moment lang stillzustehen.

Er schluckte. Sie holte Luft. Und die Uhr über dem Herd tickte.

Wie es dazu kam, konnte er nicht einmal sagen. Er beugte sich vor und küsste sie, und als sie den Kuss erwiderte, war es wie ein Geschenk.

Eines, das er nicht annehmen konnte.

Abrupt stand er auf und ließ sie verwirrt zurück. Ihre Augen waren bewölkt.

„Das kann nicht funktionieren", knurrte er, wie das Tier, wie das er sich gerade benommen hatte, und wandte sich ab.

„Du hast Recht, es kann nicht…"

Ihre leise Antwort war nicht das, was er erwartet hatte. Er wandte sich ihr wieder zu und sah, dass sie ihn beobachtete. „Ich fühle mich zu dir hingezogen", sagte sie unverblümt. „Doch auf mich wartet ein Leben in L.A., und du hast dein Leben hier an diesem wunderbaren Ort. Was du hier tust ist wirklich bewundernswert." Brady war sich nicht sicher, ob es ihm gefiel, dass sie ihn so küssen konnte, wie sie es getan hatte, und dann so ruhig die Gründe aufzählen konnte, warum es zwischen ihnen nicht klappen konnte. Es war nicht so, als wäre es ein Lichtschalter, der sich an- und ausknipsen ließ! Doch als er in ihre klaren, blaugrünen Augen blickte, in denen heute Gold funkelte, wusste er, dass sie genau das meinte.

Er konnte ihr nichts bieten. Er wollte und brauchte keine romantischen Verstrickungen, darum hätte er glücklich sein sollen.

Doch das war er nicht.

Dottie war nie so froh gewesen, ein Auto wegfahren zu hören, wie in diesem Moment. Das Brummen von Bradys Motor wurde leiser und vermischte sich mit den Geräuschen der Nacht, als sie sich vor ihrem Wohnmobil in einen Korbstuhl fallen ließ.

Sie war mit den Nerven am Ende. Vollkommen am Ende. Was hatte sie sich nur gedacht? Dieser Kuss. Oh, dieser Kuss.

Er hatte sie vollkommen überrascht, und die Intensität der Gefühle, die ihr Herz eingehüllt hatten, hatte sie erschreckt.

Der *Sichere Hafen* wartete auf sie. Brauchte sie. Doch urplötzlich … Oh, sie war unmöglich, denn in diesem Moment, wenn Brady Cannon auch nur angedeutet hätte, dass er wollte, was ihr unzurechnungsfähiges Herz wollte – sie hätte ihre Mission für ein Leben mit ihm aufgegeben.

Wie flatterhaft war das denn bitte?

Ihr Name sollte wirklich Theodora Marie Flatterhaft sein. Es war nicht mehr lustig. Sie war versucht gewesen, ihre Mission aufzugeben, ihren Lebenszweck, für die Liebe eines Mannes.

Doch das war nicht passiert, denn Brady hatte unmissverständlich klargemacht, dass er mit seinem Job verheiratet war.

Sobald sie den anfänglichen Schock nach dem Kuss überwunden hatten, hatten sie gemeinsam die Süßigkeiten verpackt. Die meiste Zeit hatte zwischen ihnen angespanntes Schweigen geherrscht, der entspannte Umgang von zuvor war verschwunden.

Als sie es schließlich nicht mehr ausgehalten hatte, hatte sie angefangen zu reden und ihm detaillierter als zuvor das Wunder ihrer Rettung beschrieben. Sie dachte, wenn sie ihm einen Blick auf ihr Herz gewähren würde, würde es alles leichter zwischen ihnen machen. Es erinnerte sie auch daran, dass sie zu Sinnen kommen musste und sich nicht von ihrer Mission abwenden sollte.

Das wurde ihr besonders bewusst, als sie Brady

erzählt hatte, dass sie nicht allein in dem dunklen Loch gewesen war. Sie hatte ihm beschrieben, dass sie Frieden gespürt hatte, und dass sie anstatt zu kämpfen, sich dem Frieden ergeben hatte.

Dottie trommelte mit den Fingern auf dem Tisch und beobachtete, wie die Blumen in der Vase darauf wackelten. Brady hatte schweigend zugehört, seine schönen braunen Augen voller Mitgefühl.

Besonders, als sie ihm erzählt hatte, wie sie angefangen hatte, über ihr Leben bis zu dem Moment, als sie sich entschieden hatte, im Sturm zurückzubleiben, nachzudenken. Dass sie trotz wiederholter Warnungen, den kleinen Küstenort zu evakuieren, entschlossen gewesen war zu bleiben. Natürlich war das dumm gewesen, denn was hätte sie tun sollen, um ihr Haus, das sie von ihrem geliebten Großvater geerbt hatte, der erst kurz zuvor gestorben war, vor dem Sturm zu schützen?

Von ihrem Großvater, der sie gedrängt hatte, ihre Komfortzone zu verlassen und ein erfülltes Leben zu leben. Risiken einzugehen. Wenn sie jetzt darüber nachdachte, glaubte sie nicht, dass er ein so dummes Risiko gemeint hatte. Dottie musste lachen, als sie jetzt unter dem funkelnden Sternenhimmel saß und an ihren dreiundneunzig Jahre jungen Großvater dachte, der gesagt hatte, dass es egal war, ob er den Mount Everest bestieg, in seinem Bett schlief oder einen Sturm aussaß, wenn seine Zeit gekommen wäre, wäre er da draußen.

Brady hatte Mitgefühl mit ihr gezeigt, als sie gesagt hatte, dass ihr, als sie unter all dem Schutt gelegen hatte, bewusst geworden war, dass sie versucht hatte, ihrem Großvater nachzueifern, indem sie den Sturm in seinem Haus auszusitzen versucht hatte. Sie hatte ihn nur noch ein kleines bisschen länger festhalten wollen.

Als sie schließlich fertig waren und er sie zu ihrem Wohnmobil gebracht hatte, war er wieder still geworden, und sie hatte sich müde, traurig und vollkommen verwirrt gefühlt, als sie seinem Truck hinterhergeblickt hatte. In diesem Moment war ihr bewusst geworden, dass sie nichts mehr wollte, als dieses Wochenende hinter sich zu bringen, ihr Wohnmobil reparieren zu lassen und sich wieder auf den Weg nach Kalifornien zu machen.

Es war Zeit, aus Mule Hollow zu verschwinden. Weg von dem Mann, der leicht ihr Herz besitzen könnte, wenn sie es erlaubte.

KAPITEL NEUN

„**B**rady!"

Norma Sue. Brady seufzte und ging langsamer. Freitag, der erste Tag des zweitägigen Marktes, war für seinen Geschmack viel zu schnell gekommen. Er hatte eine unendliche schlaflose Nacht hinter sich, war müde und verwirrt. Seine Vergangenheit hatte unaufhörlich an ihm genagt, seit er Dottie an ihrem Wohnmobil abgesetzt hatte. Sein Herz gehorchte ihm nicht, auch wenn er sich immer wieder daran erinnerte, dass Dottie nicht in Mule Hollow bleiben würde und er keinen Grund hatte anzunehmen, dass sich daran etwas ändern würde. Gelinde ausgedrückt war er nicht gerade bester Stimmung. Und dass Norma Sue ihm so früh am Morgen über den Weg lief, machte die Situation gefährlich. Es war nicht so, dass er Norma nicht mochte – im Gegenteil – doch er war nicht dumm, und er wusste, dass der ganze Ort ihn und Dottie mit Argusaugen beobachtete. Sein dummes Augenzwinkern war mit Schuld daran. Er wusste immer noch nicht, warum er ihr zugezwinkert hatte. Oder warum er sie geküsst hatte.

„Brady Cannon, wenn ich dich nicht besser kennen würde, würde ich annehmen, dass du mir aus dem Weg gehst."

Er seufzte erneut und drehte sich zu ihr um. Sie blieb vor ihm stehen. Ihre drahtigen grauen Haare spähten unter dem Cowboyhut hervor, den sie trug, um sich vor der Sonne zu schützen. Dazu trug sie ein Jeanshemd und Jeans. Sie war zum Arbeiten hier. Seine einzige Hoffnung war, dass sie deswegen mit ihm reden wollte.

„Hey, Norma. Ich bin dir nicht aus dem Weg

gegangen, hab nur gerade viel um die Ohren."

Sie rang nach Luft. „Ich fall gleich um. Du meine Güte, mit meinen Dackelbeinen kann ich kaum schnell genug laufen, um dich einzuholen!" Sie beugte sich vornüber, stützte ihre Hände auf die Knie und atmete lautstark.

Ein bisschen besorgt beugte sich Brady zu ihr hinunter. „Tut mir leid, Norma. Kann ich dir helfen?" Er fing an, ihr auf den Rücken zu klopfen, doch Norma winkte ab, nahm den Hut vom Kopf und fächelte sich Luft zu.

„Schon gut. Mir geht's gut" – sie hielt die freie Hand hoch – „gib mir nur ein, zwei Sekündchen. Mama Mia, die Hitze heute macht mir wirklich zu schaffen."

Als sie sich schnell wieder aufrichtete, hatte sie ein feuerrotes Gesicht, grinste jedoch wie der verrückte Hutmacher aus Alice im Wunderland. „Mir geht's gut. Ich habe gehört, dass du Dottie geholfen hast, alles für heute vorzubereiten."

Brady wappnete sich. Diese Frau stand kurz vor einem Herzinfarkt und doch konnte sie nur an das eine denken! Doch was hatte er erwartet? Alle wussten, dass Norma Sue Jenkins nie etwas davon gehalten hatte, um den heißen Brei herum zu reden. „Und von wem hast du das gehört?"

„Von Cassie. Sie hat mir gesagt, dass du so süß warst, sie in deinem Haus backen und kochen zu lassen. Hatte mich schon gefragt, wo sie den ganzen Tag über hin verschwunden waren."

Sie atmete jetzt wieder leichter, und er war dankbar dafür. Er wollte nicht den Markt damit eröffnen, einen Notarzt rufen zu müssen.

„Das macht man nun einmal als guter Nachbar."

„Oh ja", nickte sie und grinste viel zu breit für seinen Geschmack.

„Und *gute Nachbarn* sind genau das, was wir sein wollen." Sie knuffte ihm in die Rippen. „Du brauchst ein süßes Mädchen wie sie, Brady Cannon. Das Mädchen ist jetzt wie lange hier? Vier Tage? Und sie passt wunderbar hierher. Außerdem können alle sehen, dass es bei euch beiden so richtig gefunkt hat."

Er trat einen Schritt von ihr zurück und rieb sich die Rippen. „Norma, ich möchte ja nicht eure

Seifenblase zum Platzen bringen, doch sag den anderen bitte auch, dass sie sich raushalten sollen.“ Sie fand es lustig, doch er war da anderer Meinung. Nicht, dass sie wissen konnte, dass er wieder angefangen hatte zu träumen. Doch diesmal sah er Dottie in seinem Alptraum, die ganz in schwarz gekleidet an seinem Grab weinte – ganz so, wie Eddies Frau sich die Augen ausgeweint und sich am Sarg seines Partners festgeklammert hatte. Dieser Traum hatte gereicht, ihn dazu zu bringen, sich vollkommen zurückzuziehen. Dottie hatte ein Herz aus Gold, und auch wenn das Risiko, dass ihm hier draußen auf dem Land im Dienst etwas zustieß, gering war, es war egal.

„Schau, Norma. Ich habe Dottie Moms Küche benutzen lassen und das war's. Ende der Geschichte. Lasst mich mit eurer Kuppelei bitte in Ruhe. Ich habe nicht vor zu heiraten.“

„Was sagst du da? Brady Cannon, hör mir gut zu, mein Junge. Ich weiß, dass es hart für dich war, deinen Partner zu verlieren.“ Sie schüttelte den Kopf. „Jetzt schau nicht so überrascht! Deine Mama hat mir damals gesagt, dass sie der Meinung war, dass sein Tod dich mehr belastet hat, als du irgendeinem von uns hast zeigen wollen. Sie hat sich Sorgen um dich gemacht. Und nachdem deine Eltern gestorben sind und du plötzlich nach Hause gekommen bist … nachdem du dein ganzes Leben nichts mehr gewollt hast, als aus Mule Hollow wegzukommen, wussten wir es."

„Was wusstet ihr?"

„Dass du Zeit gebraucht hast, um damit fertig zu werden. Dass dein Herz Zeit gebraucht hat, um zu heilen."

Brady fing an, alles zu verneinen, was sie gesagt hatte, doch sie hob die Hand.

„Kein Grund, es zu leugnen, Junge. Du bist ein Mann. Männer gehen anders mit sowas um als Frauen."

„Norma, du trittst da gerade die Grenzen meiner Privatsphäre mit Füßen", knurrte Brady. Er hatte nie mit jemandem über das, was geschehen war, gesprochen – und er war nicht scharf darauf, jetzt damit anzufangen. „Ich muss zur Arbeit."

„Es wird sich schon alles fügen, Junge", rief sie ihm nach. Brady ging weiter. Er wusste nur zu gut, dass sich eben nicht immer alles fügte.

Da musste man nur Eddies Familie fragen.

Der Morgen wurde nur noch schlimmer.

Es war, als wären alle Händler, die aufgetaucht waren, verrückt geworden. Er entschied schnell, dass er sich mit Lacy und den anderen Frauen darüber unterhalten musste, damit sie sich die Verkäufer für die nächsten Events genauer ansahen, bevor sie ihnen zusagten, denn gegen Mittag hätte er am liebsten das Handtuch geworfen.

In dieser Form würde er auf gar keinen Fall noch einmal mitspielen.

Wenn er es nicht besser gewusst hätte, hätte er Adela und Esther Mae beschuldigt, etwas in die Limonade gegeben zu haben – alle benahmen sich vollkommen daneben! Nicht nur Red, der Hotdog-Mann, und Harlen, der Tacoverkäufer, hielten es für nötig, sich wegen der Mais-am-Stock-Lady zu raufen, die Frau mit den Vogelhäuschen und ihre Standnachbarin, die Welpen verschenkte, lagen einander im wahrsten Sinne des Wortes wegen des Erdnuss-Manns in den Haaren (und rissen sie sich gegenseitig aus). Und es wurde immer besser. Der Zuckerwatte-Mann und die Flohmarkt-Frau … die hatten einander offensichtlich schon vorher gefunden, doch leider hatten sie sich Mule Hollow ausgesucht, um Schluss zu machen, lautstark und melodramatisch vor dem „Versenk-den-Cowboy"-Becken.

Cassie hatte jede Menge Spaß. Jedes Mal, wenn er von einer Störung aufblickte, stand sie nicht weit weg und grinste, als gehörte seine Arbeit zum Unterhaltungsprogramm. Sie war ein eigenartiges Mädchen. Es war ihm endlich gelungen, alle zur Ruhe zu bringen, und auch, wenn er am liebsten den ganzen Haufen in den Knast gesteckt hätte, hatte er sich beherrscht und nur Verwarnungen ausgeteilt. Doch *nachdem* er unmissverständlich klargemacht hatte, dass er kein Problem hatte, jemanden doch noch in die Zelle zu bringen, wenn sie sich weiter so aufführten.

Cassie hatte sich gar nicht darüber gefreut, dass er ihr den Spaß verdorben hatte.

Er holte gerade eine Flasche kaltes Wasser aus

einer Kühltruhe, als Dottie auf ihn zukam. Sie trug ein weich fließendes Sommerkleid in den Farben des Sonnenuntergangs, dunkelrot und orange, mit Spritzern von Gold, und sie strahlte Wärme und Fröhlichkeit aus.

Sie raubte ihm den Atem.

Er hatte nicht geglaubt, dass er das je sagen würde, doch er war froh, dass er so viel zu tun hatte. Zumindest hatte er etwas, das ihn von all den Cowboys ablenkte, die Dotties Wohnmobil den ganzen Tag umringten.

„Du hattest heute Vormittag viel zu tun", sagte sie mit einem sanften Lächeln auf den Lippen. „Alles okay bei dir?" Er schraubte die Wasserflasche auf und trank einen langen Schluck, um Zeit zu schinden. „Geht schon so", sagte er und wandte den Blick von ihr ab. „Tut mir leid, dass ich es noch nicht zu deinem Stand geschafft habe." Er wusste, dass er mit Leichtigkeit hätte vorbeischauen können. Sie wusste es auch.

„Ich bin offensichtlich zu brav gewesen", lachte sie und reichte ihm ein niedliches kleines Päckchen mit einer bunten Süßigkeitenmischung in einer

Cellophantüte mit einer glitzernden gelben Schleife. „Ich dachte, dass du ein kleines Carepaket gut gebrauchen könntest. Wir haben dich den ganzen Tag beim Schiedsrichterspielen beobachtet. Überaus unterhaltsam. Du hast sicher gesehen, wie viel Spaß Cassie hatte. Sie kann sowas von hämisch sein… Besonders, als es aussah, als würde die Frau mit den Vogelhäuschen dich zum Ringen herausfordern. Sie wirkte glatt, als könnte sie es mit dir aufnehmen.“

„Danke für das Vertrauensvotum.“ Er lächelte und entspannte sich ein bisschen. Bis er ihrem Blick begegnete. Dann trank er schnell einen Schluck Wasser und sah sich um. Es war sicherer, als Dottie anzusehen mit ihren glänzenden schwarzen Haaren und ihren glitzernden Augen.

„So viele Leute hier“, sagte er. Jetzt betreiben sie allen Ernstes Smalltalk. Wenn die Anspannung zwischen ihnen noch mehr anstieg, würden sie sich als nächstes über das Wetter unterhalten.

Dottie räusperte sich und spielte mit ihrem Fuß mit einer Löwenzahnblüte. „Die meisten scheinen sich prächtig zu amüsieren. Besonders die Kinder. Hast du den Andrang am Streichelzoo gesehen? Cort hatte wirklich Recht. Vielleicht könnt ihr die Ausrüstung, die ihr braucht, bald kaufen."

„Das wäre schön. Die Leute sind auch klasse. Es sind eher die Händler, um die ich mir Sorgen mache. Ich habe mich wirklich schon nach versteckten Kameras umgeschaut, da ich dachte, dass mich jemand fürs Fernsehen aufs Korn nimmt."

Sie kicherte, ein leises Plätschern, das seinen Blick wieder auf sie lenkte. In diesem Moment wurde ihm bewusst, dass er den ganzen Tag darauf gewartet hatte, es zu hören.

„*Das* wäre lustig gewesen. – Brady", sagte sie abrupt, dann hielt sie inne, als wartete sie auf den richtigen Moment, den Rest auszusprechen, musste jedoch ihren Mut zusammenkratzen, es über ihre Lippen zu bringen. „Ich wollte danke sagen. Für alles."

Er sah ihr in die Augen. Eine lange Strähne ihres ebenholzschwarzen Haars wehte vor ihr Gesicht, und er musste gegen den Drang ankämpfen, sie hinter ihr Ohr zu schieben. „Hast du schon alles verkauft?" Er wusste es natürlich. Er war nicht dumm.

Sie lachte und entspannte sich sichtlich. „Ich habe viel mehr verkauft, als ich erwartet habe. Ich hatte keine Ahnung, dass Cowboys Süßigkeiten so mögen! Was für einen Andrang wir hatten!"

Sie meinte es ernst. Sie begriff es wirklich nicht. „Sie *mögen* die Süßigkeiten-*Lady*."

Sie sah ihn ungläubig an. „Daran hatte ich gar nicht gedacht. Cassie *ist* wirklich hübsch, aber sie war gar nicht so viel am Tisch."

„Du weißt genau, dass ich von dir gesprochen habe."

Eine Falte bildete sich zwischen ihren Augenbrauen, und sie neigte den Kopf. „Jaja, klar." Sie deutete mit dem Daumen über ihre Schulter zu ihrem Stand. „Ich sollte wieder zurück an meinen Stand … ich hatte nur gesehen, dass du gerade mal einen ruhigen Moment hattest, und dachte, ich komme rüber, um zu hören, ob was über Cassie reingekommen ist."

„So leid es mir tut, nein. Wenn ihr Name wirklich Cassie Bates ist. Darüber werde ich bald Klarheit haben. Doch wenn sie einen falschen Namen benutzt, ist zumindest niemand, der auf ihre Beschreibung passt, im System. Du wirst wahrscheinlich mit ihr reden müssen. Ich kann es auch machen, wenn dir das lieber ist.“

Sie schüttelte den Kopf. „Ich mach das schon. Man sollte meinen, dass sie anfangen würde, sich zu verhalten, als würde sie jemanden vermissen. Doch das tut sie nicht. Sie scheint glücklich zu sein. Ich meine, sie wird jeden Tag glücklicher. Heute Morgen war sie ganz aufgedreht und hat wieder über Cowboys und Ehemänner geplappert. Sie scheint wirklich nur eines im Kopf zu haben. Heute hat sie davon geredet, dass sie sich Bob anschauen will.“

„Du meine Güte, und ich hatte gedacht, sie hätte sich, was das angeht, beruhigt.“

KAPITEL ZEHN

„**D**ottie, du musst eine Pause machen und mit mir kommen. *Sofort*.“

Sie war gerade mit einem Verkauf beschäftigt und weitere Kunden warteten schon. Bradys plötzliches Auftauchen und sein Ton beunruhigten Dottie. „Stimmt was nicht?“

„Das könnte man so sagen“, sagte er knapp, offensichtlich nicht glücklich. Er griff nach ihrem Arm und half ihr von ihrem Stuhl auf, dann sagte er zu den drei Cowboys in der Schlange, dass ihre Süßigkeiten auf ihn gingen. Sie wollten protestieren, doch ein Blick von ihm, und sie wussten, dass es besser war, sich nicht mit dem Sheriff anzulegen. Besonders, nachdem er sofort ihre Geldkassette und den Korb mit den Warenmustern nahm, die Tür ihres Wohnmobils öffnete und alles hineinstellte. „Was ist los, Brady? Ist irgendwas mit Cassie passiert?" Angesichts seiner harten Miene bekam sie es mit der Angst zu tun.

„Erinnerst du dich an den Wettbewerb, von dem sie gesprochen hat? Den veranstaltet sie gerade."

Er zog sie mit sich durch die Menge zum Ende der Wiese, wo er abrupt am Rand einer Menge stehenblieb. Alle lachten und johlten, während ein Junge einen mechanischen Bullen ritt. Es war offensichtlich, dass das Metallmonster nicht sonderlich schnell gestellt war, doch es war besser so für das Kind. Dottie verstand nicht, was das Problem war. Bis – ja, bis sie sah, dass Cassie neben dem dunkelhaarigen Cowboy bei den Kontrollen des Bullen stand. Und Jake stand auf der anderen Seite und sah aus, als hätte sie ihn vergessen. Seine Haltung zeigte deutlich, dass er alles andere als glücklich über diese Wendung war.

„Wer ist das?" Doch als sie Cassie ansah, wusste

sie es bereits. „Sag mir bitte, dass das nicht Bob ist."

„Oh ja, das ist er. Und das ist Jake? Du erinnerst dich doch an Jake, oder? Er ist der Junge, mit dem sie geflirtet hat, seit sie hergekommen ist. Er ist derjenige, den sie um ihren hübschen kleinen Finger gewickelt hat."

Dottie stöhnte. „Sie hat gesagt, dass Bob der Grund ist, weswegen sie nach Mule Hollow gekommen ist. Sie hat viel gesagt. Sucht er nach einer Frau? Der arme Jake."

„Der arme Bob", seufzte Brady. „Er hätte sicher nichts gegen eine Frau, doch ich habe so das Gefühl, dass er lieber eine hätte, bei der der Altersunterschied nicht ganz so groß ist."

„Geht sie ihm auf die Nerven? Oder Schlimmeres?"

„Schau nur zu. Sie ist schon viermal auf dem Bullen geritten. Bob muss ihr jedes Mal erklären, wie man es macht, und sie retten, wenn sie fast herunterfällt."

„Oh, das würde sie nicht…"

„Leider schon… Ah, und los geht's."

Der Bulle hielt an. Bob nahm den Jungen herunter, setzte ihn ab und wandte sich Cassie zu. Selbst aus der Ferne konnte sie sehen, dass sein Lächeln nicht überzeugend war. Er wusste offensichtlich nicht, was er mit diesem Mädchen tun sollte.

Oh Cassie, was machst du nur?

Dottie schämte sich für das Mädchen, das zu ihm auf strahlte, ohne zu bemerken, was alle anderen offensichtlich sahen. Der arme Cowboy war ein höflicher Gentleman, doch gleichzeitig sah er sich verzweifelt nach einem Ausweg um.

„Was ist aus ihrer Vernarrtheit in Jake geworden?", fragte Dottie. „Ich meine, es stimmt schon, gestern hat sie jedem Cowboy die Hand geschüttelt, der auf hundert Meter an sie herangekommen ist. Doch sie schien so vernarrt in Jake gewesen zu sein."

„Ich weiß nicht, wen sie eifersüchtig zu machen versucht, doch sie hat gesagt, dass sie den Wettbewerb anheizen will. Ich habe mich mit Bob unterhalten, als sie plötzlich auf ihn zugeschossen ist. Bob ist ein wirklich netter Typ, und er würde nie jemandes

Gefühle verletzen, schon gar nicht die eines halben Kindes wie Cassie. Aber…" Er verstummte, während sie zusahen, wie Bob Cassie auf den Bullen half. Dann zeigte er ihr offensichtlich zum wiederholten Mal, wie man die Zügel hielt. Sie tat gerade so, als hätte sie keinen Verstand in ihrem niedlichen, manipulativen kleinen Kopf.

„Hat er ihr das jedes Mal zeigen müssen?"

„Jupp."

„Oh Cassie, Cassie, Cassie. Ich hätte nie gedacht, dass sie eine solche Nummer abziehen würde. Ich meine, sie könnte ohne Problem allein auf das Ding klettern. Sie ist clever und tough."

Als Bob ihr alles noch einmal geduldig erklärt hatte, trat er zurück und schaltete den Bullen ein. Langsam fing er an, sich zu drehen und zu buckeln. Eine Zweijährige hätte sich bei der Geschwindigkeit leicht auf dem Bullen halten können. Cassie sah ein paar Sekunden lang recht gut aus, dann beschleunigte der Bulle auf ein für Vierjährige machbares Tempo, und sie fing an, um Hilfe zu rufen. Sie klammerte sich am Sattelhorn fest, tat so, als rutschte sie vom Rücken des Bullen, und warf Bob flehentliche Blicke zu.

Dottie konnte es nicht fassen. „Das kann nicht ihr Ernst sein! Das ist ein mehr als erbärmlich durchschaubarer Flirtversuch!"

„Das kannst du laut sagen. Das ist das fünfte Mal, dass ich das jetzt sehe. Ich hatte gehofft, dass sie es aufgegeben hätte, bis ich dich hergebracht habe."

Dottie wollte das Mädchen an den Haaren vom Bullen ziehen, damit es sich nicht noch lächerlicher machte. „Hat sie denn gar keinen Stolz?", keuchte sie, als Cassie anfing, vom Bullen zu rutschen, und schrie wie am Spieß.

Brady schnitt eine Grimasse. „Stolz? Schau sie dir an."

Dottie war beinahe erleichtert für Bob, als Jake ihn quasi aus dem Weg stieß, um den Helden zu spielen. Offensichtlich hatte er genug von dem Theater. Er hob Cassie vom Bullen, und trotz ihres empörten Protests marschierte er an einem sehr erleichterten Bob vorbei und schob sich durch die Menschentraube. Dabei strampelte Cassie wie besagte Vierjährige während eines Tobsuchtsanfalls und starrte den ernst dreinblickenden Jungen böse an. Doch er war zu sehr mit seiner Mission beschäftigt, sich wieder zu ihrer Nummer Eins zu machen, um darauf zu reagieren.

„Denkst du, wir sollten da rübergehen?", fragte Dottie Brady. Jake stellte Cassie ab, und sofort begann eine lebhafte Diskussion.

Selbst aus der Ferne war leicht zu erkennen, dass keiner von ihnen glücklich war.

„Ich denke, sie kommen schon zurecht. Jake würde ihr niemals wehtun." Brady sah sie an. „Vielleicht könntest du aber kurz mal mit Cassie reden?"

Dottie nickte, und im selben Moment versetzte Cassie Jake einen Schubs und stürmte davon. Ihr Gesicht war feuerrot, und Dottie war sich nicht sicher, doch sie glaubte, Tränen gesehen zu haben.

„Ich sollte mich wohl besser beeilen."

Brady hielt sie am Arm fest. „Langsam. Lass sie sich erstmal beruhigen. Vielleicht wäre es besser, wenn sie nicht weiß, dass du das alles mitbekommen hast. Und selbst wenn, braucht sie vielleicht ein bisschen

Zeit, um darüber nachzudenken."

Hin- und hergerissen gab Dottie nach. „Vielleicht hast du Recht. Es war ein langer Tag … eine lange Woche." Besonders, nachdem sie nicht viel geschlafen hatte. Es war ihr schwergefallen, nach dem Kuss nicht an Brady zu denken. Und all die Gründe, warum sie ihn ganz schnell vergessen musste. Sie kannte diesen Mann nicht. Was noch ein Grund war, weswegen ihre Vernarrtheit in ihn sie beunruhigte.

„Komm, lass uns ein Päuschen machen", sagte er und unterbrach ihre Gedanken.

Er nahm ihre Hand, und sie ließ sich über die angrenzende Weide zu einer Baumgruppe führen. Es waren knorrige Bäume mit tiefhängenden Zweigen, die einen geschützten Ort zum Entspannen boten. Das war der einzige Grund, weswegen sie mit ihm gegangen war.

„Ich weiß nicht, wie es dir geht", sagte er, als sie sich auf eine natürliche Bank aus einem umgestürzten Baumstamm setzten, der jedoch fröhlich weiter spross. „Doch ich komme mir vor wie ein Vater, der sich über die Männereskapaden seiner Tochter aufregt. Ich bin es wirklich leid. Nach allem, was ich heute hier mit diesen Verrückten mitgemacht habe, hat Cassie mir den Rest gegeben."

Dottie verschränkte die Arme und lehnte sich an den Stamm hinter sich. Sie bemühte sich, sich zu entspannen; einen behaglichen gemeinsamen Nenner mit Brady zu finden; die Erinnerungen an den Kuss zu ignorieren. „Das arme Mädchen hat sich wegen Bob zum Narren gemacht. Vor allen. Ich dachte, mein Hauptproblem wäre, sie davon zu überzeugen, es mit Jake ein bisschen langsam angehen zu lassen. Mann, oh Mann, habe ich mich da getäuscht."

„Sie ist noch nicht trocken hinter den Ohren, doch ich glaube, sie hätte sich keinen besseren Ort zum Erwachsenwerden aussuchen können."

Dottie seufzte. „Ich weiß ja, dass du Recht hast. Aber ich habe das Gefühl, für sie verantwortlich zu sein."

„Ich glaube, dass sie aus einem Grund über deinen Weg geschickt wurde. Glaubst du das nicht auch?"

Etwas in seiner Stimme änderte sich bei der Frage, und sie sah ihn aufmerksam an. In diesem Moment wurde ihr bewusst, dass auch ihre Begegnung mit Brady kein Zufall gewesen war. Vielleicht war er hier, um Cassie zu helfen, doch vielleicht gab es auch einen anderen Grund. Sie hatte all ihre Zeit mit ihm verbracht, hatte ihn in Aktion gesehen, wusste, was er in seiner Gemeinde, in seinem Job zu geben bereit war, doch mehr wusste sie nicht über ihn. Wer war für Brady da? Was war seine Geschichte?

„Das glaube ich auch. Was glaubst du, warum unsere Wege sich gekreuzt haben?"

Die Frage überraschte ihn so sehr, dass er es nicht verbergen konnte.

„Um Cassie zu helfen", sagte er einen Moment später.

„Vielleicht. Ich habe mich gerade gefragt, was ein so wunderbarer Mensch wie du ohne Familie macht. Was ist deine Geschichte, Brady Cannon?"

Er neigte den Kopf zur Seite und musterte sie. Sie lächelte. „Keine Witze? Kein Zwinkern? Komm schon, was ist deine Geschichte?"

Seine Miene wurde hart. „Lass uns sehen, Dottie mit dem guten Herzen … du willst Cassie retten, und du bist auf einer Mission, einen Haufen Ladys in L.A. zu retten, und jetzt glaubst du, du kannst mich retten?" Sein Blick wurde zynisch. „Das wird nicht passieren."

Dottie lachte, hauptsächlich vor Überraschung. „Das ist das Letzte, was ich von dir zu hören erwartet habe." Und so war es auch. Der herzliche, freundliche Sheriff hatte sich verändert, war vor ihren Augen hart geworden.

„Warum? Macht es mich zu einem schlechten Menschen, weil ich deine Hilfe nicht will?"

„Nein", sagte sie und presste die Lippen aufeinander. „Doch ich sehe, dass du allen um dich herum hilfst. Wann immer jemand in Schwierigkeiten steckt, eilt Sheriff Brady zur Rettung, darum frage ich mich, wer rettet dich?" Er stand abrupt auf und ging zum Rand der Baumgruppe, offensichtlich wütend. Doch warum? Seine Reaktion sagte ihr, dass sie einer Sache auf der Spur war. Es fühlte sich ähnlich an wie in dem Moment, als sie sich entschieden hatte, Cassie vom Straßenrand mitzunehmen. Nur dass Brady nicht den Daumen ausgestreckt hatte.

„Lass uns einfach sagen, dass ich nicht gerettet

werden will“, brummte er.

„Das ist zu einfach.“

Er wirbelte herum. „Was?“

Sie hatte ihn erneut überrascht. Sie stand auf und ging auf ihn zu. Sie war sich nicht sicher, was über sie gekommen war, doch sie folgte ihrem Bauchgefühl. „Du hast mich gehört, Brady. Was ist deine Geschichte? Ich habe mich vom ersten Moment an gefragt, warum ein großartiger Mann wie du nicht verheiratet ist. Es geht mich nicht wirklich etwas an, doch wenn du reden möchtest, bin ich für dich da. Das ist das Mindeste, was ich tun kann.“

Sie lächelte ihn an, dann ging sie. Es hätte ihr unangenehm sein sollen, dass sie so gebohrt hatte, doch das war es nicht. Sie hatte jemandem, der ihr wichtig war, ein Angebot gemacht, und es fühlte sich gut an. *Ähm,* er war ihr wichtig, als Freund, natürlich.

Selbst wenn er nicht sonderlich von ihrem Angebot begeistert zu sein schien, sie hatte es in den Raum gestellt. Und jetzt musste sie Cassie finden.

KAPITEL ELF

Dottie fand Cassie auf der Rückseite des Wohnmobils in einem Korbsessel, den sie dorthin geschleift hatte. Dort waren sie ein bisschen vor Blicken geschützt, und Dottie war dankbar dafür.

„Cassie, können wir uns unterhalten?"

Das Mädchen rieb sich die Augen, blickte zu Boden und nickte. Dottie versuchte so zu tun, als sähe sie die Spuren nicht, die die Tränen hinterlassen hatten.

„Dann schätze ich mal, dass du es gehört hast?"

„Ich habe es gesehen." Dottie hatte sich entschieden, auf Augenhöhe mit dem Mädchen zu reden.

„Oh.“

„Ich kenne dich jetzt erst ein paar Tage, doch ich habe den Eindruck, dass du tun kannst, was auch immer du möchtest.“

„Und was soll das heißen?“

Dottie entging nicht, dass sie wieder die Anhalterin vor sich hatte. „Was war das mit dem Bullenreiten? Du und ich, wir beide wissen, dass du bei der Geschwindigkeit einen Kopfstand auf dem Ding hättest machen können.“

Cassie scharrte mit den Füßen im Gras, dann blickte sie zu Dottie auf. „Vielleicht.“

„Vielleicht.“ Dottie müsste lächeln. Sie wollte wirklich das Richtige sagen. „Was ist passiert? Hast du Jake eifersüchtig machen wollen? Auf Bob? Hast du deswegen die Hilflose gespielt?“ Sie betete, nichts Falsches zu sagen.

„Nein, ich habe nicht versucht, ihn eifersüchtig zumachen. Als ich Bob gesehen habe, ist mir bereits bewusst geworden, dass er derjenige ist, den zu heiraten ich hergekommen bin. Ich habe dir ja gesagt, nachdem ich die Artikel über Bob gelesen habe, habe ich gleich gewusst, dass Bob der Richtige für mich ist. Ich bin in ihn verliebt."

Diese Enthüllung ließ Dottie straucheln. „Das sind starke Worte. Was ist mit Jake passiert? Ich dachte, du wärst verrückt nach ihm."

„Das ist anders. Wie du schon gesagt hast, er ist ein Junge. Bob ist ein Mann. Und ein Mädchen *braucht* einen Mann zum Heiraten, keinen Jungen. Das hat meine Mom auch gebraucht! Davon abgesehen kann Jake es sowieso vergessen, nach der Nummer, die er abgezogen hat. Ich will nichts mehr mit ihm zu tun haben. Nichts. Hast du gesehen, wie er mich weggetragen hat? Ich dachte, er wäre ein wirklich netter Typ, doch das war zu viel!" Sie stand abrupt auf und ging.

„Cassie–"

„Wir sehen uns später, Dottie. Ich muss ein bisschen spazieren gehen."

Dottie blickte dem Mädchen nach und fühlte sich

hilflos. Alles schien den Bach runter zu gehen, und sie wusste nicht, was sie unternehmen sollte.

„Ich sag dir, ich hab gesehen, was ich gesehen habe. Ich mag ja ein bisschen taub sein, doch blind bin ich nicht. Mit diesen eingeschliffenen Linsen sehe ich so gut, dass ich auch in der Nacht noch fahren kann." Applegate starrte Lacy durch die dicken Gläser seiner neuen Brille an. Er blinzelte, rückte sie zurecht und grinste sie an wie ein Honigkuchenpferd. „Ja, das kann nicht jeder von sich behaupten. Frag Stanley. Der ist blind wie ein Maulwurf, wenn's dunkel ist. Wie ein Maulwurf!"

„Applegate, ich sage ja nicht, dass du es nicht gesehen hast. Ich sage nur, dass du es vielleicht für dich behalten solltest." Lacy war klar, dass App dieser Gedanke gar nicht gefiel.

Doch das war klar. Dieser Mann lebte für Klatsch und Tratsch, doch auch, wenn sie auf eine Romanze zwischen dem Sheriff und der hübschen Miss Hart hoffte, wollte sie nicht über die beiden tratschen. Sich da rauszuhalten war nicht leicht, doch sie gab sich Mühe. „Dass du sie zusammen unter den Bäumen hast stehen sehen muss gar nichts heißen. Vielleicht haben sie nur zusammen eine Pause im Schatten gemacht."

„Stimmt schon", brummte App. „Doch ich habe gesehen, wie sie einander beobachten, wenn der andere nicht hinschaut, und ich sage dir, dass sie sich fast geküsst hätten."

Lacy seufzte und sah Applegate an. Sie betete um Geduld. Sie war in Sam's Diner gekommen, um ein Stück Kürbiskuchen zu essen und einen Kaffee zu trinken. Der Tag war ein Erfolg gewesen, brutal hektisch, aber ein Erfolg, und jetzt wollte sie sich nur noch entspannen.

Als sie nach Mule Hollow gekommen war, hatte sie gewusst, dass die Frauen hierherkommen würden. Und das taten sie. Langsam aber sicher tröpfelten sie in den Ort, mieteten Häuser von Familien, die vor langer Zeit, als die Ölquellen vertrocknet waren, weggezogen waren, um woanders Arbeit zu finden. Sie hatte gesehen, wie sich das Leben vieler Frauen verändert hatte, seit sie in den Ort gekommen war.

Doch etwas war im Busch. Etwas braute sich zusammen. Sicher, das Leben änderte sich, Leute heirateten, und bald würde es Babys geben … Doch sie spürte in ihrer Seele, dass mehr auf Mule Hollow wartete.

Es war, als fehlte irgendwo ein Verbindungsglied. Als wartete der Ort immer noch auf etwas. Vielleicht war es das, worauf er wartete – das Lachen der ersten neuen Generation von Kindern. Was auch immer es war, sie war sich sicher, dass sie es alle bald wissen würden.

„Lacy! Da bist du ja. Dich habe ich gesucht."

Lacy drehte sich zur Tür um, als sie die vertraute Stimme hörte.

„Hey, hey, Norma Sue. Was gibt's?"

Norma lächelte nicht, als sie an Applegate vorbei stürmte und sich auf den freien Platz in der Sitznische fallen ließ. Das war Norma, immer in Eile. „Gott sei Dank hast du nichts in die Musicbox geworfen. Ich könnte es nicht ertragen, auch nur ein weiteres Mal *Danke Schoen* zu hören, nicht, dass ich etwas gegen Wayne Newton hätte. Aber ich sag dir, wenn die Leute mitbekommen, dass diese bekloppte Kiste immer denselben Song spielt, spielen sie ihn, bis er allen zum Halse raushängt. Ich dachte, Sam würde einen Nervenzusammenbruch bekommen, bevor ich *Great Balls of Fire* rausgenommen habe."

„Norma, was bist du denn so aufgeregt?"

Norma holte tief Luft und atmete langsam aus. „Wegen Brady. Was sollen wir nur tun? Den Jungen hat's übel erwischt, das weiß ich. Du solltest sehen, wie er dreinblickt, wenn Dottie in der Nähe ist oder er nur über sie spricht. Ich weiß sicher, dass sie die Eine für ihn ist, doch er will nicht zugeben, dass es gefunkt hat. Wusstest du, dass Dottie auf dem Weg nach Kalifornien ist, um ein Frauenhaus zu eröffnen oder sowas in der Art?"

„Ja, sie wird die Hausmutter sein und den Frauen geschäftliche Grundlagen vermitteln, indem sie ihren Süßigkeitenladen als Modell benutzt. Ich finde das wunderbar. Es ist so wie bei mir, als ich hierhergekommen bin. Ich war auf meiner Mission, und jetzt ist sie auf ihrer. Ist das nicht cool?"

„Sicher. Aber wenn du mir sagen könntest,

inwieweit das Brady helfen wird? Der Junge kann hier nicht wieder wegziehen. Er ist ja gerade erst zurückgekommen. Und wenn der Herr einen Ort für Dottie in Kalifornien vorgesehen hat, warum hat Er sie dann nach Mule Hollow geschickt? Das ist einfach grausam."

„Beruhige dich, Norma Sue. Für uns ergibt es vielleicht keinen Sinn, doch das muss es nicht. Entspann dich. Alles wird gut. Ich spüre es in meinem Herzen."

Norma Sue seufzte. „Ich weiß ja, dass du Recht hast, Lacy. Aber aus irgendeinem Grund fühlt es sich diesmal seltsam an. Als lägen wir falsch. Ich weiß nicht wie, denn es gibt einfach zu viele Faktoren, die sagen, dass die beiden perfekt füreinander sind. Glaubst du, dass wir falsch liegen könnten?"

Lacy schüttelte den Kopf. „Lass uns uns einfach zurückhalten und abwarten, was passiert."

Norma seufzte erneut. „Okay. Das könnte schwer werden, doch lass es uns tun. Und von dir will ich auch nichts darüber hören, Applegate Thornton", blaffte Norma und wedelte den Finger in seine Richtung. „Ich will nicht, dass der ganze Ort darüber tratscht."

Lacy unterdrückte ein Kichern, als Applegate Norma einen finsteren Blick zuwarf, nicht, dass seine Stirn nicht dauernd gerunzelt wäre, doch er unterstrich seine Verstimmung mit zusammengepressten Lippen.

„Ich weiß nicht, wie du darauf kommst, dass ich über Brady und Dottie reden würde. Nur, weil ich sie auf einem kleinen *Rondee-Fu* unter den Mesquitebäumen gesehen habe–"

„Applegate", warnte Lacy. „Darüber haben wir doch schon gesprochen. Sie haben sich wahrscheinlich nur im Schatten ausruhen–"

Norma drehte sich mit vor Begeisterung strahlender Miene zu Lacy um. „Sie waren unter den Mesquiten? Ich wusste nicht, dass sie zusammen unter den Bäumen waren!"

„Norma!", protestierte Lacy.

Norma klatschte mit der Hand auf den Tisch. „Tut mir leid. Doch das könnte Gutes bedeuten."

Applegate ging an ihnen vorbei und blieb an der Tür stehen. „Und *das* ist der Grund, warum ich keine Ahnung habe, warum ihr Hühner immer denkt, dass ich derjenige bin, der die Gerüchte verbreitet“, brummte er auf dem Weg hinaus.

Lacy schüttelte den Kopf, dann brachen Norma Sue und sie gleichzeitig in Gelächter aus.

„Man muss ihn einfach lieben“, lachte Lacy.

Norma schüttelte den Kopf. „Wer sagt das?“

Lacy zog eine Augenbraue hoch.

Norma schnitt eine Grimasse. „Okay, aber nur ein bisschen.“

Dotties Hüfte pochte, ihr Kopf schmerzte, und sie war in ihrem ganzen Leben noch nie so froh gewesen, dass ein Tag vorüber war. Wie lange konnte ein Tag schon sein? Wie viel konnte an einem Tag passieren?

Mehr als sie verkraften konnte.

So ereignisreich der Tag gewesen war, hatte Dottie angenommen, dass sie wie ein Murmeltier schlafen würde, doch bisher hatte sie kein Auge zugetan. Cassie jedoch schnarchte wie ein ganzes Sägewerk. Sie war offensichtlich müde, nachdem sie dem armen Bob den ganzen Nachmittag hinterhergejagt war. Und sie hatte gedacht, dass Cassie sich verkriechen und ihre Wunden lecken würde, als sie davon gestürmt war. Stattdessen war sie zum Streichelzoo gegangen und Bob wie ein Schatten gefolgt, während er bei den Tieren und den Kindern ausgeholfen hatte.

Sie holte tief Luft, lehnte den Kopf an die Rückenlehne des Korbsessels und starrte hinauf zum mitternächtlichen Himmel. Der Wind wehte gedämpftes Gelächter herüber von dort, wo andere Verkäufer nach dem langen Tag beisammen saßen.

Sie schloss die Augen, in Gedanken bei Cassie, Brady und dem Frauenhaus in Kalifornien. Ihre Gedanken kreisten, doch sie sehnte sich nach Schlaf. Sie musste schlafen …

KAPITEL ZWÖLF

Am nächsten Nachmittag holte Dottie tief Luft und klopfte zaghaft an die dicke Holztür. Wie der Rest von Mule Hollow, war auch das Gebäude, in dem das Büro des Sheriffs untergebracht war, neu angestrichen worden, doch die Farbe war nicht grell, sondern ein tiefes Granatrot mir schokoladenbraunen Fenster- und Türumrandungen.

„Ist offen", rief Brady von drinnen.

Ihr Puls flatterte, als sie seine Stimme hörte, und sie musste sich zwingen, die Klinke hinunterzudrücken und die Tür zu öffnen. Trotz ihrer Bemühungen hatte sie sich am Vormittag immer wieder dabei ertappt, wie sie ihn beobachtet hatte. Aus der Ferne. Es war nicht so, als hätte er irgendeinen Versuch gestartet, in ihre Nähe zu kommen. Zweifellos musste er befürchten, dass er noch mehr ihrer guten Ratschläge von gestern ertragen müsste. Konnte sie ihm das zum Vorwurf machen? Wohl kaum.

„Hast du einen Moment?"

„Sicher", sagte er und sprang auf, offensichtlich überrascht, sie zu sehen. In Nullkommanichts war er um seinen Schreibtisch herum und zog die Tür, die sie mit einem Todesgriff umklammert hielt, auf. „Komm rein."

Sie schluckte und konzentrierte sich auf Cassie, nicht die Tatsache, dass sie sich wirklich freute, so dicht bei ihm zu stehen. Hier ging es um Cassie. Das Mädchen, das sie in den Ort gebracht hatte, um ihre Ansprüche an dem arglosen Cowboy Bob geltend zu machen.

Er konnte dem Mädchen nicht entkommen. Nachdem er das ganze Wochenende von Cassie verfolgt worden war, sah der arme Kerl so aufgelöst aus, dass Dottie zu dem Schluss gekommen war, dass es an der Zeit war, mit Brady darüber zu reden.

Sie wischte sich die Handflächen an den Oberschenkeln ihrer Jeans ab, holte tief Luft und trat ein. Das Klicken der Tür hinter ihr ließ die Schmetterlinge in ihrem Bauch flattern. „Ich bin wegen Cassie hier", sagte sie schnell.

„Ich warte immer noch auf Info. Setz dich." Er bot ihr einen alten Ledersessel an, dann lehnte er sich an seinen Schreibtisch und schlug die Beine übereinander. „Hast du mit ihr gesprochen?"

„Ich hab's versucht."

„Du hast es versucht." Er runzelte die Stirn und schob das Kinn vor.

Dottie erzählte ihm schnell von ihrer Unterhaltung, ihrer Meinung nach ein furchtbarer Fehlschlag.

„Hast du sie nach ihrer Vergangenheit gefragt?", fragte er, als sie fertig war.

„Sie hat mir keine Gelegenheit dazu gelassen."

Es klopfte an der Tür, und Bob trat ein.

„Brady, ich muss mit dir reden." Seine

Überraschung stand ihm ins Gesicht geschrieben. „Oh, hi, Dottie. Tut mir leid, störe ich?"

Sie schüttelte den Kopf und sah Brady an.

„Komm rein", sagte er. „Was kann ich für dich tun?"

„Also, nachdem du ja auch hier bist, Dottie… ich denke, es ist okay, wenn ich das vor euch beiden sagen. Ich weiß nicht, was ich wegen Cassie unternehmen soll. Was ist los mit diesem Mädchen? Ich nehme an, ihr wisst, was ich meine?"

Sie nickten. Er redete weiter. Wie ein Wasserfall.

„Irgendwelche Ideen für mich? Oder Jake? Oder Cassie? Ich weiß, dass du sie am Straßenrand aufgelesen hast, Dottie … denkst du, dass sie vielleicht irgendwelchen Ärger hat? Sie … sie gibt sich viel zu große Mühe, und es verwirrt mich, warum sie plötzlich an mir klebt wie eine Klette. Ganz ehrlich, ich hätte nie gedacht, dass ich mal sagen würde, dass es sich nicht richtig anfühlt, eine hübsche Frau an meinem Arm hängen zu haben, doch … es fühlt sich einfach nicht richtig an."

Dottie sah Brady an, der wieder hinter seinen

Schreibtisch getreten war. Sie nickte.

„Ich denke, wir können dir sagen, dass wir selbst Fragen über Cassie haben, Bob. Wir sind nicht sicher, wie alt sie ist oder was alles andere über sie angeht. Doch wir versuchen, uns um sie zu kümmern und waren gerade dabei, über das Problem zu reden. Wir wollen nichts tun, das sie verscheuchen könnte, und im Moment scheint sie ein bisschen … aufgeregt zu sein. Wir wollen nicht, dass sie die Flucht ergreift für den Fall, dass sich herausstellen sollte, dass sie eine Ausreißerin ist."

Bob senkte den Blick und schüttelte den Kopf. „Mann, das ist hart für das Mädchen."

„Bob", sagte Dottie. „Was sie gestern getan hat, tut mir leid. Ihre Aktionen gestern haben so verzweifelt gewirkt, dass ich mir wirklich Sorgen mache, dass da mehr ist. Brady sagt, dass du ein fantastischer Mann von großer Integrität bist. Glaubst du, du könntest … naja, Geduld mit ihr haben, nur für ein Weilchen? In gewisser Weise auf sie aufpassen? Ich sage nicht, dass du ihr was vorspielen sollst. Doch es wäre schön, wenn du nichts sagen würdest, woraufhin sie sich für ihre kindischen Aktionen schämen und Mule Hollow verlassen könnte."

Dottie sah Mitgefühl in Bobs Augen. „Das kann ich schon. Ich werde tun, was nötig ist. Sie ist ein liebes Ding. Ich mag sie. Ich möchte nicht, dass sie verletzt wird."

Es war nachvollziehbar, warum Cassie glaubte, in Bob verliebt zu sein. Kein Wunder, warum Molly gleich mehrere Geschichten über ihn geschrieben hatte. Er war ein wunderbarer Mann. Und das nicht nur wegen seiner dunklen Locken und der charmanten Grübchen. Er tippte sich zum Abschied an den Hut und ging.

Als Dottie sich wieder Brady zuwandte, sah sie, dass er sie beobachtete, und spürte ihr Herz stolpern.

„Du wolltest unbedingt mit ihr reden, und jetzt willst du wieder langsam machen. Was verschweigst du mir?"

„Sie hat etwas über ihre Mutter gesagt. Ich denke, ein Teil ihrer Vernarrtheit in Bob hat mit Fehlentscheidungen ihrer Mutter zu tun. Sie leidet. Ich spüre das. Darum denke ich, dass es besser wäre, die

Sache behutsam anzugehen.“

„Willst du mir damit sagen, dass du nicht für mich da sein wirst, falls ich mich entscheide, mich dir gegenüber zu öffnen?“

Sie hatte seinen Sarkasmus verdient. Wirklich, sie war so arrogant gewesen. Wer war sie, sich einzubilden, dass sie irgendwelche Antworten hatte?

„Schau, ich weiß, dass ich gestern ins Fettnäpfchen getreten bin und ein paar dumme Sachen gesagt habe. Wer bin ich schon zu behaupten, dass dich etwas zu belasten scheint? Vergiss einfach, dass ich etwas gesagt habe, und lass uns uns auf Cassie konzentrieren.“ Ihre Blicke begegneten sich, und einen langen Moment lang standen sie einfach da und studierten einander.

„Hat euch zwei schon irgendjemand für morgen zur Kirche eingeladen?“, fragte er schließlich und tat so, als flögen keine Funken zwischen ihnen.

„Machst du Witze?“ Sie konnte diese Scharade auch spielen. „Etwa zwanzig Leute.“

Er lachte, doch seine schönen kaffeebraunen Augen funkelten nicht. „Jupp, das ist mein Ort.“

„Ja, das ist er. Ich komme auf jeden Fall und werde versuchen, Cassie dazu zu bringen, mitzukommen. Wie hat sie es nochmal formuliert? Sie und der Gottkram kommen nicht miteinander aus. Natürlich hat sie das vor Adela und Lacy und ein paar der anderen Frauen sagen müssen."

„Oh je. Wusste sie, dass sie sie damit herausgefordert hat?"

„Sicher nicht. Doch ich habe gesehen, dass so ziemlich jedes Ohr in Hörweite gespitzt wurde."

Brady nickte und blickte ernst drein. „Mule Hollow ist ein wunderbarer Ort für verletzte Seelen. Adela und die anderen werden sie zu Tode glucken. Das wird schon werden."

Dottie dachte darüber nach, und auch, wenn sie erst ein paar Tage hier war, musste sie ihm Recht geben. Mule Hollow war ein besonderer Ort.

Das Mittagessen bei Lilly war ein herzliches und lebhaftes Erlebnis. Die Kirche war auch ein Erlebnis gewesen. Noch nie hatte Dottie so viele singende

Cowboys auf einmal gesehen. Ihre Großmutter Sylvia, die ein riesiger Allen Jackson Fan gewesen war, hätte geglaubt, sie wäre im Himmel, so viele große, geschniegelte und gebügelte Cowboys harmonisch singen zu hören – einschließlich dem unglaublich gutaussehenden Junggesellen Bob, was Norma Sues Argument gewesen war, um Cassie dazu zu bewegen, mit ihnen in die Kirche zu kommen. Jetzt saß Cassie mit Lilly am Ende des Tischs und spielte mit Baby Joshua. Es war schön zu sehen, dass sie auch an etwas anderes denken konnte als die Männerjagd. Sie sah glücklich aus.

Im Verlauf des Mittagessens kam schnell ihre Arbeit in Kalifornien zur Sprache.

„Dann wirst du dort einen Süßigkeitenladen aufmachen?", fragte Norma Sue, während sie einen frischen Apfelkuchen an den Tisch trug und ihrem Mann Roy Don einen Klaps auf die Hand versetzte, als er nach dem Messer griff.

Alle schienen unglaubliches Interesse an Lynn, Rose, Niva und Stacy zu haben. Von den vier Kindern ganz zu schweigen. Dottie konnte ohne Unterlass über die Frauen reden. Jede hatte eine schwierige Geschichte, und sie war glücklich, dass ihrer aller Leben eine Wendung zum Besseren genommen hatte, seit sie in den *Sicheren Hafen* gekommen waren.

„Ja, das kann ich nun mal am besten. Und nachdem ich hier meine Idee ausprobieren konnte, habe ich ja gesehen, wie begeistert alle waren, das Handwerk zu erlernen."

„Glaubst du, dass es da einen guten Markt für sowas gibt?", fragte Esther Mae. Sie saß neben Dottie und hatte sich zu ihr hinübergebeugt, um ihr ins Ohr zu flüstern. Die große blaue Feder, die ihren Hut zierte, flirrte vor Dotties Augen.

Sie schob sie aus dem Weg. „Sicher glaube ich das", antwortete sie leise und fragte sich, warum sie flüsterten.

„Was flüstert ihr da drüben, Esther?", fragte Norma Sue und klatschte ein großes Stück Kuchen auf Roy Dons Teller. „Es gehört sich nicht, am Tisch zu flüstern, besonders, nachdem du weißt, dass ich Geheimnisse hasse."

Esther Mae schnaubte. Ihre große blaue Feder

tanzte und kitzelte Dottie in der Nase. Sie nieste.

„Oh, hoffentlich hast du dir keine Erkältung eingefangen", zwitscherte Esther Mae. „Und worüber wir gesprochen haben ist kein Geheimnis."

„Dann spuck's aus."

„Norma Sue Jenkins, du bist die neugierigste–"

„Spuck es aus!"

„Um Himmels willen, Norma! Hast du nicht gesehen, wie schnell sie ihr schokoladiges Gold verkauft hat? Alle wollten was von ihrem Buttertoffee."

Dottie schob die kitzelnde Feder beiseite und kämpfte gegen den erneuten Drang zu niesen an. „Ich habe heute Morgen eine Mail von Stacy bekommen." Esther Mae drehte sich einschließlich ihrer Feder zu ihr um.

„Das ist das ruhige Mädchen, nicht wahr?"

„Ja." Dottie freute sich, dass sie sich an sie erinnerte. „Sie hatte bisher kein schönes Leben und redet nicht viel. Die ganze Zeit, die ich da war, habe ich sie nur ein paarmal lächeln sehen – und da hat sie ihr Baby angelächelt." Dottie dachte an die Geschichte, die ihr Bruder ihr über die junge Frau erzählt hatte. Stacy lebte in einer kompartmentalisierten Welt mit einer einzigen Tür. Einer Tür, die sie für den Großteil der übrigen Welt fest verschlossen hielt. Es war ein erlernter Zug, da sie zuerst die Misshandlungen ihres Vaters und später ihres Ehemannes, den sie geheiratet hatte, um ihrem Vater zu entkommen, überlebt hatte. Für Stacy war das Leben voller Schmerzen gewesen, bis sie eines Tages Rose begegnet war, als sie in einem Waschsalon ihre Wäsche gewaschen hatte. Rose hatte Stacy von dem Frauenhaus erzählt und ihr geholfen zu erkennen, dass es einen Weg aus ihrem Leben heraus gab, und damit ihr Leben verändert.

Dottie musste immer noch gegen die Tränen ankämpfen, wenn sie an die Mail von Stacy dachte. Auch wenn sie es nicht für richtig hielt, mit allen über Stacys Vergangenheit zu reden, hatte sie das Bedürfnis, ihnen zu erzählen, wie sehr Mule Hollow und seine wunderbaren Einwohner ihr Leben berührt hatten.

„Was hat sie gesagt?", fragte Norma Sue und schaufelte ein Stück Kuchen auf Bradys Teller.

„Stacy wollte alles über Mule Hollow wissen. Sie

ist sogar online gegangen und hat jeden Artikel gefunden, den Molly über diesen Ort geschrieben hat. Sie ist so fasziniert von euch allen. Sie will alles wissen, was es zu wissen gibt.“

„Ich will sie am liebsten sofort hierher bringen!“, rief Lacy. Wie alle anderen hatte Lacy aufmerksam zugehört. Jetzt beugte sie sich vor, stützte die Ellbogen auf den Tisch und verlangte, dass Dottie ihr mehr von ihren Plänen erzählte.

Dottie lächelte in die erwartungsvollen Gesichter am Tisch – und das schloss Brady mit ein. Er hatte den ganzen Nachmittag über nicht viel zu ihr gesagt, doch sie hatte ihn oft dabei ertappt, dass er sie beobachtet hatte, als sie sich mit den anderen unterhalten hatte.

Sie beide umgab eine Spannung, die keinem entging. Auch wenn sie behauptet hatten, dass der Kuss bedeutungslos gewesen war … das war er nicht. Sie tanzten nun schon seit Tagen um die Anziehung, die zwischen ihnen herrschte, herum. Und in stillschweigender Übereinkunft würden sie wahrscheinlich so weitermachen.

Sie wusste immer noch nicht, was Brady belastete, doch irgendetwas war da. Und es brachte ihn dazu, sich auf einem persönlichen Niveau mit jedem Moment, der verstrich, weiter von ihr zu distanzieren. Für Dottie reichte die Konversation über Stacy und die anderen im *Sicheren Hafen* aus, sie daran zu erinnern, warum sie weiter das Flattern in ihrem Bauch ignorieren würde.

Sie kannte ihre eigenen Gründe und verstand sie, doch wenn sie seinem Blick begegnete, wollte sie wissen, was *ihn* davon abhielt, irgendeine Beziehung anzustreben. Sie sollte nicht darüber nachdenken. Sie würde nicht lange bleiben. Doch wenn sie ihn ansah, konnte sie nicht anders. Sheriff Brady Cannon hatte etwas an sich, das sie beinahe unwiderstehlich fand. Nicht irgendetwas … es war das Gesamtpaket. Er war atemberaubend attraktiv, er war mit Leib und Seele Polizist und engagierte sich bedingungslos für die Leute in seiner Gemeinde und doch war er allein. Der Gedanke, wie er allein durch sein riesiges Haus wanderte, trieben ihr die Tränen in die Augen, und sie konnte es nicht erklären. Wer sollte diese Mauer durchbrechen – diese Mauer, die scheinbar nur sie sehen konnte.

KAPITEL DREIZEHN

Sie wollten sich gerade auf den Nachhauseweg machen, als Jake auftauchte. Er kletterte aus dem Fahrersitz seines riesigen Trucks, und Dottie musste lächeln. Dieser Junge war – wie Cassie sagen würde – umwerfend! Hey, wenn sie zehn Jahre jünger gewesen wäre, hätte Dottie das auch gesagt. Er trug knielange Badeshorts, Flipflops und ein T-Shirt mit abgeschnittenen Ärmeln, das seine sehnigen Muskeln zur Schau stellte. Die Krönung des Looks war ein Strohcowboyhut, dessen Krempe an den Seiten hochgerollt und vorn und hinten hinuntergebogen war

– ein etwas eigenwilliger Modetrend unter den jungen Cowboys. So oder so sah er aus, als wollte er sich amüsieren.

Und er war wegen Cassie hier.

Sie ignorierte ihn zunächst, doch Dottie konnte sehen, dass sie interessiert war und sich große Mühe gab, es nicht zu zeigen. Der Junge war in ihrem Alter. Auf einer Niedlichkeitsskala von eins bis zehn war Jake eine elf. Er wollte Spaß haben und diesen Spaß mit ihr teilen. *Das musste doch einen Eindruck auf sie machen.* Dottie war froh, dass Cassie sich bereits umgezogen hatte, darum hatte sie keine Ausreden.

„Cassie", sagte er. „Wenn du nicht mitkommst, verpasst du was. Wir haben ein ganzes Morgen Land unter Wasser stehen, und alle kommen."

„Bob auch?", fragte sie in schnippischem Ton.

Dottie hätte ihr den Hals umdrehen können, doch Jake reagierte überaus erwachsen darauf.

„*Ich* werde da sein", sagte er nachdrücklicher als Dottie erwartet hätte. „Und *ich* bin der einzige, der zählt."

Zu Dotties Überraschung steckte Cassie ihre Hand in ihre Gesäßtasche und lächelte den ernst dreinblickenden Jungen beinahe schüchtern an. Ein paar Minuten später, als sie in Jakes Truck davonfuhr, empfand Dottie große Erleichterung. Nicht, dass sie hoffte, dass sich die beiden ineinander verlieben würden. Doch sie schienen gut zueinander zu passen. Vielleicht später…

„Du lächelst als wäre es gut gelaufen?"

Brady kam auf sie zu und blieb neben ihr stehen. Sein Arm berührte ihre Schulter, und sofort begann ihr Puls zu rasen. „Es *ist* gut gelaufen. Sie gehen Mudding. Klingt nach Spaß."

„Hast du Lust, hinzugehen?"

Sie war sich nicht sicher, was sie erwartet hatte, doch sicher nicht ein Angebot für einen lustigen Nachmittag.

„Wirklich?" Sie wusste, dass sie ihn mit offenem Mund anstarrte. Sie hätte nein sagen sollen, einfach N-E-I-N.

„Ja, ich gehe manchmal mit meinem ATV raus."

„ATV?"

„All-Terrain Vehicle. Ein kleines Allradfahrzeug."

Er lächelte sein süßes Bradylächeln, ein bisschen schief auf einer Seite. Dotties Mund wurde trocken.

„Oh." Sie schluckte. „Ich war noch nie beim Mudding. Aber … ich will Cassie nicht ins Gehege kommen. Ich will nicht, dass sie denkt, ich spioniere ihr nach."

„Dann gehen wir woanders hin. Ich habe die perfekte Stelle auf meinem Land. Wir lassen es ruhig angehen. Ich will nicht, dass du dir wehtust."

Es klang nach Spaß, auch wenn sie gerne gewusst hätte, warum er sie plötzlich einlud, nachdem er sich so große Mühe gegeben hatte, sie zu meiden. *Sag einfach nein!*, schrie ihr gesunder Menschenverstand. „Okay."

„Okay", echote er und sah plötzlich so unsicher aus, wie sie sich fühlte. „Erst einmal sollten wir vielleicht zurückfahren, damit du dir etwas Passenderes als ein Kleid anziehen kannst."

„Du glaubst nicht, dass das geeignet ist?" Sie sah ihn mit gespielter Fassungslosigkeit an und ließ ihren fließenden Rock fliegen. *Flirtest du etwa mit ihm?*

Er betrachtete ihr Kleid und schüttelte den Kopf.

Ihr Magen flatterte, und sie holte tief Luft. Sie würde morgen oder übermorgen abreisen, und plötzlich war ihr zum Leichtsinnigsein zumute. „Dann sollte ich mir wohl besser Jeans anziehen."

„Ja, das wäre wohl besser."

Als sie in den Truck kletterte, war Dottie ein wenig unsicher, als sie Norma Sues und Esther Maes selbstgefällige Blicke sah. Selbst Adela schmunzelte, und Lacy hielt ihnen einen Daumen hoch, während sie den Arm um Clints Taille schlang.

Es war nicht gut, ihnen falsche Hoffnungen zu machen, dass ihre Kuppelträume eine Chance hätten. Doch im Augenblick war ihr nach Spaß zumutet. Sie ignorierte ihre Schuldgefühle und sah Brady an.

So wie er aussah, hatte er genauso viele Zweifel an seiner Entscheidung wie sie.

Sie redete sich gut zu, das Gefühl der Enttäuschung zu ignorieren, das seine Miene in ihm auslöste. Doch es gab einfach Dinge, die eine Frau nicht ignorieren konnte.

Als er ihr spontan angeboten hatte, selbst Mudden zu gehen, hatte er nicht daran gedacht, dass sie sich dabei an ihm würde festhalten müssen. Er wusste immer noch nicht, was ihn geritten hatte, ihr das Angebot zu machen. Besonders, nachdem er seit dem Kuss versucht hatte, sich von ihr zu distanzieren.

Doch sie würde nicht bleiben, und er mochte ihre Gesellschaft. Darum sagte er sich, dass es nicht schaden konnte, ein bisschen zu entspannen und ihre Gesellschaft zu genießen, so lange sie hier war.

Daran, wie es sich anfühlen würde, ihre Arme um sich zu spüren, hatte er nicht gedacht. Oder wie richtig sich ihre Stimme in seinen Ohren anhören würde oder an den Kitzel, den ihr Lachen ihm schenkte.

Er spielte mit dem Feuer.

Das wusste er. Doch er wusste auch, dass er für den Moment einfach ihre Gesellschaft genießen wollte.

Die Sonne ging unter, als sie einen Kamm erreichten, von dem sie ein Tal überblickten, das er als „die Senke" bezeichnete, weil es immer überflutet war, wenn der Fluss Hochwasser führte.

„Ich liebe diese Gegend", sagte er und hielt das ATV an.

Dotties Finger zuckten an seinem Bauch, als wäre sie nicht sicher, ob sie sich weiter an ihm festhalten sollte, jetzt, wo sie stehengeblieben waren. Er legte seine Hand auf ihre und ließ sie wissen, dass ihre wunderbaren Hände genau da waren, wo sie hingehörten.

Er senkte den Blick und lächelte. Ihre Hände waren zierlich, lange, schlanke Finger mit kurzen Fingernägeln. Er liebte es, wie sie sich unter seiner Hand anfühlten. Er hatte zugesehen, wie sie Teig mit diesen Händen geknetet hatte, und sich vorgestellt, wie sie sich in seinen anfühlen würden. Jetzt, wo er es wusste, würde es ihm schwerfallen, sie loszulassen. Doch er würde es tun. Um ihretwillen. Sie hatte Sicherheit verdient.

„Was ist das für ein Ort?", fragte sie und musste sich vorbeugen, weil er ihre Arme festhielt. Ihr Atem kitzelte seine Wange.

„Das ist mein Lieblingsort. Der Fluss fließt durch das Tal, und es ist einfach schön. Der Schlamm da unten ist vom letzten Hochwasser.“

„Können wir näher ran?“

Er blickte über seine Schulter, eine gefährliche Aktion seinerseits, denn sie brachte ihre Gesichter näher. So nah, dass ihre blaugrünen Augen ihm den Atem nahmen.

„Ja. Doch ich warne dich, nicht viele Leute sind je wieder hierher eingeladen worden“, feixte er.

„Wirklich? Heißt das, du musst mich umbringen, sobald ich es gesehen habe?“

Da war es wieder, ihr sanft prickelndes Lachen, das … das ihm solche Freude bereitete. „Nein, du bist etwas Besonderes. Ich werde dich am Leben lassen. Du kannst so oft hierherkommen wie du willst, solange es mit mir ist.“ *Warum hast du das gesagt, Brady?*

Ihre Finger regten sich unter seinen, und sie wandte den Blick ab. Er verstand sofort, dass es ihr unangenehm war. Ihm selbst war es ja auch unangenehm.

„Halt dich fest.“ Er ließ den Motor aufheulen und fuhr einen steilen Hang hinunter. Sie keuchte und klammerte sich an ihn. Als sie es zu den Bäumen hinunter geschafft hatten, folgte er dem Pfad, den er schon sein ganzes Leben kannte.

„Hier bin ich immer mit meinem Dad hergekommen." Er hielt am Flussufer an. „Wir sind hierhergekommen, nachdem wir den ganzen Tag mit dem Vieh gearbeitet haben, und haben uns im kalten Wasser entspannt, bevor wir nach Haus gefahren sind. Das waren Tage…"

Dottie kicherte. „Du klingst so alt."

Er drehte sich um, um sie wieder anzusehen, und ihre Nasen stießen gegeneinander.

„Hey." Sie hob ihre Hand und rieb sich die Nasenspitze. Er lachte, als er ihr zusah, da er wusste, dass sie nervös war, und wollte sie so gerne küssen. Selbst mit den Schlammspritzern auf ihren Wangen.

Er wollte so sehr, dass dieser Moment niemals enden würde. Doch er hatte ihr nichts zu bieten, es war falsch.

Dotties Lachen blieb ihr im Halse stecken. Die gesamte Fahrt durch den Schlamm hatte sie von ihrer nervösen Energie gezehrt und jetzt, wo sie angehalten hatten, konnte sie nicht mehr leugnen, dass ihre Nervosität das direkte Ergebnis der Nähe zu Brady war. Sein Lächeln machte es klar. Es war nicht fair.

„Willst du mir noch mehr zeigen?", fragte sie, da sie die Anspannung irgendwie lösen musste. Um zu atmen.

Seine Augen glitzerten verschmitzt. „Halt dich gut fest. Das könnte holprig werden, und ich will dich nicht verlieren."

Nachdem sie vor sieben Monaten kaum damit gerechnet hatte, je wieder laufen zu können, konnte sie das berauschende Gefühl der Freiheit nicht fassen, das sie empfand, als Brady mit ihr durch den Schlamm fuhr. Sie flogen wie der Wind am Ufer des Flusses entlang, und als das Gelände felsiger wurde, blieb Brady neben einem großen Felsen stehen, der über das rauschende Wasser ragte. Es war atemberaubend. Bevor sie begriff, was er vorhatte, schwang er sich vom ATV und stieg auf den flachen Felsen. Die Bewegung war so flüssig, dass sie wusste, dass er es schon zahllose Male getan hatte. Als er sich umdrehte und ihr die Hand entgegenstreckte, ergriff sie sie sofort.

Als sie neben ihm stand, wandte sie sich von ihm ab, um auf das Wasser zu blicken. Ihr Herz pochte, und ihre Gedanken brodelten mehr als der reißende Fluss.

„Ich nehme mal an, dass du und dein Vater nie hier geschwommen seid?"

„Das nimmst du richtig an."

Sie hörte das Lächeln in seiner Stimme, auch wenn sie sich nicht zu ihm umdrehte. Er wusste genau, was sie fühlte, und er wusste auch, dass sie sich und ihn davon abzulenken versuchte.

„Möchtest du dich hinsetzen und ein bisschen entspannen?"

Seine Frage war ein Flüstern gegen ihr Ohr. Sie erschauerte, nickte jedoch. Er erschreckte sie, als er plötzlich vom Felsen ans Ufer sprang und sich umdrehte und zu ihr aufblickte. Bevor sie ihn daran hindern konnte, nahm er sie bei der Taille, hob sie zu sich herunter und setzte sie auf den Felsen vor sich.

Alles wurde still. Er studierte ihr Gesicht. Suchte in ihren Augen. Und Dottie konnte nicht atmen. Es war, als nahm diese wunderschöne Gegend der Luft um sie herum allen Sauerstoff. Sie hatte einen Plan. Sie kannte ihren Weg. Sie wusste das alles, doch hier, umgeben von der Schönheit des Landes und der Wärme von Bradys Freundschaft, konnte sie sich einen anderen Lebensweg vorstellen. Sie konnte ein Leben mit Brady sehen. Kinder, Familie, so voller Liebe, dass ihr Herz platzen wollte. Plötzlich drehte er sich um und entfernte sich von ihr.

Sie atmete erleichtert auf und rang die Hände. *Konzentrier dich, Dottie. Konzentrier dich! Vergiss nicht, was er gesagt hat, als ihr euch geküsst habt. Es würde nicht funktionieren.* Er sagte, dass er nie heiraten würde. Er hatte sich von ihr zurückgezogen. Bis jetzt.

Warum hatte er sie hierher eingeladen? Warum hatte sie die Einladung angenommen? Um mehr über ihn zu erfahren?

„Erzähl mir davon, wie du mit deinem Dad hierhergekommen bist. Und wie du Mule Hollow verlassen hast. Du hast gesagt, deine Eltern wollten nicht, dass du gehst."

„Also…" Er sah sie an, dann wandte er sich dem Wasser zu. „Ich habe Mule Hollow direkt nach dem Schulabschluss verlassen. Ich konnte es nicht erwarten, die Welt zu sehen – und die Welt war für mich überall, nur nicht hier." Er zuckte mit den Schultern. „Nach der Uni in Huntsville habe ich einen Platz an der Polizeiakademie bekommen, und als ich einen Job in Houston angenommen habe, dachte ich, dass meine Träume wahr geworden waren."

Dottie lächelte, als er sie ansah. Er lehnte sich an den Felsen neben sie und verschränkte die Arme vor der Brust. Er war selbstbewusst und entspannt. Ein überaus ansprechender Anblick.

„Aber dann ist etwas passiert, nicht wahr?" Sie konnte nicht anders. Sie wollte mehr über ihn erfahren, und plötzlich wollte sie wissen, warum er keine Familie wollte. Es musste etwas mit seiner Vergangenheit zu tun haben. Es konnte nicht anders sein. Ein Mann entschied nicht einfach ohne jeden Grund, dass er keine Familie wollte. Davon abgesehen hatte sie den Schmerz in seinen Augen gesehen.

Er blickte in ihre Richtung, und sie sah, dass er

wieder dichtmachen wollte.

„Bitte erzähl es mir. Ich weiß, dass ich ziemlich arrogant gewirkt habe, als wir uns unter den Mesquiten unterhalten haben. Aber ich bin wirklich da, ich würde gerne mit dir darüber reden."

Er nickte, und sie konnte den Moment sehen, als er seine Entscheidung traf, ihr zu vertrauen. Es löste ein Gefühl aus, das sie nicht definieren konnte. Doch sie mochte es. Es verband sie. „Ich hatte dir ja schon erzählt, dass es meinen Eltern nicht gefallen hat, dass ich Mule Hollow verlassen wollte. Mein Dad hat mir immer wieder gesagt, dass der Ort einen Mann brauchte, der das Gesetz vertrat. Sheriff Newman war mein ganzes Leben hier der Sheriff gewesen. Ich glaube, er war unbestritten fünfzig Jahre lang der Sheriff hier. Als er schließlich in den Ruhestand gegangen ist, hatte der Ort niemanden mehr. Nicht, dass sie einen Sheriff gebraucht hätten. Doch, ob du es glaubst oder nicht, ab und zu braucht der Ort Notfallpersonal."

„Ich glaube es. Ich meine, ich weiß, wie das ist. Der Ort, aus dem ich komme, ist nicht viel größer als

Mule Hollow.“

„Du hast gesagt, dass die Männer, die dich gerettet haben, entschlossen waren. Waren sie gut ausgebildet?“

Das war eine Frage. Dottie nickte. „Ja. Sie haben ihr Training sehr ernst genommen. Jeder wusste genau, was er zu tun hatte. Sie hatten einen Plan, nach dem sie vorgegangen sind. Zwei waren direkt an meiner Seite, doch um mich aus dem Schutt zu ziehen, dazu mussten viele an einem Strang ziehen. Aber was ist mit dir passiert?“

Einen Moment dachte sie, dass er so tun würde, als verstünde er nicht, was sie fragte. Dann nickte er.

„Ich könnte dir erzählen, dass ich nicht in der Stadt zurecht gekommen bin, dass ich nicht mit dem Stadtleben umgehen konnte, doch das wäre eine Lüge.“ Er hielt inne und starrte zu Boden. „Ich war sehr gut in meinem Job. Ich stand kurz davor, zum Detective befördert zu werden, als–“ Er fuhr sich mit der Hand durchs Haar, und Dottie reagierte darauf, indem sie seine Schulter berührte.

„Ich habe dir ja schon erzählt, dass meine Eltern

bei einem Autounfall ums Leben gekommen sind." Er machte eine Pause. „Also, einen Monat, bevor das passiert ist, ist mein Partner im Einsatz erschossen worden."

Dottie riss die Augen auf. „Oh, Brady, das tut mir so leid."

„Ja, mir auch." Seine Augen waren so furchtbar traurig, als er sie ansah. „Er hatte eine Frau und Kinder. Seine Zwillinge waren vier Jahre alt. Fast noch Babys." Er ließ seine breiten Schultern hängen. „Babys."

Dann hörte sie die Wut in seiner Stimme. Ihr Herz brach für die junge Familie, die von einer gewalttätigen Welt auseinandergerissen worden war, und für Brady. Sie studierte sein Profil, und plötzlich wollte sie ihn trösten.

„Ich habe nie daran gedacht, was aus einer Familie wird, wenn der Mann im Dienst ums Leben kommt. Bis zu dem Moment, als ich ihr Haus betreten und sie so aufgelöst gesehen habe, hatte ich naiv gedacht, dass Eddie sterben zu sehen das Schlimmste gewesen war."

Sie verstand es, zumindest zum Teil. Er wollte

niemanden zurücklassen. Er war zutiefst verletzt gewesen.

„Meine Mom und mein Dad wussten, dass mich das aus der Bahn geworfen hat. Dad hat versucht, mich zu überreden, nach Hause zu kommen. Zumindest zu Besuch, hat er gesagt; damit ich sehen konnte, wie sehr Mule Hollow mich gebraucht hat. Doch ich habe nein gesagt.“

Dottie konnte nicht gegen den Impuls an. Sie legte ihre Hand an seine Wange, sagte jedoch nichts. Da war auch nichts zu sagen. Da zu sein war in diesem Moment das Wichtigste.

„Als ich zu ihrer Beerdigung nach Hause gekommen bin, habe ich gesehen, was mein Dad mir klarzumachen versucht hatte. Sie haben jemanden gebraucht. Ich bin allerdings nicht nur um zu helfen nach Hause gekommen. Ich wollte vergessen.“ Er sah sie an. „Das hört sich nicht sonderlich nobel an, findest du nicht? Jetzt weißt du, dass ich egoistisch bin.“

„Für mich hört sich das menschlich an.“

Er wandte sich ihr zu und blickte ihr in die Augen. Sanft wie eine Feder berührte er ihre Wange, und ihr stockte der Atem. „Ich glaube nicht, dass ich je heiraten werde."

Ein Bild von Brady, der allein alt wurde, blitzte vor ihrem inneren Auge auf. „Das verstehe ich nicht. Du wärst ein wunderbarer Vater. Das Haus ist–"

„Ich habe mich dafür entschieden, ein Cop zu sein. Ich glaube, es wäre unfair, Kinder in die Welt zu setzen, wenn ich eines Morgens das Haus verlassen und am Ende des Tages nicht mehr zurückkommen könnte."

„Aber Brady. Das passiert jeden Tag. So kalt sich das jetzt vielleicht anhört, alle Eltern sterben früher oder später. So ist das Leben nun einmal. Die von uns, die zurückbleiben … wir finden einen Weg, darüber hinwegzukommen, und leben weiter."

Er nahm ihre Hand, betrachtete sie und drückte einen zärtlichen Kuss in ihre Handfläche.

„Nicht mit mir."

„Aber das ist verrückt, Brady!", entfuhr es ihr, selbst überrascht von ihrer Reaktion auf den Gedanken.

„Warum? Leute entscheiden sich dauernd für ihre

Karrieren und gegen Familie. Es wäre unfair und egoistisch von mir, Kinder in diese Welt zu setzen, während ich genau weiß, dass mein Job gefährlich ist … Ja, ich weiß, dass ich der Sheriff eines kleinen Kuhkaffs bin. Aber ein Zwischenfall reicht. Ein dummer Umstand, und meine Familie würde ohne mich dastehen."

„Oh Brady, Cops haben auch ein Leben." Das war verrückt.

„Es ist nicht nur die Gefahr, im Dienst zu sterben, die Scheidungsrate ist auch hoch. Ich habe es gesehen." Er wischte sich mit der Hand übers Gesicht. „Dottie, diese Diskussion führt zu nichts. Ich weiß nicht einmal, warum ich dich heute hier rausgebracht habe."

„Vielleicht hast du nur jemanden gebraucht, der dich zur Vernunft bringt."

Als sich ihre Blicke begegneten, war seiner trotzig, und sie wusste, dass ihrer seinem in nichts nachstand. Die Gefühle brodelten zwischen ihnen, und das Blut, das in ihren Adern rauschte, schien sich der

Strömung des Wassers hinter ihnen anzupassen.

Sein Blick fiel auf ihre Lippen.

„Nein, ich habe dich hier rausgebracht, um Spaß zu haben. Doch diese Anziehung …" Er wich zurück und blickte ihr in die Augen. „Schau, mir ist bewusst geworden, dass du verstehen musst, warum nichts daraus werden kann. Ich dachte, du müsstest es verstehen."

Sie hob das Kinn und erwiderte seinen Blick. „Tue ich aber nicht."

KAPITEL VIERZEHN

Dottie starrte in den Nachthimmel und kämpfte gegen die Tränen an. Das Leben war einfach nicht fair.

Brady hatte ihren Nachmittag mit genauso viel Anspannung zwischen ihnen beendet wie sie angefangen hatten. Dieser Mann war so unglaublich stur. Dickköpfiger als jeder andere Mann, dem sie je begegnet war, und engstirnig, wenn es darum ging, seine Meinung zum Thema Familie zu ändern.

Cassie hatte ihr eine Nachricht hinterlassen, dass sie die Nacht auf Lacys Farm verbringen würde, um bei der Geburt eines Kälbchens zu helfen. Darum war Dottie allein.

Da sie sich plötzlich einsam fühlte, entschloss Dottie sich, Todd über ihre seltsamen und überwältigenden Gefühle für Brady zu berichten.

Als sie den Computer einschaltete, wartete jedoch schon eine Mail von Todd auf sie.

Die Nachricht war unerwartet. Ihre schlimmsten Befürchtungen hatten sich bewahrheitet. Die Entscheider hatten sich früh geeinigt und mit einer Unterschrift hatte der *Sichere Hafen* seinen Mietvertrag verloren. Sie mussten umgehend ausziehen.

Zehn Tage hatten sie Zeit.

Wie war das nur passiert? Sie wusste sehr wohl, dass das Leben nicht immer leicht war. Doch sie verstand nicht, warum es für manche Leute nie einen Silberstreif am Horizont zu geben schien.

Dottie ging los und betete. Ihre Hüfte schmerzte ein bisschen von der Ausfahrt, doch das war nichts im Vergleich zum Schmerz in ihrem Herzen.

Sie dachte, sie wanderte nur umher, verloren in

ihren Gedanken, bis sie sich vor dem schönen alten Haus am Ende der Hauptstraße wiederfand, das Adela Ledbetter gehörte.

Dottie hatte Adela als liebenswerte ältere Dame von tiefem Glauben kennengelernt. Sie hatte das Bedürfnis, mit jemandem zu reden, darum ging sie ohne zu zögern zum Eingang. Ihr Herz war schwer, ihre Emotionen aufgewühlt. Als Adela auf ihr Klopfen hin die Tür öffnete, lief eine Träne über Dotties Wange.

„Oh Liebes, du siehst aus, als könntest du eine Freundin und eine Tasse heißen Tee gebrauchen."

„Danke. Ich brauche gerade wirklich eine Freundin. Eine weise Freundin."

Adela hakte sich bei ihr unter und führte sie über die Schwelle in ihr wunderschönes historisches Zuhause. Es war wie ein Schritt in die Vergangenheit mit der breiten Eingangshalle, dem aufwendig geschnitzten Treppengeländer und den eleganten antiken Möbeln.

„Komm mit in die Küche. Setz dich und entspann dich, während ich Tee koche, und dann erzählst du mir, warum du so aufgewühlt bist."

Dottie setzte sich auf den angebotenen Stuhl, legte die Hände auf den Tisch und sah zu, wie die zierliche ältere Dame den Wasserkessel füllte.

„Ich habe für dich gebetet", sagte sie und warf Dottie einen Blick über die Schulter zu.

Diese einfachen Worte waren wie Balsam für Dotties Seele. „Wirklich?"

Adela nickte und griff nach den Teebeuteln. „Von dem Moment, in dem du in unseren entzückenden Ort gekommen bist, warst du in meinem Herzen. Die Geschichte deiner Rettung, dein Glaube, du bist durchs Feuer gegangen und hast überlebt. Es ist wunderbar. Wirklich. Du hast eine besondere Aufgabe."

Dottie schloss die Augen und holte tief Luft. Sie war durchs Feuer gegangen. „Er war gnädig mit mir." Das war Er, doch in diesem Moment war sie unglaublich wütend.

Im nächsten Moment brachte Adela den Tee in zwei zarten Porzellantassen zum Tisch. „Und jetzt sag mir, was dich so aufgewühlt hat, Liebes."

Dottie erzählte Adela, dass das Frauenhaus den

Mietvertrag verloren hatte. „Ich verstehe es einfach nicht, Adela. Die Frauen machen solche Fortschritte. Ich wage sogar zu behaupten, dass es ihnen gut ging. Ich verstehe nicht, wie der Vermieter so herzlos sein kann, das zu tun. Doch, was ich noch viel weniger verstehe, ist, wie Gott das zulassen kann. Ich meine, Er hat Stacy und Rose in mein Herz gepflanzt. Er hat mir diese Chance gegeben – dachte ich zumindest – Sein Werkzeug zu sein, und jetzt ist sie weg. Was sollen sie nur tun?"

Adela beobachtete sie ruhig mit ihren weisen Augen. „Sie werden tun, was sie tun werden. So einfach ist das. Doch was wirst *du* tun?"

Dottie blinzelte. „Was meinst du?"

Adela trank einen Schluck Tee. „Wirst du aufgeben, weil der Plan sich nicht so entwickelt hat, wie du ihn in deinem Herzen gesehen hast? Was wirst du tun?"

Gute Frage. „Ich weiß nicht, Adela. Als ich die Mail gelesen habe, war ich so aufgewühlt, weil ich dachte, den Plan für mein Leben klar vor mir gesehen zu haben. Ich meine, all diese Monate im Krankenhaus habe ich dafür gebetet, zu verstehen, warum mir das passiert ist. Eine Weile lang hatte ich das Gefühl, dass das Leben mehr zu bieten haben muss als nur jeden Morgen aufzustehen und Geld zu verdienen." Dottie trank einen Schluck Tee und genoss den Hauch von Zitrone. „Dann hat Todd vorgeschlagen, dass ich gut wäre für die Frauen in dem Frauenhaus, das er vor ein paar Monaten eröffnet hat. Er hat nichts von meinen Gefühlen gewusst, als er vorgeschlagen hat, dass ich vielleicht soweit bin, meine Fertigkeiten für einen höheren Auftrag einzusetzen."

Adela lächelte. „Das hört sich richtig an. Dein Weg war klar."

„Ja! Das habe ich auch von ganzem Herzen geglaubt. Und darum habe ich mich so auf diese Chance gefreut. Besonders, nachdem ich hingegangen bin und Zeit mit allen verbracht habe. Und jetzt ist es, als stünde wieder alles Kopf. Ich weiß nicht, was ich denken soll."

Adela legte ihre zarte Hand auf Dotties Arm und tätschelte ihn. „Das kommt schon noch. Er hat dich nicht so weit gebracht, um dich hier stranden zu lassen.

Glaubst du das?"

Dottie nickte. „Ja, ich habe es geglaubt. Nein, ich glaube es. Ich glaube es wirklich."

„Warum benutzt du dann nicht mein Telefon und rufst deinen Bruder an. Sprich mit ihm anstatt zu schreiben, und schau, ob es andere Entwicklungen gibt."

Dottie sah das Telefon an, das am Ende des Küchentresens stand, und sehnte sich sofort nach dem Kontakt zu ihrem Bruder. Es war nicht nur die niederschmetternde Neuigkeit, dass das Frauenhaus schließen musste, sondern auch die Gedanken an Brady, die sie dazu brachten, aufzustehen. „Danke, Adela. Ich denke, das ist genau, was ich brauche."

„Und das ist genau, was *ich* brauche. Eine alte Frau wie ich mag es, wenn sie immer noch gebraucht wird." Sie lächelte, und ihre Augen glitzerten wie Sterne.

Dottie griff nach dem Telefon. Sie fühlte sich besser.

Alles würde gut werden.

Selbst, wenn sie sich im Augenblick vorkam wie

eine Maus in einem Labyrinth.

Am nächsten Morgen wurde Dottie vom Klopfen eines gewissen Gordon P. Rudy – oder Prudy, um es kurz zu machen – an der Tür ihres Wohnmobils aufgeweckt. Sie hatte sich gut gefühlt, als sie sich schnell angezogen und ihm dann zugesehen hatte, wie er das Wohnmobil in seine Werkstatt abgeschleppt hatte. Doch das war gewesen, bevor er angefangen hatte, unter die Motorhaube zu blicken. Seit einer halben Stunde trieb dieser Mann sie in den Wahnsinn. Er war eine menschliche Musicbox. Er pfiff, summte und schnalzte mit der Zunge. Immerzu.

Gerade, als sie etwas sagen wollte, hatte er ihr einen seltsamen Blick über die Schulter zugeworfen, den Kopf geschüttelt und sich wieder umgedreht. Es ging ihr auf die Nerven.

„Ich weiß nicht, ob sich da noch was machen lässt", sagte er plötzlich. „Von dem Motor ist nicht viel übrig. Gar nicht viel."

„Sind Sie sicher?"

Er warf ihr einen Blick über den Rand seiner verschmierten Brille zu.

Okay, vielleicht war das eine dumme Frage. „Ich meinte – ich weiß ja, dass er gebrannt hat, aber Sie können ihn reparieren, oder?"

Er lächelte angesichts ihres Vertrauens in seine Fähigkeiten. „Klar, ich mach mich gleich dran. Aber es könnte einen Tag …" Er hielt inne und kratzte sich an seinem borstigen Kinn. „Oder zwei dauern. Ganz ehrlich, ich kann für nichts garantieren. Vielleicht muss ich Ihnen einen neuen Motor besorgen. Das könnte ein paar Tage, vielleicht sogar eine Woche dauern."

Eine Woche! Todd brauchte sie in L.A., auch wenn er ihr gesagt hatte, dass sie sich keine Sorgen machen sollte. Als sie telefoniert hatten, hatte sie sein Gottvertrauen selbst durch die Leitung gespürt. Auch wenn sie nur zehn Tage Zeit hatten, glaubte er, dass alles gut werden und Er ihnen ein neues Haus geben würde. In der Zwischenzeit packten sie alles ein und bereiteten sich auf den Umzug vor. Wohin der sie auch immer bringen würde.

Es war seltsam gewesen, mit ihm zu reden. Sie hatte das Feuer in seiner Stimme hören können, als er gesagt hatte: „Dottie, wenn wir keine Antworten haben, das ist die Zeit, wenn der Glaube am wichtigsten ist."

Wie schnell hatte sie es doch vergessen nach den Wundern ihres eigenen Lebens.

Diese Erkenntnis hatte sie beschämt.

Sie musste nach L.A.

Prudy sah sie an, eine Augenbraue fragend hochgezogen.

„Eine Woche sagen Sie", brachte sie heraus und rang ihre Unruhe nieder. „Was Sie mir sagen ist also, dass ich vielleicht ein anderes Transportmittel hier raus brauche."

„Wie schon gesagt, kann ein paar Tage dauern, doch dann sollte das Ding wieder rollen. Auf die eine oder andere Weise." Er lachte.

„Was meinen Sie mit auf die eine oder andere Weise?" Sie verlor ihren inneren Kampf. „Mein Bruder braucht mich, damit ich ihm beim Packen und beim Umzug helfe. Sie haben nur ein paar Tage, um umzuziehen, und alles für vier Familien einzupacken ist viel Arbeit." *Beruhige dich, Dottie. Denk nach.* „Ich muss ein Auto mieten."

„Also, Ma'am." Er wischte sich die Hände an einem schmutzigen braunen Lappen ab. „Wenn Sie mir einen Tag geben. Oder zwei."

Sie scharrte mit dem Fuß. Norma Sue hatte sie und Cassie bereits eingeladen, so lange wie nötig bei ihr zu übernachten, darum war zumindest das kein Problem. Doch sie musste los. „Ich gebe Ihnen einen Tag", sagte sie. „Ich komme morgen wieder vorbei, um zu sehen, was Sie sich haben einfallen lassen. Dann nehme ich mir einen Mietwagen. Ich kann ja immer zurückkommen und das Wohnmobil abholen, doch übermorgen bin ich in L.A. Das ist ein Versprechen."

Brady ließ das Lasso über seinem Kopf kreisen, beobachtete das Kalb und spürte die geübten Bewegungen seines Pferdes, während es die Richtungsänderung des Kalbs vorwegnahm. Es gab nichts Besseres, als ein perfekt ausgebildetes Pferd zu reiten. Es war ein Erlebnis, das einen von allem ablenkte – außer den kraftvollen Bewegungen des Pferdes, wenn es sich duckte, die Hufe in den Boden grub und das Kalb geschickt dorthin dirigierte, wo er es hinhaben wollte. Er ließ das Lasso fliegen und zog es sofort zurück, als es sich um den Hals des Kalbs gelegt hatte. Brady sprang vom Pferd, warf das Kalb auf die Seite, nahm seine Beine und band sie geschickt zusammen. „Du hast deinen eigenen Rekord gebrochen", rief Clint ihm zu. Er saß auf dem Tor und hielt eine Stoppuhr hoch. „Mann, das nenne ich Konzentration."

Brady trat vom Kalb zurück und ließ sich von J.P. seinen Hut geben. „Guter Ritt, Cowboy", sagte der jüngere Mann. Brady nickte ihm zu und klopfte den Staub von seinem Hut, während der das Pferd zu Clint führte; dann setzte er sich auf den Zaun neben ihn.

Er hatte sich den Tag freigenommen – zumindest theoretisch. Alle wussten, wo sie ihn im Notfall erreichen konnten.

Seit er Dottie am Vortag bei ihrem Wohnmobil abgesetzt hatte, konnte er nicht mehr klar denken.

War es wirklich weniger als eine Woche her, seit sie in sein Leben gefahren war? Es war so, doch es war schwer zu glauben, da er sich zwischenzeitlich ein Leben ohne sie nicht vorstellen konnte.

Doch das würde er. Bald.

Prudy war wieder da, und es war nur eine Frage von Stunden, bevor Dottie bewusst werden würde, dass, um Mule Hollow zu verlassen, nur ein Anruf nötig war. Wenn Prudy ihr sagte, dass der Motor nicht zu retten war, würde sie einen Mietwagen bestellen.

Und dann würde sie verschwinden. Es gab nichts mehr, was sie für Cassie tun konnte. Das Mädchen war praktisch erwachsen, hatte ihren eigenen Kopf und schien nicht kriminell zu sein. Mule Hollow war so ziemlich der sicherste Ort auf Erden, an dem sie sich niederlassen konnte. Es gab nichts, was Dottie länger in Mule Hollow festhalten würde. In seiner Erinnerung hörte er das sanfte Plätschern ihres Lachens, und er musste lächeln.

Der gestrige Tag war der Beweis gewesen, dass die Spannungen zwischen ihnen das Produkt tiefer Gefühle waren, doch er hatte kein Recht, diese

Verbindung festigen zu wollen.

Dottie hatte schon zu viel durchgemacht, er konnte nicht von ihr verlangen, das Risiko eines Lebens mit ihm einzugehen.

Er konnte und wollte sich Dottie nicht in der Rolle der trauernden Witwe vorstellen.

Und dennoch, trotz aller Gegenwehr seinerseits hatte er angefangen, sie sich in der Rolle seiner Frau vorzustellen.

„Erde an Brady! Mann, dich hat's böse erwischt."

Brady sah seinen alten Freund an. „Nein, hat es nicht."

Clint zog eine Braue in die Höhe. „Oh ja, und wie. Glaub mir, ich sehe es. Ich habe das auch durchgemacht."

Brady warf ihm einen finsteren Blick zu. „Schau, Clint, ich bin heute hier rausgekommen, um mich zu entspannen, nicht, um mir einen Vortrag über–" Er verstummte, da er nicht in Worte fassen wollte, was er nicht in Worte fassen sollte.

„Liebe. Komm schon, Kumpel. Du weißt, mit wem du redest. Ich war da, als du dich das erste Mal verliebt hast. Stella Benford war ihr Name, wenn ich mich recht entsinne.“

„Und das macht dich zu einem Experten, was mein Liebesleben angeht.“

„Du meinst deinen Mangel an Liebesleben. Glaubst du etwa, ich hätte es nicht bemerkt? Nicht, dass es mir nicht einmal genauso gegangen ist. Doch Lacy hat das verändert, mein Freund.“ Er lachte. Brady beobachtete, wie sich der Chute öffnete und ein anderes Pferd mit einem anderen Reiter in Richtung eines anderen Kalbes stürmte. Clint beobachtete die Szene, wandte sich jedoch ab, als der Cowboy das Kalb nicht mit dem Lasso traf.

„Du kannst mir nicht sagen, dass du vorhast zu ignorieren, was zwischen dir und Dottie passiert. Sie ist ein klasse Mädchen. Alle können sehen, dass da was zwischen euch läuft.“

„Lass es gut sein, Clint. Sie bleibt nicht. Sie hat ein Leben, und das ist nicht in Mule Hollow.“

„Hör mir einen Moment lang zu. Ich bin unendlich dankbar für den Tag, an dem dieser Wirbelwind Lacy Brown in mein Leben gestürmt ist. Du hast sie gesehen. Du weißt, wie sehr sie meine Welt auf den Kopf gestellt hat. Schön war das nicht. Doch sie ist das Beste, was mir je in meinem Leben passiert ist. Du brauchst auch etwas, das dein Leben auf den Kopf stellt. Und du musst Berge versetzen, falls das nötig ist, um es möglich zu machen."

„Ich habe Gefühle für Dottie Hart. Ja" – er sah das Lächeln in Clints Augen – „reib mir das nur unter die Nase. Du hast Recht, ich kann nicht leugnen, dass ich noch nie so etwas empfunden habe. Doch so, wie ich das sehe, ist gerade das ein Grund, sie zu beschützen. Ist das nicht, was ein Mann tun sollte? Die, die er liebt, die, die ihm wichtig sind, beschützen? Und in meinem Fall heißt das, dass ich es verhindern muss, bevor es passiert."

Clint runzelte die Stirn. „Brady, du hast es verdient, glücklich zu sein und eine Familie zu haben."

Brady sprang vom Zaun. „Nein, habe ich nicht."

Dottie machte im Heavenly Inspirations Salon halt, nachdem sie Prudys Werkstatt verlassen hatte, um

Lacy und Sheri zu sagen, dass sie am darauffolgenden Tag abreisen würde. Sie hatte vergessen, dass Norma Sue und Esther Mae beim Dinner bei Lilly gesagt hatten, dass sie sich am Montagmorgen im Salon ein bisschen verwöhnen lassen wollten. Als sie sie alle zusammen sah, schwappte eine Welle des Bedauerns über sie hinweg. Sie war nur so kurz hier gewesen, doch sie hatte sie alle ins Herz geschlossen. Sie würde sie vermissen.

„Lacy!", rief Esther Mae unter dem Haartrockner hervor, als Dottie den Salon betrat. Esthers Stimme war wie das Kratzen von Fingernägeln auf einer Kreidetafel.

„Du musst eins von diesen Schlammbädern hier installieren", rief sie weiter. „Ich habe in so einer Reisesendung gesehen, dass Frauen gerne in dieses widerliche Zeug steigen, doch es muss gut sein…"

„Ha! Esther Mae", rief Norma zurück. Lacy winkte Dottie zu und lächelte, anstatt den Austausch, der sicher faszinierend sein würde, zu unterbrechen. „Ich kann mich dich gut in einem Schlammbad vorstellen!" Sie tätschelte ihren runden Bauch. „Doch hübsch ist das nicht. Willst du mir etwa sagen, dass du dafür bezahlen würdest, in schmutzigem Wasser zu baden?"

Esther Mae runzelte die Stirn. „Sicher. Ich wette, dass das noch mehr Frauen nach Mule Hollow ziehen würde. Wir könnten eines dieser Dayspas aufmachen. Ich meine, so richtig schick. Schlamm gibt's hier genug, und ich züchte jedes Jahr Gurken in meinem Garten. Wir könnten sie speziell zur Behandlung dunkler Ringe unter den Augen züchten."

Norma schnaubte und schüttelte den Kopf. „Esther, hörst du eigentlich, was für einen Unsinn du da verzapfst? Das ist nicht irgendein Schlamm. Es ist nicht so, als würdest du einfach ein paar Schippen Erde in eine Wanne schaufeln und das Wasser aufdrehen."

„Das weiß ich natürlich! Der Schlamm in der Sendung hatte Salz aus dem Mittelmeer – nein, ich glaube, es war das Tote Meer – oder war es aus dem Nil?"

Lacy schmunzelte. „Esther Mae, sieht aus, als müsste ich Schlamm speziell für dich bestellen." Sie nahm Norma Sue den Haarschneideumhang ab. „Du bist eine freie Frau, Norma Sue. Jetzt bist du dran, Dottie. Wie geht's dir heute Morgen? Du hättest Cassie gestern Nacht sehen sollen. Das Mädchen hatte so viel Spaß, bei der Geburt des Kälbchens zu helfen. Doch der arme Jake, den Jungen hat es böse erwischt. Er hat die ganze Zeit gestrahlt wie ein verrosteter Maikäfer und ihr alles genau erklärt."

Dottie wusste nicht, was sie darauf antworten sollte. „Freut mich, dass es ihr Spaß gemacht hat. Über Cassie wollte ich mit dir sprechen… Ich fahre morgen weiter, und ich muss sicher sein, dass sie untergebracht ist, bevor ich abreise."

Adela saß schweigend an einem Tisch und ließ sich die Fingernägel lackieren, und den Mienen aller im Raum nach zu urteilen, schien sie ihre gestrige Unterhaltung den anderen gegenüber mit keinem Wort erwähnt zu haben.

„Du reist ab!", rief Norma, nahm den Besen und begann, ihre Haare aufzukehren.

„Nein, nein, nein", sagte Lacy, ergriff sie beim Arm und zog sie in den Stylingsessel.

„Oh, Junge", warnte Sheri. „Jetzt steht dir was

bevor.“

„Ist jemand gestorben?“, plärrte Esther Mae und hob die Trockenhaube von ihrem Kopf.

Norma Sue wirbelte herum und schaltete den Haartrockner aus. „Du machst mich wahnsinnig, Esther Mae! Dottie hat gerade gesagt, dass sie abreisen wird.“

„Aber das kann sie nicht. Sie muss Brady hei–“

„Esther Mae–“

„Schon okay, Norma“, sagte Lacy und drehte Dottie zum Spiegel um. „Wie wäre es, wenn wir Dottie ausreden lassen würden?“

Dottie hatte von den Hoffnungen der anderen, dass sich etwas zwischen Brady und ihr entwickeln würde, gewusst. Doch das würde nicht passieren. Sie würde lügen, wenn sie behaupten würde, keine Gefühle für ihn zu haben, denn die hatte sie. Nach der schmerzlichen Unterhaltung mit Brady war ihr gestern bewusst geworden, dass sie dabei war, sich in ihn zu verlieben. Und wer würde das nicht? Er musste der perfekteste Mann auf Erden sein … nur, dass er sich entschlossen hatte, sein Leben allein zu leben.

Hör auf damit! Im Moment hatte sie keine Zeit, über sich selbst nachzudenken. Sie musste nach Kalifornien. Ihre Freundinnen brauchten sie.

Sie holte tief Luft und erzählte ihnen alles. Vom Verlust des Mietvertrags bis zur Aufregung und Gewissheit, dass der Herr für ein neues Zuhause für den *Sicheren Hafen* sorgen würde.

Als sie mit ihrer Erzählung fertig war, hätte man eine Stecknadel fallen hören können, denn Lacy, Esther Mae, Norma Sue und Sheri starrten sie mit offenem Mund an.

Dann brach die Hölle los.

KAPITEL FÜNFZEHN

„Sie sollten hierherkommen!", rief Esther Mae mit solcher Begeisterung, dass ihre frisch geföhnten roten Haare hüpften.

„Oh ja, oh ja!" Lacy klatschte in die Hände. „Das ist die perfekte Lösung!"

„Du hattest Recht, Lacy", keuchte Norma. „Warum habe ich je daran gezweifelt?"

Sheri verschränkte ihre Arme und schüttelte den Kopf. „Wenn du es baust, werden sie kommen."

Lacy nickte Sheri zu. „Korrekt."

Dottie hatte das Bedürfnis, sich zu setzen – doch

sie saß schon. „Hey", sagte sie. „Tut mir leid, doch das würde nicht funktionieren."

Alle starrten sie an.

„Natürlich wird es das", widersprach Esther Mae.

Dottie stand auf. Plötzlich war sie nervös. „So einfach ist das nicht mit diesen Frauen. Sie … sie haben so viel durchgemacht. So wunderbar Mule Hollow auch ist, es ist zu weit weg von – von dem, was sie gewohnt sind."

„Und genau das ist das Schöne daran", seufzte Norma Sue.

Dottie schüttelte den Kopf. „Vielleicht für einen Besuch, doch wie stellst du dir vor, sie so weit von zu Hause und dem bisschen Familie, das sie vielleicht noch haben, wegzubringen?" Dottie sah Adela hilfesuchend an. Vielleicht würde sie ihr den Rücken stärken, doch Adela lächelte nur milde und sagte nichts.

„Dottie, Dottie!", rief Lacy. „Erzähl mir nicht, dass du wirklich glaubst, dass alles ein Zufall ist? Auf gar keinen Fall, nicht dieses Szenario–" Sie stemmte ihre Hand in die Hüfte und ihre babyblauen Augen tanzten. „Komm schon, geh in Gedanken nochmal alles durch, was passiert ist, um *dich* nach Mule Hollow in unser kleines Kuhkaff zu bringen, genau für diesen Moment!"

Dottie war schwindelig. Der Film lief in ihrem Kopf ab, auf wenn es nicht nötig war – Cassie am Straßenrand, die Zeitungsausschnitte, ihr brennender Motor, der verreiste Mechaniker…

„Nein, tut mir leid. Ich muss darüber nachdenken." Mit drei Schritten war sie bei der Tür.

Adelas Hand an ihrem Arm hielt sie auf, bevor sie den Laden verlassen konnte. „Hab Vertrauen."

Dottie nickte, dann eilte sie hinaus an die frische Luft und in die Sonne. Sie ging nach rechts und eilte schnellen Schrittes über den holzbeplankten Gehweg. An der Kreuzung ging sie wieder rechts. Am Ende des Gehwegs, wo der Ortsrand in endloses Weideland überging, blieb sie stehen und blickte die Straße entlang.

Wovor lief sie davon?

Die Frage schoss ihr aus heiterem Himmel durch den Kopf. Sie wischte sich mit der Hand übers Gesicht und lehnte sich an den Pfosten eines Weidezauns. *Ich bin so verwirrt. Denke ich an meine Freundinnen – an Stacy, Rose, Nive und Lynn?* Sie sah sie alle vor sich, genauso wie die Gesichter ihrer Kinder. *Oder denke ich an mich selbst?* Sie hob den Kopf und betrachtete die Sonne am Horizont. Sie musste ehrlich sein. Mule Hollow wäre ein wunderbarer Ort für ihre Freundinnen. Rose hatte einen dreizehnjährigen Sohn. Die Umstellung wäre nicht leicht für ihn, doch wie Brady ihr immer wieder im Zusammenhang mit Cassie gesagt hatte, war Mule Hollow der perfekte Ort für ein Kind mit Problemen. Sie wusste, dass alles, was die Frauen eben gesagt hatten, wahr war. Doch sie konnte es nicht tun.

Es hatte mit Brady Cannon zu tun.

Es war eine Sache für eine Frau, sich in einen Mann zu verlieben, der nicht vorhatte, zu heiraten – wenn man weiterzog, dem Sonnenuntergang entgegen, über den Horizont, um ein neues Leben zu finden. Ein Leben, in dem sie die Chance hatte, den Mann zu vergessen, der so leicht ihr Herz brechen könnte.

Doch …

Der Film hätte ein ganz anderes Ende, wenn das arme Mädchen im selben Ort mit diesem Mann leben müsste. Ihn jeden Tag sehen und so tun würde, dass sie sich nicht nach dem Leben sehnte, dem er seinen Rücken gekehrt hatte.

Du meine Güte! Dachte sie etwa darüber nach, ihren Freundinnen aus rein egoistischen Gründen nicht die Chance zu geben, sich für Mule Hollow zu entscheiden? Als ihr das bewusst wurde, schloss sie beschämt die Augen.

Wie tief konnte sie sinken?

Offensichtlich erstaunlich tief.

Was war sie? Eine Frau mit einer Mission oder eine Maus? Sie schüttelte den Kopf, stieß sich vom Zaunpfahl ab und eilte zurück zur Hauptstraße. Sie wäre beinahe gestolpert, als sie Lacy und die anderen vor dem Salon nach ihr Ausschau halten sah.

„Okay", sagte sie. „Gebt mir ein Telefon und lasst uns anrufen. Tut mir leid, dass ich darüber nachdenken musste, das war kleingeistig und egoistisch. Ich muss ihnen zumindest die Möglichkeit geben."

Alle begannen, durcheinander zu reden und sie

entschieden, hinüber zu Sam's zu gehen, um sich zusammenzusetzen und die Details zu besprechen, bevor sie anrief. Wie Adela zu bedenken gab, mussten sie sich überlegen, wo sie alle unterbringen würden, falls sie sich entschieden, nach Mule Hollow zu ziehen.

Dieses Detail ließ Dottie zögern, doch sie fühlte sich besser, als sie anfing, darüber nachzudenken. Es bestand immer noch die Möglichkeit, dass Mule Hollow nicht der richtige Ort für den *Sicheren Hafen* war.

Brady öffnete die Tür zu Sam's Diner. Wider besseres Wissen war er in den Ort gekommen, um Dottie zum Mittagessen einzuladen. Sie würde bald abreisen, und er sah kein Problem darin, ein bisschen Zeit mit ihr zu verbringen. Die Wahrscheinlichkeit war groß, dass er sie nach morgen nie wiedersehen würde. Es fiel ihm schwer, daran zu denken, doch er wusste, dass es am besten so war.

Das Gespräch mit Clint hatte jedoch nicht gerade

dazu beigetragen, die Sehnsucht in seinem Herzen zu lindern.

Als Brady die Ranch seines Freundes verlassen hatte, hatte er sich nach Dotties Gesellschaft gesehnt. Ein gemeinsames Mittagessen konnte doch nicht schaden, oder? Er machte bei Prudys Werkstatt Halt, da er sich daran erinnert hatte, dass er wieder im Ort war. Der Mechaniker berichtete ihm natürlich sofort, dass Dottie den Ort verlassen würde. Und wenn schon. So oder so musste sie etwas zu Mittag essen. Er entschloss sich, es in Sam's Diner zu versuchen, doch dass es dort so voll sein würde, hatte er nicht erwartet.

Sein Herz schwoll, als er mitten in der Gruppe von Frauen Dottie entdeckte.

„Brady Cannon!", rief Lacy. „Du kommst gerade zur rechten Zeit. Wir brauchen alle grauen Zellen, die wir kriegen können, für die großen Neuigkeiten."

„Und die wären?" Er nahm seinen Hut ab und hängte ihn an einen Haken bei der Tür. Da er sich von den Erinnerungen an ihren Ausflug in den Schlamm ablenken musste, und davon wie Dotties Augen aufgeleuchtet hatten, als sich ihre Blicke begegneten, setzte er sich auf einen Hocker am Tresen und kehrte den Frauen den Rücken zu.

„Wir brauchen ein Haus!", rief Norma Sue. „Ein großes Haus. Was haltet ihr von dem von Nelson? Dem an der Fullson Road? Sie hatten vier Kinder, und das Haus war wirklich schön. Natürlich steht es schon seit Jahren leer, wie alle Häuser da draußen."

„Norma, das Haus könnte funktionieren", nickte Adela. „Ich bin allerdings schon seit Jahren nicht mehr da draußen gewesen. Hat eine von euch es in letzter Zeit gesehen?"

Brady drehte sich um. „Ich war letzte Woche draußen."

„Und wie sieht es aus?", fragte Esther Mae.

Esther Mae fiel es schwer, ihre Begeisterung im Zaum zu halten, und Brady konnte die Aufregung in ihrer Stimme hören. Was hatten sie denn nun wieder vor? Wenn es eines gab, das die Männer von Mule Hollow gelernt hatten, dann, dass etwas im Busch war, wenn sich die Frauen in Sam's Diner versammelten. Doch das Haus, von dem sie sprachen, war seit letzter Woche vom Markt, nicht, dass er das Recht gehabt hätte, mit jemandem über die Details zu reden.

„Es ist in ordentlichem Zustand", sagte er, denn seine Neugier war geweckt. „Worum geht es?"

„Wir suchen nach einem Haus für Dotties Freundinnen aus Kalifornien. Ihr Mietvertrag ist nicht verlängert worden, und jetzt haben sie neun Tage Zeit, das Haus zu räumen. Der *Sichere Hafen* kommt nach Mule Hollow–"

„Immer langsam, Esther Mae", unterbrach Dottie sie. „Das wissen wir noch nicht. Wir haben sie noch nicht einmal eingeladen. Und ein Haus müssen wir auch noch finden."

Brady horchte auf. „Das heißt, dass Dottie nicht nach Kalifornien geht?" Warum hatte er das laut aussprechen müssen? Alle sahen ihn wissend an – Sam eingeschlossen.

„Nicht, wenn ich etwas dagegen tun kann", trällerte Lacy wie immer, wenn sie das Gefühl hatte, dass Romantik in der Luft lag. Er hatte gelernt, argwöhnisch darauf zu reagieren. „Wir versuchen, ihr klarzumachen, dass Mule Hollow der beste Ort der Welt für eine Gruppe von Frauen ist, die ein neues

Leben anfangen wollen. Du weißt schon, gute alte Cowboy-Gastfreundschaft!"

Als er Dotties Blick begegnete, lächelte sie nicht.

„Wie kommt's?", fragte er und verschluckte sich beinahe an dem starken Kaffee, den Sam ihm eingegossen hatte – Kaffee, der sein Herz nur schneller pochen ließ. Was, wenn Dottie wirklich blieb? Als Cop in der Großstadt hatte er dem Tod mehr als einmal ins Auge geblickt, Leute aus brennenden Autos befreit, aus verbeulten Wracks mit lecken Benzintanks… Einmal war er in ein brennendes Gebäude gerannt und hatte einen alten Mann in Sicherheit getragen, doch der Gedanke, Dottie jeden Tag zu sehen und seine Liebe vor ihr zu verbergen … das war der furchteinflößendste Gedanke überhaupt.

Und ihm war bewusst geworden, dass er sie liebte. In genau diesem Moment.

„Das Haus ist nicht auf dem Markt", brachte er heraus.

„Was?", blaffte Norma Sue. „Seit wann?"

„Seit letzter Woche."

„Letzte Woche!" Esther Mae übertönte alle. „Wer

hat es gekauft?"

Er räusperte sich. „Das darf ich nicht sagen."

„Was darfst du nicht sagen?", fragte Molly Popp, als sie das Diner betrat.

Molly gegenüber durfte Brady definitiv nichts sagen. Der Cowboy, der das Haus gekauft hatte, hatte betont, dass er nichts über seinen Erwerb der Ranch in ihrer wöchentlichen Kolumne lesen wollte. Und er hatte Recht. Molly meinte es nur gut mit ihren Artikeln; und größtenteils hatten sie Gutes bewirkt. Doch nicht alles, was in Mule Hollow geschah, musste in der Presse breitgetreten werden. Mit diesem Gedanken im Kopf hielt sich Brady an den Wunsch seines Freundes und sagte nichts.

„Wir brauchen ein großes Haus", sagte Esther Mae zu Molly. „Doch Brady hat gerade gesagt, dass das, das wir ins Auge gefasst hatten, verkauft ist. Direkt unter unserer Nase weg, und wir hatten keine Ahnung. Wer ist der Käufer?"

Brady schüttelte den Kopf. „Esther, ich kann nicht darüber reden. So gerne ich es euch auch sagen würde, ich habe nicht das Recht dazu."

Esther Mae blickte finster drein. „Das ist einfach nicht richtig.“

„Okay“, sagte Lacy. „Dann lasst uns weiter nachdenken. Adela, Norma und Esther – oh, und Sam, du auch. Du und Brady, ihr lebt schon viel länger hier als Sheri und ich, darum denkt bitte nach, wo ein Haus ist, das groß genug ist für vier Frauen und ihre Kinder? Wir wollen sie nicht trennen. Mule Hollow bekommt das Privileg, sich der Bedürfnisse dieser Frauen anzunehmen, spirituell, emotional … Das ist ein riesiges und wirklich großartiges Unterfangen.“

Brady hörte Lacy zu, doch aus dem Augenwinkel beobachtete er, wie Sheri Molly leise erklärte, worum es ging. Er konnte sehen, dass Molly in Gedanken bereits angefangen hatte, ihren nächsten Artikel zu schreiben.

„Wie wäre es mit Bradys Haus?“

Er hätte beinahe Adelas leisen Vorschlag überhört. Dann traf es ihn wie eine Dampframme. *Mein Haus.*

„Mein Haus!“, entfuhr es ihm. Doch als er über den Vorschlag nachdachte, wurde ihm bewusst, dass es perfekt war.

„Aber Adela", keuchte Dottie. „Das ist Bradys Haus. Er lebt da."

Brady begegnete ihrem verunsicherten Blick. „Bei genauer Betrachtung ist das gar kein schlechter Vorschlag."

KAPITEL SECHZEHN

„**B**rady, kann ich kurz draußen mit dir reden?“, sagte Dottie knapp und sprang auf. Dieser Mann würde nicht sein Haus aufgeben! Was für eine verrückte Idee war das denn?

Ohne zu protestieren folgte er ihr hinaus. „Was glaubst du, was du da tust?“

Er senkte sein Kinn. „Ich versuche zu helfen. Ich habe nur gesagt, dass Adela Recht hat. Mein Haus ist groß genug, und ich benutze es nicht. Es *ist* eine gute Idee.“

„Ist es nicht.“

„Warum nicht? Sie brauchen eine Unterkunft. Hat nicht jemand gesagt, dass sie nur ein paar Tage Zeit haben, um das Haus zu räumen? Hast du gewusst, dass das passieren würde?"

„Ja, sie haben nur neun Tage Zeit, und nein, ich habe es nicht gewusst. Nicht wirklich. Ich wusste, dass der Mietvertrag zur Verlängerung anstand, und ich wusste, dass die Gefahr bestand, dass der Vermieter ihn nicht verlängern würde. Doch …" Dottie lehnte sich seufzend an die Wand. „Ganz ehrlich, Brady, ich hatte nicht damit gerechnet, dass es passieren würde."

Bradys Hand an ihrer Wange überraschte sie.

„Dottie, atme erst einmal tief durch und entspann dich. Ich denke, dass der Umzug vielleicht gut für sie wäre, nach allem, was du mir erzählt hast."

„Adela hat das auch gesagt." Sie versuchte, die Wirkung, die seine Berührung auf sie hatte, zu ignorieren. Er strich ihre Haare hinter ihr Ohr, dann stützte er sich mit seiner Hand an der Wand hinter ihrem Kopf ab. Seine Nähe war so verwirrend, dass ihr Magen einen Purzelbaum schlug. „Ich sage ja nicht, dass der Umzug nicht schlecht wäre, doch ich habe es ihnen noch nicht einmal vorgeschlagen."

„Warum nicht?" Er zog eine Augenbraue hoch und sah sie fragend an.

„Ich…" Sie konnte ihm kaum sagen, dass *er* das Problem war. „Naja, weil … ich will Mule Hollow nicht vorschlagen, wenn es nicht der perfekte Ort ist. Ich will keine Lösung vorschlagen, die nicht funktioniert. Verstehst du das?" Sie redete ohne Punkt und ohne Komma. Auf halbem Weg durch ihre Erklärung hindurch hatte Brady innerlich genickt.

Er betrachtete sie mit eindringlicher Miene. „Mein Haus ist perfekt. Du weißt es. Ich habe noch das alte Haus meiner Eltern unten beim Fluss. Ich habe erst neulich darüber nachgedacht. Es ist perfekt für mich. Ich brauche dieses riesige Haus nicht. Und wenn ich nicht mehr darin wohne, könnte es werden, wofür es gebaut worden ist. Verstehst du, was ich meine?"

Dottie wandte sich von ihm ab und blickte mit Tränen in den Augen auf die Straße. Sie verstand genau, was er meinte. Er würde weiter allein durchs Leben gehen.

Er folgte ihr und blieb hinter ihr stehen. Sie konnte

seinen Atem in ihren Haaren spüren.

„Ich werde meine Meinung nicht ändern."

Sie holte tief Luft und zwang ihr Herz, sich zu beruhigen, während sie die Augen schloss und alles auf sich wirken ließ.

Türen schlossen und Fenster öffneten sich.

Wenn alle Recht hatten, dann war das die Lösung. So sehr sie es auch leugnen wollte – Brady hatte Recht. Es gab hier sonst kein Haus wie seines, und es war perfekt für ihre Freundinnen. Dennoch konnte sie nicht kampflos aufgeben. „Es ist nicht richtig."

„Doch, das ist es. Und das weißt du auch."

Trotz allem wirbelte sie herum und legte ihre Hand auf seine Brust. „Du brauchst Kinder. Eine Frau. Du brauchst–"

„Ich habe mich entschieden. Ich ziehe aus dem Haupthaus aus. Ob das Frauenhaus einzieht oder nicht. Dottie, ich ertrage es nicht, jeden Abend in dieses riesige Haus zu kommen. Ich hätte das schon lange tun sollen."

Sie betrachtete seine Hand, die ihre hielt, und was er aufgab schmerzte sie. Doch sie hatte das Gefühl, von einer viel zu starken Strömung mitgerissen zu werden.

„Dann muss ich sie wohl nur noch anrufen."

Innerhalb einer Stunde war die Entscheidung gefallen. Sie würden kommen. Dottie hatte nicht mit der Begeisterung gerechnet, die ihr Vorschlag bei allen vier Frauen ausgelöst hatte. Sie alle wollten die Gelegenheit beim Schopfe packen, ihren Kindern einen Neuanfang in dieser perfekten Kleinstadt zu ermöglichen. Ihre Reaktion war voller Hoffnung.

Und mit dieser Reaktion wurde Dottie bewusst, dass sie das Richtige tat. Dass sie nach Mule Hollow gekommen war, war kein Zufall gewesen, Und doch, ganz gleich wie sehr sie sich bemühte, die Freude zusammenzukratzen, die sie darüber empfinden sollte, dass ihre Freundinnen jetzt wieder ein Zuhause haben würden, es wollte ihr nicht gelingen.

Es wurde entschieden, dass Todd den Umzugswagen von der Gemeinde beladen lassen würde, dann würde er die Frauen mit ihren Kindern nach Mule Hollow bringen. Es gab Formalitäten, die erledigt werden, und Papierkram, der ausgefüllt werden musste, doch Todd rechnete nicht mit irgendwelchen Schwierigkeiten. Er würde selbst nicht mit umziehen, da sein Platz in L.A. war. Darum würde der Pastor der kleinen Kirche in Mule Hollow als Seelsorger für die Frauen einspringen. Der Ort wollte auch ein Beratungsgremium bilden und einen Teil der Kosten übernehmen.

Und einfach so war alles geklärt.

In sechs Tagen würden sie ankommen. Es war nicht viel Zeit, um alles für sie vorzubereiten, doch es würde reichen müssen.

Bradys Haus wurde noch am selben Tag von den Putzfeen von Mule Hollow attackiert. Jede Frau, die Zeit hatte, fand sich in Bradys Haus ein, um es einer Grundreinigung zu unterziehen und zu sehen, was getan werden musste, um es auf seine neuen Bewohner vorzubereiten.

Der arme Brady. Kaum hatte er das Angebot gemacht, musste Dottie zusehen, wie er quasi aus seinem eigenen Haus geworfen wurde. Er verhielt sich, als machte es ihm nichts aus. Doch das konnte nicht sein. Dottie weigerte sich zu glauben, dass er das alles ohne auch nur eine Spur von Bedauern verließ.

Doch als der Tag sich dem Ende zuneigte, und er ausgezogen war, war ziemlich offensichtlich, dass sie mit diesen Gedanken allein war.

Brady warf seinen Seesack neben der Haustür auf den Boden und betrachtete sein neues Zuhause. Sechs Monate war es her, seit er es das letzte Mal betreten hatte. Überall war Staub, der wie eine dunkle Wolke über allem hing, ähnlich der über seinem Kopf. Dottie und die anderen Frauen hatten das Haus für ihn putzen wollen, doch er hatte abgelehnt. Sie mussten sich darauf konzentrieren, alles für das Frauenhaus fertigzubekommen.

Es machte ihm nichts aus, in die Hütte zu ziehen. Mit ihrem Dielenboden, den holzbeplankten Wänden und den rustikalen Möbeln war sie das ultimative

Männerzuhause. Seine Eltern hatten die ersten sechs Jahre seines Lebens hier mit ihm verbracht, bis sie das große Haus gebaut hatten. Später war es dann der Lieblingszufluchtsort für ihn und seine Freunde geworden. Wenn er sich jetzt in dem vertrauten Raum umsah, hatte seine finstere Stimmung nichts mit der Umgebung zu tun, sondern damit, dass er nicht wusste, was er wegen seines Herzens unternehmen sollte.

Er nahm einen Lappen aus einer Schublade in der Küche und eine Flasche Sprühwachs und fing an, den Sofatisch zu polieren. Er war ehrlich froh, etwas zu tun zu haben, während er versuchte, einen klaren Kopf zu bekommen. Auftragen … polieren …

Du hast es verdient, glücklich zu sein.

Clints Worte hallten durch seinen Kopf. Er wusste, dass er es nicht verdient hatte … er hatte seine Gründe. Und doch hatte er zugegeben, dass er Dottie liebte.

Er hatte es direkt Clint und sich selbst gegenüber zugegeben.

Was er sich als ziemlich geraden Lebensweg

vorgestellt hatte, hatte sich nun als Dilemma herausgestellt.

„Du meine Güte, wieviel Staub sich in vier Jahren angesammelt hat!", hustete Esther Mae. Dottie blickte in ihre Richtung und bemühte sich, nicht zu lachen. Esther kniete auf allen Vieren und spähte unter das Bett. Spähen war nicht der richtige Ausdruck. Sie hatte sich soweit sie konnte unter den Bettrahmen geschoben, den Hintern in die Höhe gereckt, und versuchte, an irgendetwas heranzukommen. Dottie beobachtete, wie sie sich auf den Bauch legte und sich weiter unters Bett schob.

„Ha! Hab ich dich!", rief sie schließlich. Dann kroch sie heraus und hielt einen staubigen Schuh in die Höhe. Wie lange er unter dem Bett gelegen hatte, war ungewiss.

Dottie musste lächeln. Brady war Junggeselle. Er lebte hauptsächlich in seinem Zimmer im Erdgeschoss. Angesichts all des Staubs hier oben, war klar, dass er nur selten nach oben kam.

Es war schön zu wissen, dass diese Räume bald benutzt sein würden. Leben in diesem Haus zu sehen, das seine Eltern genau zu diesem Zweck gebaut hatten, würde einen Traum erfüllen … zumindest in gewisser Weise. Das trieb sie an und verdrängte das unerträgliche Gefühl angesichts Bradys scheinbar felsenfester Entscheidung, nie eine Familie zu haben.

Das Haus zu putzen war eine Mammutaufgabe, doch so viele waren gekommen, um zu helfen.

Und alle hatten ein Ziel: den Neuankömmlingen aus Kalifornien zu helfen.

„Das könnte es sein", sagte Esther Mae und wischte sich eine Spinnwebe aus dem Gesicht. „Diese armen, gebeutelten Seelen könnten genau das sein, worauf Mule Hollow gewartet hat. Denk doch nur daran, sie brauchen Ehemänner, und wir haben Cowboys. Und ich freue mich so darauf, wieder Kinderlachen auf unseren Straßen zu hören."

„Das wäre schön", nickte Norma Sue, als sie den Raum betrat. „Vor Jahren, als die Ölarbeiter hier gelebt haben und wir ein blühender kleiner Ort waren, war es wunderschön. Die Kinder haben vor ihren Häusern gespielt und sind mit ihren Fahrrädern die Hauptstraße runtergefahren."

Esther seufzte. „Ich vermisse das. Als sie aufgehört haben, nach Öl zu bohren, und alle unsere Freunde und Familien, die von dieser Arbeit gelebt haben, weggezogen sind, war das furchtbar." Sie blinzelte und begegnete Dotties Blick. „Wir wussten, dass der Ort in Schwierigkeiten war. Und schau, was aus uns geworden ist. Ein vertrocknetes, staubiges Nest mitten im Nirgendwo. Doch jedes Mal, wenn jemand Neues hierherzieht, geht es bergauf. Das ist so aufregend! Ich meine, das Haus hier könnte eine Zwischenstation sein. Du weißt schon, bevor wir sie verheiraten!" Sie wedelte mit dem Schuh und wirbelte eine Staubwolke auf.

„Esther! Nur nichts überstürzen!", protestierte Norma Sue. „Ich glaube nicht, dass es gut für sie ist, sie gleich zu verheiraten. Sie sind noch nicht einmal hier, und du fängst schon mit der Kuppelei an. Was sie erst einmal am meisten brauchen, ist ein Ort, an dem sie zu Hause sind, an dem sie sich sicher fühlen können. Und wer weiß, vielleicht werfen sie einen

Blick auf unser Kuhkaff und ergreifen ganz schnell wieder die Flucht."

Lacy umarmte Esther Mae und musste niesen. „Ich bin auch aufgeregt, Esther, doch es ist alles Teil eines größeren Plans, darum lass einfach alles ganz natürlich geschehen. Davon abgesehen, meine Damen – das Mittagessen ist serviert, also lasst uns runtergehen. Adela und Sam haben alles unten aufgebaut. Sie haben genug mitgebracht, um eine ganze Armee zu verköstigen. Hungern werden wir also bei der Arbeit sicher nicht."

Sie folgten Lacy aus dem Schlafzimmer, als sie sich plötzlich umdrehte, ihre Hände in den Türrahmen stemmte und sie mit strahlender Miene ansah. „Du meine Güte. Ich glaub, ich hab's!", rief sie. „Dottie, ich kann es sehen. Wir haben monatelang nach einem Geschäft gesucht, in das Mule Hollow investieren kann. Ein Geschäft, das Frauen beschäftigen könnte. Erinnerst du dich an deinen ersten Tag hier, als wir uns begegnet sind und ich sagte, dass wir ein Restaurant brauchen? Wir haben die ganze Zeit um eine Eingebung gebetet … und dabei ist sie schon seit

Tagen vor unser aller Nasen, und mir wird es erst jetzt bewusst. Du bist die Antwort auf unsere Gebete!"

„Lacy, ich glaube, du hast Recht", nickte Esther Mae.

Norma Sue lächelte. „Nicht nur ein Geschäft, sondern zwei–"

„Vollkommen korrekt, Norma", sagte Lacy. „Dottie, deine Süßigkeiten sind himmlisch. Alle reden immer noch von den Sachen, die du auf dem Markt verkauft hast. Wir könnten eine Produktion eröffnen und sie überall hin liefern. Ein Restaurant wäre vielleicht nicht ideal, weil wir ja Sams Diner haben, aber vielleicht eine Bäckerei? Das könnte funktionieren. Mollys Zeitungsartikel haben den Weg dafür geebnet. Weißt du, wie viele Leute ihre Kolumne lesen? Oh, du meine Güte, ich sehe es schon vor mir. Wenn wir es anbieten, werden die Leute es kaufen."

Sheri kam aus dem Zimmer auf der anderen Seite des Flurs. Ihr übliches Schmunzeln im Gesicht, ein Zeichen, dass sie alles gehört hatte. „Ich sage nur eins, Dottie. Mach dich bereit zur Flucht."

Dottie schluckte. „Warum?" Es war nicht viel

mehr als ein Krächzen.

Sheri warf Dottie einen Blick zu, der ähnlich dem war, den Cassie ihr bei ihrer ersten Begegnung zugeworfen hatte. „Mädel! Sag nicht, dass du nicht mitbekommen hast, dass du gerade die Kontrolle über dein Leben verloren hast."

„Nein, das hat sie nicht", schnaubte Norma Sue. „Alles, was wir sagen, ist, dass sie die perfekte Lösung für unser Problem ist. Wenn wir einen Süßigkeitenversand eröffnen, könnten wir die Frauen, die gerade erst hierhergezogen sind, einstellen. Und der Weg ins Herz eines Mannes geht durch seinen Magen. Wir lassen eine Handvoll Frauen backen und kochen und *Bingo!*" Sie schnipste mit den Fingern. „Die Cowboyherzen werden ihnen nur so zufliegen."

Sheri senkte das Kinn und zog eine Augenbraue hoch. „Hab's dir ja gesagt."

Dottie lächelte schwach. Was sollte sie sonst tun? „Bei euch geht alles so schnell. Ich habe das Gefühl, auf einer Achterbahn zu sein, aus der ich nicht aussteigen kann."

„Das kannst du laut sagen", brummte Sheri. „Ich

sag dir, diese alten Mädels hier verplanen dich, bevor du auch nur mit der Wimper zucken kannst. Wollten wir nicht alle runter zum Essen gehen?"

„Ja, ja", lachte Lacy. „Kommt, wir können unten weiterreden."

Als alle nach unten gingen, wurde Dottie bewusst, dass sie die letzten vierundzwanzig Stunden keine Kontrolle über ihr Leben gehabt hatte – nein, die ganze letzte Woche schon. Zumindest fühlte es sich für sie so an. Als alle anderen in die Küche zum Essen verschwanden, ging sie in die andere Richtung. Sie brauchte Raum viel mehr als Essen.

Raum zu denken.

KAPITEL SIEBZEHN

In der Scheune war alles still, als Dottie eintrat. Sie hatte ganz bewusst einen großen Bogen um all die Autos auf dem Hof gemacht, um nicht zufällig jemandem auf ihrer Suche nach Ruhe zu begegnen. Es half, dass alle auf der Veranda hinter dem Haus aßen. Als sie einen Heuballen in der Ecke sah, wollte sie sich gerade setzen, als sie Cassie entdeckte.

Sie saß auf einer gefährlich aussehenden Maschine, von der Dottie ausging, dass sie in irgendeiner Form an einen Traktor angehängt wurde. Wozu dieses Ding gut war, wusste sie nicht – doch es war eine praktische Bank mit Blick durch das offene Tor auf die Weide und die Bäume.

Dottie holte tief Luft. Ihre Zeit allein konnte warten. „Stört es dich, wenn ich mich ein bisschen zu dir setze?"

Cassie wirbelte herum, erschrocken, dass jemand sie gefunden hatte. Sie schüttelte den Kopf und blickte, ohne ein Wort zu sagen, wieder auf die Weide hinaus.

Eine sanfte Brise wehte herein. Dottie roch den Duft des trockenen Heus, der vom Wind aus der Ecke der Scheune herübergetragen wurde. „Cassie, möchtest du reden? Ich hoffe, dass du weißt, dass du mir vertrauen kannst."

Zuerst reagierte sie nicht, und Dottie war nicht sicher, ob sie sie überhaupt gehört hatte. Dann holte sie zittrig Luft.

„Ich bin neunzehn, Dottie. Wirklich. Ich kann dir meinen Ausweis zeigen, wenn du willst."

Dottie war das unangenehm. „Schon okay. Ich glaube dir. Wirklich. Willst du über diese Sache mit Bob und Jake reden? Da ist noch was anderes, oder?"

Cassie warf ihr einen Seitenblick zu. „Warum?

Was interessiert dich das schon?"

Dottie hatte noch nie jemanden mehr umarmen wollen als Cassie in diesem Moment. Sie war sich nicht sicher, ob sie je jemanden gekannt hatte, der eine Umarmung mehr gebraucht hatte als Cassie. Oder sie genauso schnell zurückweisen könnte. Darum lächelte sie nur und sprach von Herzen. „Cassie, ich hoffe mehr als alles andere, dass du weißt, dass ich deine Freundin bin."

Sie begegnete Dotties Blick, verletzlich und mit mühsam unterdrückten Emotionen. „Ja, ich weiß." Sie blinzelte und wandte den Blick ab. „Hey, diese Frauen, die hierherkommen, deren Kinder werden ein paar neue Sachen brauchen. Ich hab mich gefragt, ob ich ein paar Dollar von dir borgen kann? Ich will mit Bob nach Ranger fahren, doch ich habe kein Geld. Ich arbeite und zahle es dir zurück. Sam hat gesagt, dass ich jeden Tag ein paar Stunden für ihn arbeiten kann, darum fange ich morgen da an. Das bedeutet, dass ich dir das Geld am Ende der Woche zurückzahlen kann."

Dottie sah sie an. Sie hatte gehofft, dass Cassie sich ihr gegenüber öffnen würde, doch seit ihr bewusst geworden war, dass etwas in Cassies Vergangenheit ihre Handlungen bestimmte, brachte Dottie es nicht übers Herz, das Mädchen zu drängen. „Klar, ich gebe dir was. Doch du musst es nicht zurückzahlen. Du hast mir mit den Süßigkeiten für den Markt geholfen.“

„Nein, das war, weil du mich hierhergebracht hast. Ich will dir das Geld am Ende der Woche zurückgeben.“

Dottie bewunderte das Mädchen. „Ich habe dich hierhergebracht, weil ich es wollte. Lass mich schnell meine Handtasche holen gehen.“ Sie stand auf. „Bist du sicher, dass du nicht reden möchtest?“ Sie musste es zumindest versuchen.

„Dottie, Bob wird einen perfekten Ehemann abgeben. Du wirst es schon sehen.“

„Weiß Bob, dass du so über ihn denkst?“

Sie schüttelte den Kopf. „Nein. Ich muss ihm Zeit geben, sich in mich zu verlieben. Und das wird er auch. Ich weiß es. Im Moment ist er nur ein Freund. Wir haben gestern darüber gesprochen. Er hat mir gesagt, dass er mich mag, dass ich ein gutes Mädchen bin … offensichtlich muss er mich kennenlernen und begreifen, dass ich mehr sein kann als das. Ich bin kein Mädchen mehr."

„Und Jake? Ich dachte, als ihr neulich zum Mudding gefahren seid, dass du vielleicht–"

„Ich will nicht über Jake reden. Ich bin verrückt nach ihm. Er ist unterhaltsam–" Sie wandte den Blick ab und blinzelte. „Doch es ist mehr nötig, als unterhaltsam zu sein, um ein Ehemann zu sein."

„Kannst du das mit dem Ehemann nicht einfach langsam angehen lassen? Du hast dein ganzes Leben vor dir. Du musst nichts überstürzen–"

„Das tue ich nicht." Sie sprang auf und sah wütend aus. Ihre Augen glitzerten zornig.

Dottie schluckte. Warum hatte sie sie gedrängt? Sie wusste es besser.

„Mein ganzes Leben lang habe ich mir immer nur eine eigene Familie gewünscht. Und einen Ort, einen perfekten Ort, an dem ich mit dieser Familie leben kann. Und der ist hier. Das ist doch nicht zu viel verlangt. Ich will nicht warten. Ich will … ich muss … ach, vergiss es!" Sie wirbelte herum und stürmte mit bebenden Schultern davon.

Ihr Leid traf Dottie ins Herz. *Was war Cassie zugestoßen?* Ein tiefer Schmerz beeinflusste alles, was das Mädchen tat, das wusste Dottie jetzt.

Sie musste mit Brady reden. Sie stand auf, verließ die Scheune und kam an Jake vorbei. Er stand in der Nähe das Hauses und sprach mit Clint darüber, einen Sandkasten für die kleinen Kinder bauen zu wollen. Auch wenn er sich mit Clint unterhielt, konnte sie sehen, dass er Cassie beobachtete, die jetzt an der Ecke der Scheune stand und zusah, wie eine Kuh mit dem Schwanz die Fliegen vertrieb. Sie gab ein herzzerreißendes Bild ab. Dottie fand ihre Handtasche und holte fünfzig Dollar heraus. Doch bevor sie zurück zu Cassie ging, um sie ihr zu geben, ging sie zu Bob. Er stand vor seinem Truck und schrieb eine Liste von Bestellungen auf, die er vom Baumarkt holen musste, um einen Spielplatz zu bauen. Dottie freute sich, denn Bradys Haus brauchte einen Spielplatz. Es sah aus, als hätte es sich einen gewünscht, seit es erbaut worden war.

Der Gedanke, dass Bradys Kinder auf dem Spielplatz spielen sollten, schoss ihr durch den Kopf, doch stattdessen konzentrierte sie sich auf die Situation.

Warum hatte Bob Cassie eingeladen, mit ihr in die Stadt zu fahren?

Sie hatte gedacht, dass sie sich einig gewesen waren – doch dazu gehörte nicht diese Nähe, die sich zwischen den beiden entwickelt zu haben schien. Sie musste ihn warnen, dass die Situation heikler war, als ihr bewusst gewesen war.

Doch bevor sie etwas sagen konnte, kam Cassie angejoggt.

„Hey, Dottie, hast du das Geld?" Von Ärger und Tränen war keine Spur mehr zu sehen. Wer sie jetzt sah, würde nie denken, dass sie gerade extrem aufgebracht reagiert hatte.

Dottie gab ihr das Geld, und sie sah sie an, nahm es und lächelte.

„Danke", sagte sie und schob die Scheine in ihre Hosentasche, während sie um den Truck herum eilte und auf der Beifahrerseite einstieg. „Okay, Bob, Baby, lass uns losmachen."

Bob sah zuerst Brady und dann Dottie an und zog eine Augenbraue hoch. „Cassie sagte, dass sie ein paar

Sachen für dich einkaufen soll.“

Dottie hörte die Frage in seiner Stimme. „Also, ich–“

„Auf geht's, Bob, wir sind schon spät dran.“ Cassie trommelte mit den Fingern auf der Türverkleidung herum.

Bob seufzte. „Dann machen wir mal los. Wird nicht lange dauern.“

„Was war das denn?“, fragte Brady, als er den beiden hinterherblickte.

„Ich bin mir nicht sicher. Sie hat nur gefragt, ob sie ein bisschen Geld borgen kann. Es schien ihr wichtig zu sein, etwas für die Kinder zu kaufen. Die Frage ist nur, warum Bob ihr angeboten hat, sie zu fahren–“

Brady senkte den Kopf und sah sie unter dem Schatten seines Stetson hervor an. Sein Blick fragte „Wie begriffsstutzig bist du eigentlich?“

Oh Mann! Sie hätte es wissen sollen. „Er hat es ihr nicht angeboten, nicht wahr? Sie hat ihm gesagt, dass sie etwas einkaufen soll, damit er sie mitnimmt!“

Brady lachte und nickte. „Ich denke, sie hat uns alle erfolgreich manipuliert.“

KAPITEL ACHTZEHN

Brady beobachtete die Emotionen auf Dotties Gesicht, als sie Bob und Cassie, die in Richtung Ranger aufbrachen, hinterherblickte. Er musste zugeben, dass Cassie hartnäckig und kreativ war, doch sein Herz war schwer, wenn er Dottie ansah. Sie trug ihr Herz auf der Zunge, und ihre Sorge um das Mädchen war rührend. Doch sie kam schon zurecht, und Bob und Jake würden es auch überleben.

Was ihn selbst anging, war er sich da nicht so sicher.

Konnte er im selben Ort leben wie Dottie? Sie die

Straße hinuntergehen, in der Kirche sitzen, auf seiner Veranda stehen sehen, ihr Lachen hören…

Das wirst du einfach müssen.

Das bedeutete jedoch nicht, dass es leicht werden würde. Jede Sekunde in ihrer Nähe machte es schwerer.

Sie so hart arbeiten zu sehen, um diesen Frauen zu helfen, flößte ihm über die Gefühle, die er ohnehin schon für Dottie hegte, nur noch mehr Respekt ein. Sie arbeitete ununterbrochen, doch sie war müde, und er konnte sehen, dass sie Schmerzen hatte. Er hatte sie hinken sehen, als sie vorhin den Weg heraufgekommen war. Die meisten Leute hätten es nicht bemerkt, denn sie gab sich Mühe, es nicht zu zeigen, doch ihm fiel alles an ihr auf. Darum wusste er, dass ihre Hüfte ziemlich wehtun musste, denn sonst hätte sie es erfolgreich verborgen wie sonst auch.

Doch wie immer beklagte sie sich nicht. Trotz ihrer Verletzungen und der Schmerzen, die sie immer noch verursachten, gab sie immer alles.

Das hatte sie schon im Umgang mit Cassie unter Beweis gestellt. Ihr Herz war riesengroß … und er fragte sich, ob es schon immer so gewesen war, oder ob das das Ergebnis dessen, was sie durchgemacht hatte, war. Er konnte es sich nicht anders vorstellen.

„Hast du schon gegessen?", fragte er. Sie warf noch einen letzten Blick auf die Straße, auf der der Truck verschwunden war, dann wandte sie sich ihm zu und schüttelte den Kopf.

„Hab's noch nicht rüber geschafft. Du, Cassie hat die Wahrheit gesagt, als sie sagte, dass sie neunzehn ist. Ich glaube ihr das. Doch sie sieht wirklich nicht ganz klar mit ihrer Jagd auf Bob. Irgendetwas ist da in ihrer Vergangenheit, das jede ihrer Entscheidungen beeinflusst. Für sie repräsentiert Bob mit seinem Alter und allem Stabilität."

„Da hast du wahrscheinlich Recht. Vielleicht war ihr Leben zu Hause nicht sonderlich angenehm. Das passiert jeden Tag."

Dottie sah ihn nachdenklich an. „Das dachte ich mir auch."

„Im Moment kannst du sowieso nichts unternehmen. Und du hast für zehn gearbeitet. Lass uns dir was zu essen besorgen, und dann suchst du dir ein Plätzchen, wo du deine Hüfte ausruhen kannst." Ihre überraschte Miene war drollig. „Schau nicht so überrascht. Ich habe Augen im Kopf. Und jetzt komm, du musst sehen, was Adela und Sam alles aufgetischt haben."

Auch er konnte im Moment nichts für Cassie tun, doch er konnte sich um Dottie kümmern.

Sie sah immer noch überrascht und besorgt aus, doch sie ging neben ihm her. „Adela und Sam haben ein Festmahl zubereitet", sagte er.

Nach kurzem Schweigen räusperte sie sich. „Ich bin neugierig … ich meine, daten ist wohl kaum das richtige Wort in ihrem Alter, aber … Sind die beiden zusammen? Sie sagen nie etwas, doch ich kann sehen, dass sie einander nahestehen."

Brady nickte, dankbar, dass sie das Thema gewechselt hatte. „Das hat sich über die Jahre entwickelt, doch soweit wir wissen, wird es sich weiterentwickeln, doch nie ganz zustande kommen."

„Das ist traurig."

Er blieb an der Ecke des Hauses stehen. Sie sahen Adela und Sam hinter dem Tisch, den sie auf der

Veranda aufgebaut hatten. Sam liebte Adela. Alle konnten es sehen. Doch er hatte nie die Grenze überschritten, die er für sich selbst gezogen hatte. Es war traurig, doch was dieser Mann mit seinem Leben anfing, war allein seine Sache. „Sam muss seine Gründe haben." Dottie beobachtete die beiden bei der Essensausgabe. Sie arbeiteten gut zusammen, und es war offensichtlich, wie sehr der sehnige alte Mann Adela verehrte. Sie waren Gegensätze, die einander anzogen. Adela mit ihrer vornehmen Grazie und Sam mit seiner brüsken „nimm es oder lass es" Attitüde. Brady fragte sich, was Sams Geschichte war.

Was hielt ihn davon ab, zu haben, was er wollte? Dottie ging vor ihm her zum Tisch, und er fragte sich, ob seine eigenen Ängste berechtigt waren. Jeder Moment, den er in ihrer Nähe war, nagte an seiner Rüstung.

Der Umzugswagen und der Kleinbus der Gemeinde bogen am Freitagnachmittag gegen vier Uhr auf die Hauptstraße ein, und die kleine Menge, die sich vor

Sam's Diner versammelt hatte, geriet ganz aus dem Häuschen. Esther Mae war so aufgeregt, dass sie kaum reden konnte. Dottie war der Meinung, dass das ein Fall für das Guinnessbuch der Rekorde war, so ungewöhnlich war es.

Dann war da Norma Sue, die aussah wie eine Glucke, die gleich mit ihren Küken wiedervereint werden würde. Sie ging schon seit über einer Stunde aufgeregt vor dem Diner auf und ab, die Augen auf die Straße gerichtet, um bloß nicht zu verpassen, wenn sie endlich eintrafen.

Als er dann schließlich um die Ecke bog, johlte sie und sprang in die Luft – was eine Leistung war für die ältere Frau mit dem Körperbau einer Hummel.

Als der Wagen anhielt, stürmten alle darauf zu. Dottie lachte, als Todd heraussprang und sie in die Arme schloss.

„Wie schön, dich zu sehen, kleine Schwester. Allein schon den Ort am Horizont zu sehen hat allen ein Lächeln auf die Gesichter gezaubert."

Dottie erwiderte seine Umarmung – sie war so unglaublich froh, ihn zu sehen. „Mir gings beim ersten

Mal genauso. Aber warte erst einmal ab, bis du alle kennengelernt hast. Es sind die Leute, die Mule Hollow zu etwas Besonderem machen." Todd ließ sie los und fing an, die vielen Hände zu schütteln, die ihm entgegengestreckt wurden.

„Stacy!" Dottie schlang ihre Arme um die zierliche Blondine, die als erste aus dem Bus ausstieg. Ihre staunende Miene überraschte Dottie nicht. Sie betete, dass Stacy Frieden in Mule Hollow finden würde, doch das war ein Gebet, das Dottie für viele sprach, einschließlich ihr selbst.

„Komm schon, Umarmungen für alle!", krähte Norma Sue, die Arme weit ausgebreitet. Stacy zögerte, dann ließ sie sich von Norma in ihre Arme ziehen, während Dottie sich den anderen zuwandte und ihrerseits jede Frau umarmte, die aus dem Bus ausstieg. Nach zahllosen Umarmungen und chaotischen Vorstellungen, begann fröhliches Geplapper.

„Hey, Baby", sagte Esther sanft zu einem kleinen Jungen, der hinter einem Sitz des Kleinbusses hervor spähte. Er blinzelte und betrachtete sie von Kopf bis

Fuß. Als er schüchtern Esther die Arme entgegenstreckte, stiegen der armen Frau Tränen in die Augen, und sie hob den kleinen blauäugigen Jungen mit den wilden Locken behutsam aus dem Bus. „Oh, du bist zum Anbeißen süß, wie eine kleine Puppe."

„Das ist Gavin", sagte Lynn mit einem strahlenden Lächeln. „Und das ist Jack."

Jacks Haare waren dunkel und glatt, seine Augen dunkelblau. Er folgte dem Beispiel seines Bruders und streckte ihr die Arme entgegen. Norma Sue hob ihn hoch und ging mit ihm ins Sam's, bevor jemand anderes ihn ihr streitig machen konnte. Adela, die geduldig gewartet hatte, beugte sich in den Bus und nahm Stacy den kleinen Bryce ab, den sie gerade aus der Babyschale befreit hatte. Sie begrüßte sie herzlich, tätschelte Stacys Hand und folgte den anderen in das angenehm klimatisierte Diner. Stacy blieb allein neben dem Bus stehen. Dottie beobachtete, wie sie alles in sich aufnahm. Dottie hatte mit mehr Argwohn seitens der jungen Frau gerechnet, doch was sie sah war Neugier und … Staunen. Geflissentlich wich sie den Blicken der wenigen Cowboys aus, deren

Arbeitspensum es ihnen erlaubt hatte herzukommen, und ließ den Blick über die Hauptstraße schweifen. Dann wandte sie sich Sam's Diner zu.

„Kann ich … kann ich reingehen und es mir ansehen?", fragte sie.

In ihren E-Mails hatte Stacy viele Fragen über das Diner gestellt. „Natürlich kannst du das." Dottie machte eine einladende Geste in Richtung Tür. „Sie haben ein Festmahl zur Begrüßung für euch vorbereitet. Glaub mir, sie wollen, dass du reinkommst. Und vergiss nicht, einen Nickel in die Musikbox zu stecken, um zu sehen, was sie heute spielt."

Dann lächelte sie, ein sanftes, scheues Lächeln, ein wenig zögerlich, doch sie bemühte sich, mutig zu sein. Dottie kämpfte gegen die Tränen an. Dieses Mädchen hatte so viel durchgemacht, und hier war sie, die Augen voller Hoffnung.

„Geh nur, ich komme gleich nach."

Stacy nickte und wandte ihren Blick wieder dem Diner zu. „Okay, bis gleich."

Sie ging die Treppe hinauf, als eine Windel aus

der kleinen Tasche, die sie über der Schulter trug, fiel. Eine Gruppe von Cowboys hatte ein paar Schritte entfernt gestanden, die Hüte in den Händen, doch nun löste sich einer wie ein Ritter in glänzender Rüstung von seinem Rudel und hob die Windel auf.

„Miss, Ihnen ist da was heruntergefallen", sagte er freundlich.

Stacy drehte sich um und blickte zwischen ihm und der Windel, die er ihr entgegenhielt, hin und her. Er war groß, schlaksig, zu dünn, hatte ein gerötetes Gesicht und ein scheues Lächeln mit freundlichen, schüchternen Augen. Dottie war sich nicht sicher, wer von den beiden verängstigter aussah.

„Danke", sagte Stacy, kaum lauter als ein Flüstern und griff zögernd nach der Windel, ohne ihn anzusehen.

„Willkommen in Mule Hollow, Miss. Ich – *wir* freuen uns, dass Sie hier sind. Ich–" Er schluckte schwer. „Ich freue mich, dass Sie hier sind."

Stacys schüchterner Blick wanderte zu der Gruppe von Männern und wieder zurück zu ihm, dann nickte sie. „Danke", sagte sie noch einmal, nahm die Windel und verschwand im Diner. Der schüchterne Cowboy blieb stehen und starrte die Schwingtür, durch die sie verschwunden war, noch eine ganze Minute an, bevor er ging.

Dottie wünschte sich von ganzem Herzen, dass die Szene von unbeschwerter Leichtigkeit und flackerndem Interesse geprägt gewesen wäre, und wandte sich den anderen zu, die über etwas lachten, das Lacy ihnen mit wild ausladenden Gesten erzählte.

Vielleicht würde sich ja wirklich alles fügen.

Ein Junge mit zottigen Haaren kam als letzter aus dem Bus geklettert, in dem er auf der letzten Bank geschlafen hatte. Rose stellte ihn als ihren Sohn Max vor. Er sah alle missmutig an, machte auf dem Absatz kehrt und ging davon.

Der Junge tat Dottie leid, doch sie wusste nicht, was sie für ihn tun sollte. Brady blickte ihm auch hinterher. Sie begegnete seinem Blick, und einen Moment lang verstanden sie sich ohne Worte, auch wenn das Unbehagen zwischen ihnen wuchs. Dottie blickte wieder in Max' Richtung, unsicher, was sie für den Dreizehnjährigen tun sollte.

Es war Cassie, die Max folgte. Sie joggte ihm hinterher und sagte etwas, das ihn dazu brachte, stehenzubleiben. Ein paar Sekunden später gingen sie langsamer zusammen weiter. Und redeten. Cassie war distanziert gewesen, seit sie mit Bob aus Ranger zurückgekommen war, darum hatte sie nicht noch einmal versucht, mit ihr zu reden. Doch Dottie war sich nicht sicher, ob sie sie drängen oder ihr Zeit lassen sollte. Am Ende hatte sie sich für Letzteres entschieden. Vielleicht war es feige, doch Dottie wusste einfach nicht, wie sie mit einer solchen Situation umgehen sollte.

Rose trat neben sie. „Dottie, Max ist nicht sonderlich glücklich über den Umzug. Bei all dem Ärger, den er in der Schule gehabt hat, hätte ich gedacht, dass er sich über einen Neuanfang freuen würde.“

„Das wird schon. Cassie weiß, wie er sich fühlt.“ Das unverkennbare Wummern von Jakes Truck zog ihre Aufmerksamkeit an. Als er an ihnen vorbeifuhr, lächelte er auf sie herab, tippte an seinen Hut und fuhr langsam weiter. Dotties Herz machte einen kleinen

Sprung.

Als er Cassie und Max erreichte, hielt er an und sprach mit ihnen. Selbst von wo Rose und sie standen, war offensichtlich, dass das, was er sagte, ein Lächeln auf Max' Gesicht zauberte. Die Reifen des Trucks waren fast so groß wie Max, und er war ziemlich beindruckt von Jakes Pick-up.

„Was er wohl gesagt hat?", fragte Rose. „So hat Max schon lange nicht mehr gestrahlt."

Dottie begriff, als Cassie und Max in den Truck einstiegen.

„Ich nehme an, dass es etwas mit Schlamm zu tun hatte."

Rose rang sich die Hände. Plötzlich überkam Dottie ein optimistisches Gefühl, und sie umarmte Rose. „Max ist in guten Händen. Glaub mir, Mule Hollow hat das Zeug dazu, ihn dauernd lächeln zu lassen."

Die Hoffnung, die in Rose' Augen erwachte, war schön. In diesem Moment wollte Dottie den gutherzigen jungen Cowboy einfach nur umarmen. Jake war zwanzig und hätte Max leicht ignorieren können. Doch genau wie Cassie hatte er einen Jungen gesehen, der litt, und sich entschlossen, die Ankunft des Jungen hier zu etwas Besonderem zu machen. Er wusste, wie man das Herz eines Teenagers gewann.

Alles, woran Dottie denken konnte, als sie dem Truck nachblickte, war, dass, wenn Cassie nicht sah, dass Jake ein Juwel war, dann war das Mädchen nicht annähernd so schlau, wie Dottie geglaubt hatte.

KAPITEL NEUNZEHN

Dottie konnte nicht schlafen. Das Einzelbett in dem Zimmer, das sie mit Cassie teilte, war bequem, doch in ihrem Kopf schwirrten die Gedanken, die sie bis heute mit jeder Menge Arbeit unterdrückt hatte.

Es war zwei Wochen her, seit sie alle in Bradys Haus eingezogen waren. Das Haus beherbergte jetzt die Frauen aus dem Frauenhaus, doch für Dottie war es immer noch Bradys Haus. Wo auch immer sie hinblickte, sah sie Brady. Es war schwer, an ihn zu denken, ohne sich zu wünschen ... doch das war unsinnig, darum sorgte sie dafür, dass sich alle sicher und wohl fühlten. Sie brauchten sie.

Doch heute Nacht drängte alles, was sie zu unterdrücken versucht hatte, an die Oberfläche.

Im sanften Licht des Mondes fiel ihr Blick auf den Spielplatz, den die Männer für die Kinder gebaut hatten. So sehr sie sich auch bemühte, nicht daran zu denken – sie stellte sich immer noch Bradys Kinder darauf vor – ihre Kinder.

Schluss damit, Dottie! Lass das.

Es war lächerlich.

Alles lief wunderbar. Zuerst war sie ein bisschen nervös gewesen, als Todd nach L.A. zurückgekehrt war, doch jetzt lief alles wie am Schnürchen. Sie hatte sofort mit dem Kochunterricht angefangen, und das Unterrichten machte ihr so viel Spaß. Bradys Küche war perfekt dafür, doch das hatte sie ja bereits gewusst. Sie produzierten Süßigkeiten und lernten und hatten Spaß dabei. Lachen hallte durchs Haus und Hoffnung lag in der Luft. Selbst Stacy sprach mehr … nicht viel mehr, aber immerhin. Dottie freute sich über jeden Fortschritt – schon eine extra Silbe aus Stacys Mund war ein Schritt in die richtige Richtung.

Und die Cowboys, ja, was sollte sie sagen? Sie unterstützten ihr Süßigkeitengeschäft, indem sie alles, was sie produzierten, verputzten, als wären sie am Verhungern. Man hätte geradezu meinen können, dass sie noch nie Süßigkeiten gegessen hätten. Im Moment verkaufte sie die Süßigkeiten in Sam's Diner und kam kaum mit der Produktion nach. Wenn die Nachfrage in diesem Tempo weiter stieg, musste sie mit einer Revolte rechnen. Mit einer Revolte der Pferde! Sie würden die Flucht ergreifen, wenn ihre Reiter bald übergewichtig auf sie zu gewatschelt kommen würden.

Es war Zeit für einen Laden. Fette Cowboys bedeuteten Geld.

So würde sich der Sichere Hafen womöglich bald selbst tragen. Warum also konnte sie nicht glücklich sein?

Ein Glühwürmchen flog vorbei und in Richtung Wald. Eine Erinnerung an den Mann, der auf der anderen Seite der Bäume allein in einer Hütte am Fluss wohnte.

Brady. Wie sehr sie ihn vermisste!

Ihr Kontakt war in letzter Zeit sehr beschränkt gewesen.

Sie hatte gewusst, dass er viel arbeitete. Doch erst, als sie in sein Haus eingezogen war, war ihr bewusst geworden, wie wenig Freizeit er hatte.

Entweder war sein Job anstrengender, als sie geglaubt hatte, oder er ging ihr aus dem Weg. Trotz aller Versuche, nicht über Brady nachzudenken, lauerte dieser Mann bei jedem Gedanken am Rand ihres Bewusstseins.

Sie hatte ihn nicht oft gesehen und doch hatte sich die Anspannung zwischen ihnen nicht gelöst. Nein, sie war eher gewachsen. Sie sehnte sich nach seinem Lächeln, sehnte sich danach, wie seine sanften braunen Augen Licht zu sehen schienen, wenn sie sich unterhielten. Sie sehnte sich nach seinem Lachen. Danach, zu ihm aufzublicken und zu glauben, dass, wenn sie auf unbestimmte Zeit in Mule Hollow blieb, eine Chance bestünde, dass er seine Meinung änderte. Dass sie eine Chance auf ein gemeinsames Leben hatten.

Als die Fliegenschutztür knarzte schreckte Dottie

aus Gedanken, die sie besser nicht denken sollte, hoch.

„Dottie, können wir reden?", flüsterte Cassie.

Auch sie war in letzter Zeit sehr beschäftigt gewesen. Sie hatte viel Zeit mit Max und Jake verbracht. Sie hatten den Jungen unter ihre Fittiche genommen. Sobald Max am Nachmittag aus der Schule kam, nahm Jake die beiden mit zur Arbeit auf Clints Ranch. Während des Tages, wenn Cassie nicht im Diner arbeitete, half sie bei der Süßigkeitenherstellung und kümmerte sich um die Kleinkinder in der Kinderkrippe bei der Kirche. Sie hatten beide so viel zu tun gehabt, dass sie kaum Zeit gehabt hatten, sich unter vier Augen zu unterhalten. Dottie hatte erleichtert auf diesen Umstand reagiert. Aus irgendeinem Grund hatte Cassies gnadenlose Jagd auf Bob nachgelassen. Nicht, dass sie eine Wahl gehabt hätte, denn Bob hatte sich in letzter Zeit ziemlich rar gemacht. Er hatte sich offensichtlich entschieden, den Ball eine Weile flach zu halten.

Als sie Cassie in der Tür stehen sah, mischten sich Vorfreude und Sorge.

Sie wandte dem Mädchen ihre Aufmerksamkeit

zu.

Dafür war sie schließlich hier.

„Ich denke, das ist eine sehr gute Idee."

Cassie setzte sich auf einen Loungesessel, zog ihre Beine an und begegnete schließlich Dotties Blick.

„Mein Name ist Cassandra Bateman. Ich bin neunzehn, und ich habe niemanden."

Dottie richtete sich in ihrem Sessel auf. „Hi Cassandra, schön, dich kennenzulernen. Doch das stimmt nicht ganz. Du hast mich."

Die Tränen in Cassies Augen brachen Dotties Herz. Sie war so dankbar, dass sie an jenem Tag, an dem Cassie am Straßenrand gestanden hatte, um per Anhalter hierher zu kommen, genau zur richtigen Zeit am richtigen Ort gewesen war.

„Ich weiß." Cassie lächelte. Ihre Lippen zitterten. „Ich habe Bob heute im Diner gesehen. Er hat mir gesagt, dass er darüber nachdenkt, jemanden auf ein Date einzuladen, und er wollte, dass ich es von ihm erfahre, weil er mir nicht wehtun, mir aber die Wahrheit auch nicht verheimlichen will. Ich habe ihm gesagt, dass es okay ist und dass mir das, was ich ihm angetan habe, leidtut. Ich schätze, dass ich mich ziemlich zum Affen gemacht habe."

„Nein, das hast du nicht. Ich bin mir sicher, dass er sich geschmeichelt gefühlt hat. Er ist wirklich ein netter Kerl. Ich freue mich so, dass du die Wahrheit mit mir geteilt hast. Ich liebe dich wie eine kleine Schwester, Cassie, und ich habe mir wirklich Sorgen um dich gemacht. Willst du mir etwas von dir erzählen? Deine Geschichte?"

Cassie schniefte und wischte eine Träne von ihrer Wange. Sie wirkte so allein. Dottie konnte es nicht ertragen und umarmte sie sofort. Ihre schmalen Schultern zitterten vor ungeweinter Tränen. Dottie hielt sie fest und spendete ihr so viel Trost, wie sie konnte. Nach einer Weile trocknete sie ihre Tränen, und als sie scheu zu Dottie aufblickte, ließ Dottie sie los und setzte sich zurück an ihren Platz. Sie war selbst von Emotionen überwältigt, so überglücklich über das Geschenk der Freundschaft dieser jungen Frau. Und dass sie ihr helfen durfte.

„Pflegekind. Das ist meine Geschichte. Ein Heim nach dem anderen", sagte Cassie niedergeschlagen. Sie nahm ein Kissen und schüttelte den Kopf. „Einmal war ich acht Monate bei derselben Familie… das war, als ich meinen Hund hatte. Doch Pflegefamilien haben nie lange für mich funktioniert. Ich habe die letzten zwei Jahre auf einer Mädchenranch im Hill Country verbracht. Die war okay. Wie auch immer, als ich achtzehn wurde, war ich raus aus dem System, darum habe ich mir einen Job in Austin gesucht. Ein anderes Mädchen von der Ranch und ich zusammen. Ich habe zwei Jobs gehabt, doch ich bin klargekommen, und ich war glücklich."

Sie hielt inne, dann fuhr sie fort, bevor Dottie etwas darauf sagen konnte.

„Angie und ich, wir fingen an, die Artikel über Mule Hollow in der Zeitung zu lesen. Und ich weiß nicht … sie haben mich dazu gebracht, über die Dinge nachzudenken, die ich nie hatte. Du weißt schon, eine Familie … etwas, jemanden, der zu mir gehört." Sie blinzelte und blickte über den Hof. „Ich habe angefangen, die Artikel auszuschneiden, und dauernd über Mule Hollow nachgedacht. Ich habe sogar Fotos von einer Kleinstadt aus einer Zeitschrift an meinen

Spiegel geklebt."

Sie sah Dottie mit einem gequälten Lächeln an, das Dottie ins Herz traf. Dottie dachte daran, wie sehr sie in ihrer Kindheit geliebt worden war und wie leicht es gewesen war, diese Sicherheit als selbstverständlich zu betrachten.

Cassie fuhr fort. „Dann kam Angie eines Tages mit ihrem Freund und sagte mir, dass sie ausziehen würde. Es war ihr unangenehm. Sie wusste, dass ich mir die Miete allein nicht leisten konnte. Doch sie konnte nicht anders, ich meine, sie hatte eine Chance, sich ein Leben aufzubauen, und sie hat sie ergriffen. Ich konnte ihr keinen Vorwurf daraus machen. Ich hätte es genauso gemacht, nur dass ich nicht wusste, wie ich an einen Freund kommen sollte. Männer haben mir immer weniger Beachtung geschenkt als den anderen Mädchen. Ich bin ein Tomboy, und ich sage, was ich denke, aber das weißt du ja. Ich bin einfach nichts Besonderes."

Dottie blinzelte ihre Tränen weg, schwieg jedoch, da sie Cassie nicht unterbrechen wollte, auch wenn sie ihr sagen wollte, dass sie etwas ganz Besonderes war.

„Wie auch immer, ich bin in der Wohnung geblieben, bis der Vermieter gedroht hat, sie zwangsräumen zu lassen. Was hätte ich tun sollen? Ich hatte Angst, darum habe ich ihm geschrieben, dass ich ihm die überfällige Miete zahlen würde, sobald ich das Geld hätte, habe meine Siebensachen gepackt und mich auf den Weg gemacht. Ich gebe zu, ich hatte furchtbare Angst. Ich wusste nicht, wo ich hinsollte, und hatte nur wenig Geld. Darum stand ich an der Ecke vor dem Haus und habe überlegt, was ich tun soll, als ich diesen Aufkleber auf der Heckscheibe eines Autos gesehen habe. *Erfolgreiche Menschen nehmen ihr Schicksal selbst in die Hand.* Und da wusste ich es." Ihre Stimme brach vor Emotionen, doch sie straffte ihre Schultern. „Ich wusste, dass ich mein Schicksal selbst in die Hand nehmen würde. Ich wollte nicht darauf warten, dass wieder irgendjemand kommt und mir sagt, was ich tun soll. Ich wusste, welches Risiko ich eingehen würde, wenn ich per Anhalter reise. Ich hatte genug Geschichten von anderen Mädchen gehört, die ich im Pflegesystem getroffen habe. Doch ich habe mir dann trotzdem in einem Laden eine Straßenkarte angesehen, Mule

Hollow gefunden, mir den Weg notiert und bin losgelaufen." Sie nickte, um ihre Entscheidung zu unterstreichen. „Ich habe meinen Namen geändert, weil ich nicht wusste, ob mein Vermieter wegen der Miete, die ich ihm schulde, nach mir suchen würde. Ich fange jetzt an zu sparen und werde ihm das Geld so schnell wie möglich schicken. Doch ich konnte nicht das Risiko eingehen, in Schwierigkeiten zu geraten, weil ich ihm Geld schulde."

„Oh Cassie, ich bin so froh, dass ich dich an diesem Tag gefunden habe." Sie brachte die Worte kaum über den Kloß in ihrem Hals heraus. Das arme Mädchen lachte mit feuchten Augen darüber.

„Ich auch. Aber eins muss ich dir sagen. Als ich deine Rostlaube von einem Wohnmobil auf mich zukommen sah, mit all dem Kram auf dem Dach, war ich mir nicht sicher, ob ich nicht vielleicht besser weglaufen sollte. Dann bist du ausgestiegen und sahst ziemlich harmlos aus. Ich dachte mir, dass ich, wenn nötig, schon mit dir fertig werden würde."

„Ach so?"

Dottie trocknete sich die Augen. Alles würde gut werden. „Na, herzlichen Dank auch. Ich fühle mich ziemlich stark. Wegen der langen Fahrerei hat mir nur alles wehgetan.“

„Ja.“ Cassie zupfte an der Armlehne des Sessels.

„Darüber habe ich nachgedacht. Du hast gesagt, dass der da oben bei dir war, als du verschüttest gewesen bist, und dass Er dich nie verlassen hat.“

„Ja, das ist wahr. Er ist auch immer bei dir, Cassie.“

„Ich weiß“, sagte sie nachdenklich, und wieder stiegen ihr Tränen in die Augen. „Ich habe es einfach nur nicht gesehen. Jetzt kann ich zurückblicken und es in Sachen wie dem Autoaufkleber oder der Tatsache, dass du mich aufgegabelt und mir geholfen hast hierherzukommen, sehen.“

„Ganz genau“, nickte Dottie ernst.

„Und ich sehe es in der Freundlichkeit und der Wärme dieses ganzen Ortes.“

Dottie blinzelte ihr Tränen zurück und strahlte. „Ich auch, Süße. Ich bin so froh, dass du uns hierhergebracht hast. Wir sind am richtigen Ort.“

Cassie nickte. „Ich bin froh, dass du mit mir gekommen bist.“

Dottie umarmte sie. „Ich auch.“

KAPITEL ZWANZIG

Brady sah zu, wie das Auto, dessen platten Reifen er gewechselt hatte, wieder auf die Straße rollte und weiter in Richtung New Mexico fuhr.

Eine Familie, die sich im Urlaub verfahren hatte.

Er hatte den Mann gewarnt, vorsichtig zu sein, und ihnen den richtigen Weg gewiesen, bevor er dem kleinen Mädchen auf dem Rücksitz zum Abschied zugewinkt hatte. Sie war ein süßes kleines Ding mit langen, dunklen Haaren und blaugrünen Augen und hatte die ganze Zeit aufgeregt geplappert während er ihrem Dad beim Reifenwechsel geholfen hatte.

Wenn Dottie Kinder hätte, würden sie genauso aussehen. Der Gedanke plagte ihn vom ersten Moment an, als er das Kind gesehen hatte.

Er seufzte. Er brauchte selbst Urlaub.

Es war zwei Wochen her, seit er aus seinem Haus ausgezogen und Dottie eingezogen war. Zwei Wochen, in denen er gewusst hatte, dass sie ganz nah und doch unberührbar war. Zwei Wochen Folter.

Seine Entschlossenheit bröckelte. Ja, es war wahr.

Man musste ihn nur ansehen. Er stand mitten im Nirgendwo, starrte dem Auto eines Fremden hinterher und dachte über eine Familie nach, die er nie haben wollte. Er war egoistisch. Er liebte Dottie sehr und das sollte Grund genug sein, alles andere zu vergessen und seinem Herzen zu folgen.

Doch so war er nicht gestrickt.

In einem Ort, der nicht viel größer war als Mule Hollow, war gestern ein Sheriff erschossen worden, als er einen Raser angehalten hatte. Die Frau des Cops war im dritten Monat mit ihrem ersten Kind schwanger. Das Kind wird seinen Vater nie kennenlernen.

Diese Tragödie war ihm eine Warnung, stark zu

bleiben.

Dennoch spürte er, dass seine Entschlossenheit deutlich wankte.

Als er wieder in seinen Truck stieg und in Richtung Ort fuhr, dachte er an Zuhause.

Weil die Häuser mit einem langen gekiesten Weg durch die Bäume verbunden waren, hatte er in den letzten zwei Wochen gesehen, dass sein Haus – nein, *ihr* Haus – hell erleuchtet gewesen war. Er hatte Lachen aus den offenen Fenstern dringen hören, als er vorbeigefahren war. Er anhalten und sehen wollen, was im Haus vor sich ging, doch er hatte es nie getan.

In den ersten paar Tagen hatte er kein Lachen gehört. Das Haus war still gewesen, als hätten sie sich erst daran gewöhnen müssen, doch dann war es gewesen, als hätte jemand einen Schalter umgelegt, und die Party begann. Bald danach hatte der stetige Strom von Süßigkeiten in Sam's Diner angefangen. An manchen Abenden trug der Wind den Duft von Toffee bis hinüber zu seiner Hütte.

Sie kochten mit Dottie.

Während die Meilen an seinem Truck vorbei

brausten, erinnerte er sich daran, wie viel Spaß er mit Dottie dabei gehabt hatte.

Und jetzt verkauften sie die Früchte ihrer Arbeit bei Sam. Die niedlichen kleinen Beutel lagen in hübschen Körben auf dem Tresen. Sam brauchte dauernd Nachschub, da die Cowboys süchtig danach zu sein schienen. Sie konnten nicht genug bekommen.

Er hatte selbst ein paar Beutel gekauft und versucht, die dunkle Wolke, die sich über seinem Stetson festgesetzt hatte, wegzuessen.

Er vermisste Dottie. Ihr jedoch schien es blendend zu gehen.

Sie war die ultimative gute Samariterin und ganz offensichtlich in ihrem Element. Er hatte geglaubt, dass sie vielleicht bei ihm vorbeischauen würde, doch offensichtlich vermisste sie ihn nicht. Warum sollte sie auch?

Sie war beschäftigt.

Lacy war mit ihr nach Ranger gefahren, wo sie einen Kleinbus gekauft hatte. Jetzt chauffierte sie die Frauen durch die Gegend und kümmerte sich um alle.

Das war Dotties Ding. Sie kümmerte sich um

Leute. Er hoffte, dass sie sich selbst dabei nicht vergaß, und fragte sich, wie es ihrer Hüfte ging.

Zugegebenermaßen fragte er sich eine Menge Dinge. Doch nichts davon half ihm, sein Leben weiterzuleben. Es war Zeit, ein guter Nachbar zu sein.

Zeit, sich zusammenzureißen und Hallo zu sagen.

Wem versuchte er, etwas vorzumachen? Es war Zeit, Dottie zu sehen. Ihre blaugrünen Augen zu sehen und ihre sanfte Stimme zu hören.

* * *

Dottie saß auf der Maschine in der Scheune, eine offene Bibel auf ihrem Schoß, als sie Bradys Truck hörte. Sie hatte sich so daran gewöhnt, ihn jeden Abend vorbeifahren zu hören, dass sie zunächst gar nicht bemerkt hatte, dass der Wagen angehalten hatte. Erschrocken stand sie auf und ging hinüber zum Eingang der Scheune. Sie hatte vorgehabt, später rüber zu seinem Haus zu gehen und ihm von Cassie zu erzählen. Und jetzt war er hier.

Er hatte gerade die Fahrertür zugeschlagen, als er

sie sah. Sie bemühte sich, ihre Freude, ihn zu sehen, nicht zu zeigen. Doch es gelang ihr nicht, denn ein ganzer Schwarm Schmetterlinge tanzte in ihrem Bauch. Sie hatte ihn wirklich vermisst. Sie musste sich zusammenreißen, sonst wäre sie auf ihn zu gerannt. Auch wenn seine Miene aussah wie in Stein gemeißelt, war es schön, ihn zu sehen.

„Hi", sagte sie ein wenig unbehaglich, da sie sich nicht sicher war, wie sie sich ihm gegenüber verhalten sollte.

„Hi." Er blieb ein paar Schritte vor ihr stehen und blickte in Richtung Haus. Auch er wirkte unsicher. „Sieht aus, als hättet ihr viel zu tun."

Sie nickte und ihr Herz schwoll angesichts der Neuigkeiten, die sie ihm erzählen wollte. „Jake ist hier um Cassie und Max abzuholen. Er fährt mit ihnen nach Ranger zum Bowlen."

„Ach so, wie kommt's?"

„Einfach so. Ist doch nett. Willst du dich setzen? Ich muss dir sowieso was erzählen. Wollte dich eigentlich heute Abend besuchen kommen." Nach all seiner Hilfe mit Cassie sollte er der erste sein, der davon erfuhr.

„Klar."

Sie war sich nicht sicher, warum sie ihn zurück zu ihrer provisorischen Bank auf der Mähmaschine führte, doch im Haus waren viele Leute, und sie wollte nicht, dass alle mithörten, wenn sie über Cassie sprachen. Zumindest redete sie sich das ein.

Doch es war mehr als das. Sie wollte mit Brady allein sein. Seine Gesellschaft genießen, solange sie eine Ausrede dafür hatte.

„Du hast die Farmerbank entdeckt", sagte er und setzte sich.

„Genau genommen hat sie sie gefunden. Ich habe sie nur annektiert. Ich komme abends gerne her. Ist ein guter Ort für ein bisschen Ruhe."

Brady setzte sich neben sie. Seine Schulter berührte sie und hielt zaghaft den Kontakt aufrecht. Sie fühlte sich versucht, sich an ihn zu lehnen, den Moment in sich aufzunehmen, und glaubte, dass auch er die Verbindung spürte. „Wie geht's dir so?"

Wie es ihr ging? Das war kein Thema, über das sie wahrheitsgemäß mit ihm reden konnte. Es war am besten, es zu vermeiden, indem sie ihm die aufregenden Neuigkeiten über Cassie erzählte.

„Cassie hat mir von ihrer Vergangenheit erzählt. Sie war ein Pflegekind und hat nie wirklich einen Ort gehabt, den sie ihr Zuhause nennen konnte. Darum ist sie so froh, hier zu sein."

„Das ist schön", sagte er langsam. Einen Moment später stieß er sie mit seiner Schulter an. „Es war eine gute Tat, als du sie am Straßenrand aufgegabelt hast und bereit warst, einen Hundert-Meilen-Umweg zu fahren. Du hast ihr Leben verändert."

„Sie hat auch geholfen, meines zu verändern." Sie wusste, dass sie strahlte, da sie ihre Begeisterung unmöglich verbergen konnte, als sie ihm Cassies Geschichte erzählte. Auch er lächelte die ganze Zeit. Als sie fertig war, saßen sie schweigend da und starrten einander an, dann hinaus auf die Weide und ließen die Geschichte auf sich wirken. Cassie würde es hier gut gehen. Sie würde vielleicht noch den einen oder anderen Stolperstein erleben, doch sie hatte eine solide Basis, auf der sie ihr Leben aufbauen konnte.

„Das war wirklich eine gute Tat, Dottie", sagte

Brady schließlich und sah sie von der Seite an. „Es war wunderbar, dass du auf dein Herz gehört hast."

„Was ist mit dir? Hörst du auf dein Herz?"

Er zuckte mit den Schultern. „Nicht immer. Nicht, dass ich es sollte."

„Du solltest über deine Entscheidungen nachdenken. Ich kann einfach nicht glauben, dass du dein Leben allein verbringen sollst." Sie hatte es schon mehr als einmal gesagt, doch irgendwann musste er doch zur Vernunft kommen.

„Darüber haben wir doch schon gesprochen", knurrte er, stand auf und blieb ein paar Schritte von ihr entfernt stehen.

Er war aufgebracht, doch das war ihr egal. Es war die Wahrheit, und sie konnte sie nicht ignorieren. Sie mochte Brady. Es zu leugnen war sinnlos. Genauso wie zu versuchen, der Tatsache aus dem Weg zu gehen. Und wenn man jemanden mag, will man nur das Beste für ihn.

Gelächter wehte vom Haus herüber, als die Haustür geöffnet wurde, dann erwachte Jakes Truck brüllend zum Leben. Schweigend lauschten sie, bis der

Lärm die Auffahrt hinunter verschwand.

„Gestern ist nicht weit von hier ein Sheriff ermordet worden." Seine Worte klangen hart, als er seinen Stetson aufsetzte. „Er hatte eine Frau und ein ungeborenes Kind. Ein Kind, das seinen Vater nie kennen wird – verstehst du das nicht?" Seine Augen glitzerten vor Wut.

Das reichte! Irgendwann war auch sie mit ihrer Geduld am Ende. Sie stand abrupt auf, stemmte ihre Hand in ihre Hüfte und blickte wütend zu ihm auf. „Glaub mir, ich begreife es! Und wie ich es begreife! Beim Gedanken an die Familie bricht mir das Herz, genau wie dir. Doch Brady – du kannst deine Existenz nicht allein von Tragödien bestimmen lassen. Wo bleibt da die Lebensfreude? Die Hoffnung? Du lebst dein Leben wie ein Toter und versteckst dich hinter der Angst. Wie fühlt sich das an?"

„Was?" Mit offenem Mund wich er einen Schritt zurück.

Sie ging auf ihn zu, da sie wusste, dass sie etwas Wichtigem auf der Spur war. „Es ist so leicht, jemand anderem zu sagen, dass er durchhalten und Vertrauen haben soll, nicht wahr, Brady? Das Gottvertrauen eines anderen zu bewundern, anstatt dein eigenes wachzurütteln."

Er senkte sein Kinn und sah sie unter seinen dunklen Augenbrauen hervor an, die Augen funkelnd vor Wut. „Was soll das denn heißen?"

„Was glaubst du? Als ich unter all dem Schutt gelegen und geglaubt habe, dass ich sterben würde – denkst du nicht, dass ich Dinge bereut habe, als ich über mein Leben nachgedacht habe? Meine Entscheidungen? Und ob. Doch nichts davon war, weil ich jemanden geliebt habe. Das hat meinen Schmerz gelindert."

„Dottie…" Seine Augen wurden sanfter, und er kam einen Schritt auf sie zu.

Ihr Mund wurde trocken, und ihre Wut drohte sich in Wohlgefallen aufzulösen. Nein. Sie durfte jetzt nicht nachgeben. Das war wichtig.

Sie rang um die richtigen Worte, die zu ihm durchdringen würden. „Brady, jeden Tag, wenn du deinen Stern ansteckst, akzeptierst du das Risiko deines Berufs. Und doch weigerst du dich, privates

Glück für dich zuzulassen."

Er rieb sich den Nacken. „Dottie, das Risiko gehe ich nicht für mich ein. Ich beschütze–"

„Ja" – sie lachte freudlos. „Ich weiß, ich weiß. Du beschützt die Ehefrau, die du *nie* haben wirst, und die Kinder, die du *nie* kennenlernen wirst." Sie verschränkte die Arme und stellte sich vor, dass Dampf aus ihren Ohren quoll.

„Ja, ganz genau darum geht es."

„Argh! Du bist der sturste Mann, der mir je über den Weg gelaufen ist! Die meisten Leute sagen, dass es das wert war, jemanden zu lieben. Dass sie gekannt zu haben, den Schmerz sie zu verlieren wert war. Liebe ist das Risiko wert, Brady!" Sie holte tief Luft, und er starrte sie an, als hätte sie den Verstand verloren.

Vielleicht hatte sie das auch. Sie zeterte! Dabei zeterte sie nie. „Schau, genau wie ich nie wirklich wissen kann, was dich motiviert, weil ich nicht dabei war, als du verschüttet warst, warst du nicht dabei, als ich zusehen musste wie Darlene versucht hat, sich und ihre kleinen Jungen zu trösten, als Eddie gestorben ist. Glaubst du nicht, dass ich das alles gerne vergessen würde? Dass ich gerne Liebe zulassen würde?"

„Du beraubst dich so vieler wunderbarer Erfahrungen. Ganz zu schweigen von deinen Kindern, die ich mir immer wieder da drüben auf dem Spielplatz vorstelle." Sie wedelte mit der Hand in Richtung des neuen Spielplatzes, dann wich sie zum Scheunenausgang zurück. Er sah verwirrt aus. Als er ihrem Blick wieder begegnete, fühlte sie sich vor Emotionen ganz schwach. „Ich habe versprochen, die Mädels zu Lacy zu bringen. Ich muss los." Verzweifelt drehte sie sich um und eilte hinaus.

Natürlich blieb Brady zurück. Warum sollte er auch einem hartnäckigen Besserwisser folgen wollen?

Vor der Tür blieb sie stehen und blickte in die untergehende Sonne. Das war lächerlich!

Sie wusste es. Sie hatte keine Zweifel daran, was sie wollte.

Hatte sie nicht gelernt, dass das Leben ein Geschenk war? Dass man es nicht verschwenden sollte? War nicht das genau das, was sie Brady zu erzählen versuchte? Man musste nichts bereuen. Man konnte die Initiative ergreifen. Das Ruder übernehmen.

War das nicht genau das, was Cassie getan hatte? Das Mädchen war losgezogen und hatte sich trotz aller Widrigkeiten entschlossen, ihr Leben zu verändern.

Sie wirbelte herum und stapfte zurück in die Scheune. Zurück zu Brady.

Er stand genau da, wo sie ihn zurückgelassen hatte. Sie ließ sich keine Gelegenheit, es sich anders zu überlegen, marschierte auf ihn zu, schlang die Arme um seinen Hals und drückte einen Kuss auf seine erschrockenen Lippen.

Doch es war nicht nur ein Kuss. Sie zog ihn an sich, spürte sein Herz an ihrem rasen und seine Muskeln zittern, als er seine Arme um sie legte. Sie legte all ihre Liebe in diesen einen Kuss und spürte, wie sie durch ihre Umarmung zu ihm floss. Dennoch konnte sie ihre Eingebung nicht von Gefühlen vernebeln lassen. Dieser Kuss hatte einen ganz eigenen Zweck. Er sollte der Ehefrau, die er so ritterlich beschützte, ein Gesicht geben und ihm klarmachen, dass es *ihre gemeinsamen Kinder* waren, denen er das Leben verweigerte.

Als er seine Überraschung überwand und den

Kuss erwiderte, löste sie sich aus seinen Armen und verließ die Scheune wieder – schwer atmend, doch wild entschlossen. Sie musste all ihre Willenskraft aufbringen, um nicht wieder kehrtzumachen und zu ihm zurück zu rennen. Doch das konnte sie nicht. Von jetzt an war er derjenige, der die Initiative ergreifen musste.

„Dottie!", rief er ihr hinterher. „Warte! Warum hast du das getan?"

Dieser Mann konnte doch nicht so dumm sein! Sie drehte sich um und starrte ihn mit pochendem Herzen und offenem Mund an. Begriff er es denn wirklich nicht?

„Oh bitte, Brady. Bist du wirklich so ein begriffsstutziger alter Esel?" Dann ging sie.

Und betete, dass er es begreifen und zu Sinnen kommen würde.

KAPITEL EINUNDZWANZIG

„Sie hat mich als begriffsstutzigen Esel bezeichnet."

„Esel!", lachte Sam und stellte ein Stück Kuchen vor Brady auf den Tisch. „Ich würde sagen, dass sie mit ihrer Einschätzung da ziemlich ins Schwarze getroffen hat. Ich mische mich normalerweise nicht ein … doch, Brady, selbst ein alter Hund wie ich kann sehen, dass du tiefe Gefühle für Dottie hast."

Brady stach seine Gabel in den Kirschkuchen, da er nicht mitlachen konnte. „Ich könnte dasselbe über dich sagen. Alle können sehen, dass du Gefühle für

Adela hast."

Sams Lachen verstummte. Er sah aus, als hätte er Stacheldraht gegessen.

Es war kurz vor Ladenschluss, und das Diner war leer. Brady war hereingekommen, als Sam gerade abschließen wollte, und der alte Mann hatte ihm Kaffee und Kuchen angeboten.

Einen Moment später nickte er. „Ja, man könnte sagen, dass ich auch ein Esel bin."

Er goss sich selbst eine Tasse Kaffee ein und setzte sich neben Brady. Plötzlich sah er viel älter aus als er war.

Es war das erste Mal überhaupt, dass Brady Sam sitzen sah. Beide starrten gedankenverloren in ihren Kaffee, tranken einen Schluck und stellten gleichzeitig ihre Tassen wieder ab. Im Hintergrund tickte die Uhr.

Sam sah ihn an. „Ich habe mich bei unserer ersten Begegnung in Adela verliebt."

„Wann war das?", fragte Brady.

„Ich war zehn, und sie muss sieben Jahre alt gewesen sein. Wir sind gerade nach Mule Hollow gezogen, weil mein Dad den Gemischtwarenladen übernommen hatte. Adela kam am ersten Tag mit ihrer Mutter herein, um irgendetwas für ihre Pension zu kaufen. Adela hat ausgesehen wie eine Prinzessin in ihrem rosa Rüschenkleid. Das schönste Wesen, das Gott je geschaffen hat. Innerlich wie äußerlich."

Er sagte nichts mehr, doch Brady war neugierig. „Aber warum seid ihr nie…? Was ist passiert?"

„Theo Ledbetter ist passiert. Er war genauso in sie verliebt wie ich. Der einzige Unterschied war, dass sie seine Liebe erwidert hat. Theo war ein Glückspilz." Sam trank einen Schluck Kaffee und starrte Brady an. „Ich weiß, dass Adela Gefühle für mich hat, doch ich weiß auch, dass es nicht dasselbe ist. Der Ausdruck in ihren Augen, wenn sie von ihm spricht, könnte mich glatt auf einen Toten eifersüchtig machen."

Brady dachte darüber nach. „Wie lange ist Theo jetzt schon tot? Fünfzehn Jahre?"

„Sechzehn Jahre, zwei Monate."

„Was hält dich also davon ab, Adela um ihre Hand zu bitten? Ich meine, du hast sie all die Jahre geliebt, und es ist offensichtlich, dass sie auch Gefühle für dich hat."

Sam lachte bitter. „Genau das ist es ja, mein Sohn. Sie hat Gefühle für mich. Doch ich sehe nicht, dass diese Gefühle stark genug sind, dass sie ja sagen würde, wenn ich sie frage. Sie liebt Theo nach wie vor und wird ihn immer lieben. Ich kann die Lücke nicht füllen, die er hinterlassen hat."

Brady trank seinen Kaffee aus und musste über das Bedauern nachdenken, das Sam empfand. Er hatte sein Leben damit verbracht, eine Frau zu lieben, doch fürchtete sich so sehr vor Zurückweisung, dass er seine Gefühle nicht in Worte zu fassen wagte. Was für ein trauriger Zustand.

„Ich bin ein dummer alter Esel", seufzte Sam, nahm die leeren Kaffeetassen und ging zum Spülbecken. „Willst du mir sagen, warum Dottie glaubt, dass du der Eine für sie bist?"

Brady seufzte. „Bereust du je, dass du nie eine andere geheiratet hast?"

„Ich habe nie eine andere geliebt. Sie ist die einzige Frau für mich."

Das verstand er. Brady stand auf. „Danke für alles, Sam. Von Esel zu Esel. Du solltest Adela eine Chance geben. Sag ihr, was du für sie empfindest."

„Wirst du dich an deinen eigenen Rat halten?"

„Sam, ich werde etwas tun, das ich schon vor langer Zeit hätte tun sollen. Ich werde ernsthaft darüber nachdenken."

„Giraffe!" quietschte Esther Mae.

„Esther", blaffte Norma Sue. „Siehst du irgendwelche Punkte auf der Zeichnung? Ich sage dir, es ist ein Pferd!"

Die kleine Gruppe von Frauen, die um das Zeichenbrett herum saßen, bogen sich vor Lachen. Am Boden zu ihren Füßen spielten die kleinen Kinder mit allen möglichen Spielsachen. Rose, die verantwortlich war für den wenig erfolgreichen Zeichenversuch, stand daneben, schüttelte kichernd den Kopf und erklärte, dass beide falsch lagen. Sie sah entspannt und glücklich aus. Selbst Stacy lachte leise.

„Ein Pferd! Norma Sue, hast du den Verstand verloren? Hast du je ein Pferd mit einem solchen Hals gesehen?" Esther Mae sah Norma Sue finster an.

Plötzlich riss sie die Augen auf und schoss wie eine rothaarige Kanonenkugel vom Sofa auf. „Ich hab's! Es ist ein – Moment nur–" Sie gestikulierte wild mit ihren Armen als versuchte sie, einen Schwarm imaginärer Bienen abzuwehren. „Ich weiß es. Es ist eins von diesen zotteligen Lama-Viechern. Ein *Alpacker*!" Sie johlte, als hätte sie gerade den Jackpot im Lotto geknackt. „Das ist es doch, Rose, nicht wahr? Ein Alpacker?"

„Alpaka", korrigierte Stacy schüchtern von ihrem Sessel beim Fenster aus.

„Volltreffer!", Rose nickte. „Korrekt, Stacy."

„Hey, das habe ich doch auch gesagt." Esther Maes jämmerlicher Ton machte sofort Gelächter Platz, als sie Stacy ansah. „Doch die, die es richtig aussprechen kann, gewinnt. Und damit bist du jetzt dran, Stacy."

Stacy sah aus, als wünschte sie, dass sich ein Loch vor ihr auftun und sie verschlingen möge, doch Esther bestand darauf. „Komm schon, Liebes, keine Angst." Sie ergriff Stacys Hand und zog sie aus dem Sessel. „Vergiss nicht, du bist unter Freunden."

An ihrem Platz in der Tür schwoll Dotties Herz, als sie beobachtete, wie Stacy zögernd an das Zeichenbrett trat. Rose gab ihr den Filzstift und tätschelte ihr die Schulter.

„Nur zum Spaß, Stacy. Und du kannst viel besser zeichnen als ich."

Auch wenn Dottie keine Lust hatte, mitzuspielen, freute sie sich zu sehen, wie ihre Freundinnen von hier und aus Kalifornien einander näherkamen. Es erinnerte sie an ihren ersten Morgen in Mule Hollow, als ihr bewusst geworden war, was für ein Utopia dieser kleine Ort war und dass er wie Balsam auf leidende Seelen wirken konnte. Es war der perfekte Ort.

Heute Abend war ein Testlauf für Stacy und die anderen. Adela, Molly Popp und die anderen hatten für die neusten Einwohner von Mule Hollow eine Willkommensparty organisiert, die in drei Tagen stattfinden würde. Es war entschieden worden, dass Lacy, Esther Mae und Norma Sue ihnen helfen würden, sie auf eine größere Menschenmenge vorzubereiten. Diese drei konnten sie auf alles vorbereiten. Dottie lächelte, als sie sich der Weisheit dieser Entscheidung bewusst wurde. Es war ein weiterer Schritt in die richtige Richtung, ihre verletzten Seelen zu heilen.

Die Mikrowelle piepste und Dottie ging, um ihre heiße Schokolade zu holen. So begeistert sie auch darüber war, was nebenan vor sich ging, war ihr Herz schwer von ihren Gedanken an Brady. Sie konnte immer noch nicht fassen, was sie getan hatte. Sie hatte ihn geküsst! Mit voller Absicht.

Und geholfen hatte es nicht.

Sie setzte sich an den Tisch, als Lacy gerade in die Küche gestürmt kam, eine vor Leben sprühende Farbwolke.

„Hey, was geht, Dottie? Ich habe gerade Baby Bryce schlafen gelegt. Er ist sowas von süß!" Sie holte eine Flasche Wasser aus dem Kühlschrank und nickte in Richtung Wohnzimmer, aus dem Gelächter herüber drang. „Klingt als hätten sie Spaß. Genau das Richtige für sie."

„Oh ja, sie freunden sich wunderbar miteinander an."

Lacy zog einen Stuhl unterm Tisch vor und setzte

sich. „Und was ist mit dir? Du bist ziemlich still, seit sie angekommen sind. Was ist los? Oder willst du nicht darüber reden?"

Dottie holte tief Luft. Sie hatte wirklich das Bedürfnis, mit jemandem darüber zu reden. „Hast du je etwas getan und dich gleich danach dafür ohrfeigen wollen?"

Lacy verschluckte sich fast. „Das fragst du *mich*? Ich bin die Königin der Fettnäpfchen. Du weißt, dass ich dazu neige, erst zu handeln und dann zu denken. Da musst du nur den armen Clint fragen. Er muss mich wirklich über alles lieben, um das alles zu ertragen. Es geht um Brady, oder?"

Dottie nickte.

„Weiß er, dass du ihn liebst?"

Jetzt war Dottie an der Reihe, sich zu verschlucken. Lacy klopfte ihr auf den Rücken, während sie nach Luft rang. „Woher–"

„Woher ich das weiß?" Lacy fiel fast vom Stuhl, so sehr musste sie lachen. „Dottie, alle wissen es. Wir warten nur darauf, dass ihr beide von selbst drauf kommt. Ein paar Tage waren wir nicht sicher, was passieren würde, als wir dachten, dass du Mule Hollow verlassen würdest. Norma Sue hätte euch beide am liebsten gefesselt und in denselben Raum gesperrt, damit ihr zu Sinnen kommt. Doch dann hast du erzählt, dass das Frauenhaus ein neues Haus braucht, und wir waren so begeistert, weil wir zwei Fliegen mit einer Klappe schlagen konnten. Zum einen das neue Haus für den Sicheren Hafen und zum anderen Bradys Problem, dich hierzubehalten."

Dottie zeichnete mit dem Finger einen Kreis auf den Tisch und versuchte zu begreifen, was Lacy sagte. Wie konnte es sein, dass alle es wussten, wenn sie es bis vor Kurzem selbst nicht gewusst hatte? Sie blinzelte. Sie liebte Brady, doch ob er sie liebte war für sie noch nicht ersichtlich.

„Sag mir bloß nicht, dass du es nicht wusstest?", fragte Lacy und trommelte mit ihren mandarinenfarbenen Fingernägeln auf den Tisch. „Mädel, dieser Mann hat noch nie eine Frau so angesehen wie dich. Glaub mir, wir haben die Funken gesehen."

Dottie wusste nicht, wie viel sie Lacy erzählen

konnte, doch sie brauchte wirklich jemanden, mit dem sie reden konnte. Das Lachen aus dem Wohnzimmer sagte ihr, dass die anderen noch eine Weile beschäftigt sein würden. Darum holte sie tief Luft und sah Lacy in die Augen. „Ja, ich liebe ihn, Lacy. Und ich wollte nicht hierbleiben, weil ich nicht sicher war, ob ich es ertragen könnte, ihn jeden Tag zu sehen, wissend, dass ich ihn nicht haben kann."

„Warum kannst du ihn nicht haben? Das verstehe ich nicht. Immer ran an den Speck!"

Dottie hatte das Gefühl, nicht das Recht zu haben, über die Gründe hinter Bradys Entscheidungen zu reden. „So einfach ist das nicht. Lass uns einfach sagen, dass er Gründe hat, die wichtig genug sind, ihn Entscheidungen treffen zu lassen, die ich vielleicht nicht ändern kann. Und in gewisser Weise verstehe ich es auch. Doch als ich versucht habe, mit ihm zu reden, habe ich angefangen zu predigen. Und dann habe ich ihn geküsst."

„Du hast ihn geküsst! Genau *das* habe ich gemeint."

Dottie schnitt eine Grimasse, denn es war ihr

immer noch unangenehm. „Ich weiß nicht. Ich haben ihn einen begriffsstutzigen Esel genannt, als er mich gefragt hat, wofür der Kuss war."

Lacy klatschte mit der Hand auf den Tisch und kicherte. „Du hast den Nagel auf den Kopf getroffen. Er benimmt sich wie ein Volltrottel."

Dottie schüttelte den Kopf. „Er hat wirklich gute Gründe, warum er nicht heiraten will. Er glaubt, dass er dadurch die Familie, die er nie haben wird, beschützt."

Sie hatte es ausgeplaudert! Sie hatte etwas, das er ihr anvertraut hatte, einfach so ausgeplaudert! „Ich … ich hätte dir das nicht erzählen sollen. Bitte sag niemandem etwas davon, Lacy. Ich bin die einzige, mit der er je darüber gesprochen hat."

„Ist schon gut. Meine Lippen sind versiegelt. Doch die Tatsache, dass er mit dir darüber gesprochen hat, spricht Bände. Findest du nicht? Und was willst du jetzt machen? Dich zurückziehen und nichts tun? Brady braucht dich. Er braucht dich wirklich."

Dottie hatte keine Antwort darauf. Sie hatte es mit dem Kuss versucht, und es hatte nichts gebracht.

Dieser Mann hatte nicht einmal begriffen, warum sie ihn geküsst hatte!

Wie konnte das nur sein?

„Dottie, hör mir zu … nach allem, was du durchgemacht hast, sehe ich dich an und sehe eine Frau, die Gottvertrauen hat. Du inspirierst mich. Wie ich bist du mit einer Mission nach Mule Hollow gekommen und willst sie auch bis zum Ende durchziehen. Lass dich auf gar keinen Fall – und das meine ich so – davon runterziehen. Ich weiß, dass das leichter gesagt als getan ist, doch sei getrost, Mädel, sieh dir nur alles an, was du überstanden hast, um zu diesem Moment zu kommen. Nichts ist zufällig passiert. Alles ist zu klar gezeichnet – du kannst nicht all das tun und nicht glauben, dass es dich zu einem Ziel führt."

Dottie starrte die Frau an, deren weißblonde Haare ihre blauen Augen strahlen ließen. Sie leuchteten wie der wolkenlose Himmel und sprachen Dottie mit ihrer aufrichtigen Ernsthaftigkeit Mut zu. Alles, was seit dem Sturm passiert war und sie hierher geführt hatte zu dem Mann, den sie liebte, war wirklich unglaublich.

„Danke, diese Erinnerung habe ich gebraucht."

Lacy umarmte sie. „Dafür bin ich ja da", sagte sie, ließ sie wieder los und zwinkerte ihr zu. „Ich bin gut darin, Leute daran zu erinnern, das Ziel im Blick zu behalten."

Nachdem sie ihre Passagiere am Haus abgeladen hatte, fuhr Dottie weiter durch den Wald zu Bradys Haus, jedoch nur, um es leer vorzufinden. Sie hatte ihm sagen wollen, dass sie ihn nicht hätte küssen sollen. Dass sie sich zu viel herausgenommen hatte. Ja, sie liebte ihn. Ja, sie wollte einen Weg finden, ihn zur Vernunft zu bringen, ihn dazu zu bringen, zu verstehen, dass sie lieber einen Tag als seine Frau verbringen würde, als ihn nie geliebt zu haben. Doch sich ihm an den Hals zu werfen war nicht der richtige Weg.

Sie hatte begriffen, dass sie impulsiv gehandelt hatte. Und auch wenn Impulsivität gut war, wenn es darum ging, Spaß zu haben und das Leben interessant zu halten – rückblickend wusste sie, dass das offensichtlich nicht der richtige Weg gewesen war, diese Situation anzugehen.

Was musste Brady jetzt von ihr denken? Sie hatte sich ziemlich zum Affen gemacht. Doch rückgängig machen konnte sie es nicht. Es war jetzt drei Tage her, und sie hatte ihn seitdem nicht gesehen.

Tief durchatmen, Dottie.

Jetzt führte sie auch noch Selbstgespräche!

Durchatmen war eine gute Idee. Als er nicht zu Hause gewesen war, hatte sie zunächst angenommen, dass er bei einem Einsatz war. Dass es irgendeinen Notfall gegeben hatte, bei dem er gebraucht wurde. Er war Mule Hollows Held vom Dienst. Immer im Einsatz. Darum brauchte er jemanden, der ihm zeigte, wie besonders er war. Jemand, der für ihn da war. Als er am Morgen immer noch nicht zurück war, fing sie an, sich Sorgen zu machen. Sie hatte die ganze Nacht kein Auge zugetan. Zuerst hatte sie auf der Veranda auf ihn gewartet. Als er um zwei Uhr immer noch nicht zurückgekommen war, war sie in ihr Zimmer gegangen, hatte sich aufs Bett gelegt und nach dem Fauchen seines Motors gelauscht. Doch sie hatte nichts gehört. Um sechs Uhr hatte sie sich Jeans und T-Shirt angezogen, war in ihre Turnschuhe geschlüpft und zu seinem Haus gejoggt. Nur für den Fall, dass sie eingedöst war und ihn nicht gehört hatte. Doch er war nicht da. Gegen Mittag hatte sich das Gerücht verbreitet, dass ein Deputy aus Ranger eingetroffen war, um Brady in seiner Abwesenheit zu vertreten.

Sie verstand es nicht. Er hätte es ihr sagen können … doch andererseits – was ging sie sein Privatleben schon an?

Sie hatten eine seltsame Beziehung.

Wem versuchte sie etwas vorzumachen? Sie hatten keine Beziehung. Alle waren erstaunt, dass Brady einfach den Ort verlassen hatte, ohne irgendjemandem Bescheid zu geben. Es war untypisch für ihn. Er war verantwortungsbewusster als das. Normalerweise hätte er zumindest Clint gesagt, wo er hingehen würde, doch falls Clint wusste, wo er hingegangen war, verriet er es nicht.

Nicht, dass Dottie zu fragen wagte.

Es war ja nicht so, als hätte sie irgendwelche Ansprüche auf Brady. Genau genommen war er ihr

Vermieter, mehr nicht. Und das, was er vom Sicheren Hafen als Miete für sein Haus verlangte, war lächerlich niedrig. Manchmal war dieser Mann einfach zu gut für sein eigenes Wohl. Doch das war einer der Gründe, weswegen sie ihn liebte.

Dann traf es sie erneut. Sie hatte keinerlei Ansprüche auf ihn. Sie hatte keinen Grund, sich um ihn zu sorgen. Absolut keinen! Er war ein freier Mann ohne jegliche Bindungen. Genau, wie er es wollte. Er konnte kommen und gehen wie es ihm passte.

Er musste sich keine Sorgen machen, ob jemand ihn vermisste, solange er am Leben war. Oder falls er tot war.

Nur, dass er sich da gewaltig täuschte. Sie machte sich Sorgen.

Nicht, dass das irgendetwas geändert hätte.

KAPITEL ZWEIUNDZWANZIG

„Hey Max, wie geht's?" Dottie zwang sich zu einem Lächeln, als der Junge auf die Veranda kam, wo sie Baby Bryce in ihren Armen wiegte.

„Super. Habe ich dir in letzter Zeit eigentlich schon gesagt, wie froh ich bin, dass wir hier sind?" Er strahlte, und das Grübchen auf seiner linken Wange tanzte.

Trotz ihrer Traurigkeit freute sie sich darüber, dass Max glücklich war. Verglichen mit dem trotzigen Teenager, der am ersten Tag aus dem Bus gestiegen war, war es ein wahres Wunder. „Lass mich nachdenken. Das war das erste Mal heute, also würde ich es vor heute Abend gerne noch einmal hören."

Max grinste und zupfte an Bryce' großer Zehe. „Hey, kleiner Mann", sagte er. Der Teenager war wie ein großer Bruder für die kleineren Jungs. Er setzte sich auf einen Stuhl neben sie, trommelte mit den Fingern auf den Armlehnen und sah sie eindringlich an.

„Weißt du, Dottie, ich meine es ernst, wenn ich das sage. Meine Mom ist jetzt glücklich – in Kalifornien war mir egal, ob sie glücklich war oder nicht. Jake hat mir erzählt, dass er keine Mom hatte. Er ist bei seiner Tante aufgewachsen, der egal war, wann er kam oder ging. Ich habe mich neulich Abend mit ihm und Cassie über unser Leben unterhalten, als wir nach ein paar Kühen gesehen haben. Sie waren ganz weit draußen auf einer der abgelegensten Weiden von Mr. Clints Ranch. Das war cool. Wie auch immer, als ich sie so reden gehört habe, musste ich daran denken, dass ich zwar keinen Dad habe, aber eine Mutter, die mich über alles liebt. Ich habe also Glück gehabt. Und jetzt will ich, dass meine Mom auch Glück hat und einen netten Cowboy kennenlernt. Du weißt schon, vielleicht könnten sie sich ja ineinander verlieben. Wäre das nicht wirklich gut?"

„Oh nein." Rose kam mit einer Schüssel Popcorn aus dem Haus. „Versuchst du jetzt etwa, mich zu verkuppeln?"

Max wurde rot. „Also, ich dachte einfach, dass das cool wäre, Mom. Ich war neulich mit Jake und Cassie in Sam's Diner, und da haben ein paar Cowboys mit zwei der Lehrerinnen, die in Miss Adelas Haus wohnen, zu Mittag gegessen. Jake sagte, dass er sich sicher war, dass es zwischen ihnen ernst wurde. Dass alle glaubten, dass bald wieder die Hochzeitsglocken läuten würden, und, naja, das hat mich nachdenklich gemacht."

„Oh Schatz, hör auf, dir über sowas den Kopf zu zerbrechen. Ich weiß nicht, ob ich je wieder heiraten werde. Und aktiv nach Liebe suchen werde ich sicher nicht."

„Das musst du auch nicht. Heute Abend bei Miss Adela wartet ein ganzer Raum voller Cowboys auf dich. Vielleicht wäre es eine gute Idee, was von diesem glibbrigen Lipgloss zu benutzen und deine Haare gut durchzukämmen."

Dottie lauschte stumm, während sie den schläfrigen Ausdruck in Bryce' süßem Gesicht beobachtete. Sie wollte Liebe. Sie wollte Brady, und sie wünschte sich so sehr ein Baby, dass ihr das Herz schmerzte. Dass sie Kinder wollte, war etwas, dessen sie sich nicht bewusst gewesen war, bis sie Brady begegnet war.

Sie vermisste ihn so sehr, doch in ein paar Stunden würden sie alle zur Party in Adelas Haus gehen. Das war so ziemlich der letzte Platz, an dem sie jetzt sein wollte. Sie wollte sich in ihrem Bett verkriechen, doch der Zweck dieser Party war, Rose, Nive, Lynn und Stacy allen anderen vorzustellen. Sie musste gehen. Und trotz dem, was Rose sagte, würde es reichlich großartige Cowboys geben, die sich nur zu gerne mit ihr unterhalten würden.

Und genau das war der Plan.

Max hatte Recht. Bei dieser Party ging es nicht nur darum, die Neuankömmlinge dem Ort vorzustellen. Oh nein, Kuppelei lag in der Luft. Norma Sue, Esther Mae und Adela würden ganz genau beobachten, wo es vielleicht funkte. Diese drei Frauen liebten es, wenn es funkte. Wenn sie auch nur die leiseste Chemie zwischen Rose und einem Mann sehen würden, würden sie sich darauf stürzen, und die Spiele würden beginnen.

Sie hoffte nur, dass keine Herzen gebrochen wurden.

„Rose, Stacy ist ein nervöses Häuflein Elend", sagte Dottie. „Wir sollten sie wirklich im Auge behalten." Das war ihre Mission heute Abend. Es ging nicht um sie, sondern um ihre Freundinnen.

„Du kannst auf mich zählen", sagte Rose lächelnd. Sie sah glücklich aus.

„Emmitt steht auf sie", bemerkte Max mit einem verschmitzten Lächeln. „Ich habe ihn am Sonntag in der Kirche gesehen. Er hat sie nicht einen Moment aus den Augen gelassen und sie die ganze Zeit verträumt angestarrt. Und als sie ihn beim Glotzen erwischt hat, ist er so rot wie eine Tomate geworden."

„Das war dieser schüchterne Cowboy, nicht

wahr?“

„Ja, er redet nicht viel. Er arbeitet für Mr. Clint. Ich habe ihm am Samstag bei der Viehfütterung geholfen. Er pfeift lieber als sich zu unterhalten. Er ist ziemlich cool. Kann ganze Lieder pfeifen.“

Dottie erinnerte sich daran, wie er am ersten Tag die Windel für Stacy aufgehoben hat. Vielleicht war ein sanfter, stiller Mann genau der Richtige, um die Wunden zu heilen, die andere, gewalttätige Männer in Stacys Leben zurückgelassen hatten.

Stacy kam mit einer frisch aufgewärmten Babyflasche nach draußen, setzte sich neben Dottie auf die Hollywoodschaukel und nahm Bryce, der sofort gierig an der Flasche saugte. Stacy lächelte auf ihn hinab. Selbst wenn sie außer der ihres Babys nie die Liebe eines anderen Menschen finden würde, wusste Dottie, dass es Stacy nichts ausmachen würde. Sie schien zufrieden zu sein. Doch Dottie glaubte, dass das Leben ihr mehr zu bieten hatte, und betete, dass sie sich ganz von ihrer Vergangenheit erholen und eine strahlend schöne Zukunft finden würde ... eine romantische Liebesgeschichte eingeschlossen.

Nur, was in ihrem eigenen Leben vor sich ging, da war sich Dottie nicht so sicher.

Brady stellte seinen Truck ab und blickte die Straße entlang in Richtung von Adelas Haus. Heute Abend war die Willkommensparty für die Frauen aus dem Sicheren Hafen.

Er holte tief Luft, öffnete die Tür seines Trucks und stieg aus. Das war's. Er hatte ziemlichen Mist gebaut. Soviel war sicher.

Er rückte seine Krawatte zurecht und klingelte. Cassie öffnete die Tür und sah ihn finster an.

„Oh, du bist es."

Das Mädchen war wütend auf ihn. „Kann ich reinkommen?"

Sie zuckte mit den Schultern „Wenn du willst. Doch rechne nicht mit einem begeisterten Empfang."

Sie drehte sich um, stapfte mit wippenden Haaren davon und ließ ihn in der Tür stehen. Warum war sie wütend auf ihn?

Er nahm seinen Hut ab, trat ein und fuhr sich

zögernd mit der Hand durchs Haar. Die Räume in Adelas Erdgeschoss waren vollgestopft mit Leuten, und es stank nach viel zu viel Aftershave und Schuhwichse. Er hatte noch nie so viele aufgetakelte Cowboys auf einmal gesehen. Wenn er Adelas Haus betrat, hatte er immer das Gefühl gehabt, in die Vergangenheit zu reisen, doch heute Abend, mit all den zurückgegelten Haaren, den gewaschenen Gesichtern, Jeans und Cowboystiefeln, sah es wirklich so aus, als hätte jemand die Zeit zurückgedreht. Es sah aus wie im wilden Westen, und alle Cowboys waren gekommen, um den neuen Damen den Hof zu machen.

Mule Hollow war optimistisch.

Sie entdeckte ihn zuerst. Als er sich im Raum umsah, fand er sie am Rand einer Gruppe. Sie stand still wie eine Statue und beobachtete ihn. Ihre Haare, dunkel wie die Nacht, hatte sie zu einem Knotending auf ihrem Kopf hochgesteckt und fedrige Haarsträhnen rahmten ihr zartes Gesicht. So elegant hatte er sie noch nie gesehen. Als er sie ansah, konnte er nicht anders. Er musste daran denken, wie sie ihn geküsst hatte. Mitten in der Scheune, aus heiterem Himmel. Er fragte sich, ob sie wusste, was dieser Kuss ausgelöst hatte?

Er holte tief Luft. Es waren drei lange Tage gewesen.

Aufschlussreiche Tage.

Und gleich würde sie herausfinden, was sie getan hatte.

Dottie konnte es nicht fassen, als sie Brady entdeckte. Er war wieder da und stand in der Tür, größer als alle anderen Männer hier, und er sah besser aus, als irgendein Mann das Recht hatte auszusehen. Sie hatte ihn gespürt, bevor sie ihn gesehen hatte. Als hätte ihr Herz ihn in dem Moment, als er das Haus betreten hatte, geortet. Doch jetzt stockte es, als sie ihn ansah. Er sah anders aus.

Irgendetwas hatte sich verändert.

Und ihr Herz sagte ihr, dass es nicht zu ihren Gunsten war. Es war der Ausdruck in seinen Augen, der ihr das verriet. Es wär genau das Flackern, das scheinbar nur für sie reserviert war. Und doch war da noch etwas anderes.

Und dieses Etwas machte ihr Angst.

Noch bevor er auf sie zukam wusste sie, dass sie ihn verloren hatte. Vielleicht lag es daran, wie seine Schultern hingen, als er sich durch den vollen Salon schob, während alle anderen verstummten und ihm auf dem Weg zu ihr Platz machten. Vielleicht lag es am harten Glitzern seiner schönen dunklen Augen, als wäre er im Begriff, etwas zu tun, was er nicht wirklich tun wollte. Doch das war wahrscheinlich Wunschdenken.

Sie war nicht die einzige, die es sah. Der Raum, in dem man vor lauter Unterhaltungen eben noch kaum seine eigenen Gedanken hatte hören können, war jetzt so still wie die Kirche bei einer Beerdigung.

Er trug eine Krawatte. *Als ginge er auf eine Beerdigung.* Alle Blicke waren auf sie gerichtet. Plötzlich konnte sie es nicht mehr ertragen. Er war schon fast bei ihr, und sie sah sich nach einem Fluchtweg um.

Sie konnte nicht zulassen, dass er ihr vor dem ganzen Ort das Herz brach. Sie wirbelte herum und verschwand durch die Tür in die Küche. Dort hätte sie beinahe Norma Sue umgerannt, die eine große Schale voller roter Bowle trug.

„Du meine Güte, Dottie! Du siehst aus, als wäre ein Rudel wilder Hunde hinter dir her."

Dottie sah sich um. Sie war sich nicht sicher, warum sie davon lief oder wohin sie lief. Sie wusste nur, dass Brady nach drei Tagen wieder zurück war, und das machte sie nervös. Wütend. Glücklich. Alles zugleich.

„Dottie", sagte Brady, der ihr in die Küche gefolgt war und den Raum mit seiner Gegenwart füllte.

„Brady!", entfuhr es Norma. „War aber auch Zeit, dass du wieder zurückkommst. Wann wirst du dieses wunderbare Mädchen hier endlich bitten, dich zu heiraten?"

Norma redete nicht lange um den heißen Brei herum. Dottie musste fast lachen, als sie sah, wie herausfordernd Norma ihn anstarrte. Er starrte zurück und nickte in Richtung Party.

„Hast du nicht was zu tun?"

Norma Sue verzog das Gesicht. „Wer, ich?"

„Norma." Brady blickte finster drein.

Sie schnaubte empört. „Naja, ich könnte die Bowle hier dem durstigen Mob da draußen bringen, solange ihr die Privatsphäre, die ich euch gebe, auch entsprechend nutzt."

Dottie blickte ihr nach, dann drehte sie sich um und ging in Richtung Hinterausgang. Sie konnte sehen, dass alle in die Küche starrten. Eine Demütigung wie die, die ihr bevorstand, sollte nicht in aller Öffentlichkeit stattfinden.

„Dottie, würdest du bitte warten?"

Seine Stimme hinter ihr war sanft und reichte, um die Schmetterlinge in ihrem Bauch tanzen zu lassen. Sie schloss die Augen und drehte sich langsam zu ihm um.

„Wo bist du gewesen, Brady?", fragte sie. Sie wollte nicht neugierig sein, doch sie konnte nicht anders, sie musste es wissen.

„Ich bin Darlene und die Jungs besuchen gefahren."

Dottie hätte wissen müssen, dass er die Familie seines Partners besuchen würde. Es war typisch für ihn, dass er den Kontakt mit ihnen aufrecht erhielt.

Plötzlich war sie eifersüchtig.

Und hasste sich dafür.

Ihre Knie wurden weich, und sie lehnte sich an den Türrahmen und versteckte ihre Hände hinter dem Rücken, damit er nicht sah, wie sehr sie zitterten. „Wie geht es ihnen?“ Sie war vielleicht eifersüchtig, doch sie wollte wissen, wie es ihnen ging.

Er nickte. „Es geht ihnen gut. Darlene ist glücklich. Sie hat gerade wieder geheiratet.“

Dottie schloss die Augen. Eine Welle der Erleichterung schwappte durch sie hindurch. Erleichterung und Freude für Darlene. Sie lebte ihr Leben weiter.

„Dottie, ich weiß, dass das Leben weitergeht. Es kommt nicht zum Stillstand, wenn jemand stirbt. Das ist mir bewusst geworden, als ich die Zwillinge mit ihrem neuen Dad gesehen habe. Er ist ein guter Mann. Eddie würde sich freuen, wenn er wüsste, was für ein guter Mann seine Jungs großziehen wird und dass Darlene eine neue Liebe gefunden hat. Sie leben ihr Leben weiter.“

Dottie beobachtete die Emotionen auf seinem

Gesicht. Das Bedauern, dass Eddie seine Kinder nicht aufwachsen sehen konnte, doch die Akzeptanz, dass sie in guten Händen waren. Sie holte zittrig Luft und biss sich auf die Unterlippe. Eine winzige Flamme der Hoffnung flackerte in ihrem Herzen auf. Er kam einen Schritt auf sie zu, seine Miene nachdenklich, nervös. Wenn sie jetzt seine aus dem Gesicht gegelten Haare und die Krawatte betrachtete, wurde ihr bewusst, dass er nicht aussah, als würde er auf eine Beerdigung gehen – er sah aus wie ein Cowboy, der etwas Wichtiges vorhatte.

Du meine Güte, konnte das sein?

„Dottie, ich weiß, dass ich eine ziemlich fest gefasste Meinung hatte. Und ich weiß, dass ich uns keine wirkliche Chance gegeben habe. Und ich weiß auch, dass das vielleicht ein bisschen plötzlich kommt." Er ging auf ein Knie, und Dottie zuckte zusammen.

„Brady!", keuchte sie, als er ihre Hand ergriff.

„Ich liebe dich, Dottie. Ich habe dich von dem Moment geliebt, als wir am ersten Abend die Hauptstraße hinuntergelaufen sind und du zum

Himmel aufgeblickt und gezwinkert hast. Du hast eine Art, das Leben zu sehen, die ich brauche. Ich weiß, dass ich ein begriffsstutziger Esel gewesen bin, wie du es so eloquent ausgedrückt hast. Doch ich weiß, dass du Recht hattest … und wenn du bereits bist, das Risiko einzugehen, eine Stunde mit mir zu verbringen – oder fünfzig Jahre – oder wieviel gemeinsame Zeit uns auch immer bestimmt ist, wäre es mir eine Ehre, wenn du mich heiraten würdest." Seine Stimme bebte vor Emotionen.

Sie konnte nicht fassen, was er da gerade gesagt hatte. „Oh, Brady!", keuchte sie, dann nahm sie sein Gesicht in ihre Hände. „Ich–"

„Sag einfach Ja", mischte sich Esther Mae ein.

Dottie blickte in Richtung Tür. Sie hatte ganz vergessen, dass sie Zuschauer hatte. Jetzt drängten sie sich alle in der Tür.

„Au!", protestierte Esther Mae, als Norma Sue ihr einen Stoß mit dem Ellbogen versetzte.

„Sei still, Esther Mae, sonst brichst du vielleicht den Zauber des Moments."

„Oh Norma Sue, du glaubst wirklich, dass ich

keinen Verstand im Kopf habe. Schau sie dir doch an. Sie sind perfekt füreinander, und er kniet vor ihr!"

Dottie sah Brady an, und er zwinkerte ihr zu.

„Ja", sagte sie lachend und weinend zugleich. „Ich lie–"

Er zog sie in seine Arme und küsste sie, bevor sie das Wort ganz aussprechen konnte.

Alle jubelten.

Und dann verblasste alles im Hintergrund, als Bradys Lippen auf ihre trafen. „Wir werden nichts bereuen", flüsterte sie, als er ihr Gelegenheit zum Atmen gab.

„Niemals."

„Also", sagte Cassie, die sich in die Küche geschoben hatte und ihre Arme um die beiden warf. „Darf ich die Trauzeugin sein? Das wollte ich schon immer mal sein."

Dottie lachte und blickte von Bradys strahlenden Augen zu Cassie. „Oh, Honey, dieses Amt war von unserer ersten Begegnung an für dich reserviert."

Cassies strahlendes Lächeln hätte Mule Hollow

für die nächsten zehn Jahre mit Strom versorgen können. „Gut, dann darfst du meine sein."

„*Was?*", keuchten Dottie und Brady gleichzeitig, doch Cassie schmunzelte.

„Jetzt fallt nicht gleich in Ohnmacht. Ich habe Jake gesagt, dass ich noch ein bisschen Zeit brauche, um erwachsen zu werden."

Dottie lachte, dann nahmen Brady und sie das Mädchen in die Arme. Dottie küsste sie auf die Stirn. „Klingt, als wärst du das schon."

„Dank euch beiden." Sie drückte erst Dottie, dann Brady einen Kuss auf die Wange. „Ich hab euch beide lieb."

Dann zog sie sich wieder zurück, und Brady nahm Dottie wieder in seine Arme.

„Also, Dottie Hart. Erzähl mir von diesen Kindern, die du in deiner Vorstellung auf dem Spielplatz hinter dem Haus siehst."

Dottie berührte sein Gesicht, und ihr Herz schwoll vor Liebe. „Oh Brady", seufzte sie an seinen Lippen. „Du wirst sie so sehr lieben."

Er lächelte und hob den Kopf, um sie anzusehen. „Genau das habe ich vor." Er strich ihr mit dem Finger über die Wange und hob ihr Kinn, um ihr besser in die Augen sehen zu können. „Doch erst einmal werde ich ihre Mutter von ganzem Herzen lieben."

Weitere Bücher von Debra Clopton

Windswept Bay
Von Diesem Moment An
Irgendwo Mit Dir
Mit Diesem Kuss & Für Immer Und Ewig
Warten Auf Liebe
Mit Diesem Ring
Mit Diesem Versprechen

Die Cowboys von Mule Hollow Serie
Liebe Mich, Cowboy
Tanz Mit Mir, Cowboy
Immer Ärger mit Lacy Brown
… plus Baby macht fünf
Mein Herz gehört dir, Cowboy

New Horizon Ranch Serie
Ein Cowboy für Maddie
Ein Cowgirl für Rafe
Ein Cowgirl für Chase
Ein Cowgirl für Ty
Eine Familie für Dalton
Eine Tierärztin für Treb
Maddies geheimes Baby
Ein Cowgirl für Austin

Die Cowboys von Ransom Creek
Ihr Cowboy-Held (Vorgeschichte)
Braut zu mieten
Cooper
Shane
Vance
Drake
Brice

Über die Autorin

Die Bestseller-Autorin Debra Clopton hat bereits über 2,5 Millionen Bücher verkauft. Ihr Buch OPERATION: MARRIED BY CHRISTMAS soll sogar als ABC Familienfilm verfilmt werden. Debra ist bekannt für ihre modernen Westernromanzen, texanischen Cowboys und temperamentvollen Heldinnen. Romantik und eine Prise Humor werden immer miteinander verflochten, um den Leser zum Lächeln zu bringen. Als Texanerin in sechster Generation lebt sie mit ihrem Ehemann auf einer Ranch im Herzen von Texas und freut sich immer über Zuschriften von ihren Lesern.

Besuche Debras Website unter
debraclopton.com/deutsch

Melde dich für ihren Newsletter
www.subscribepage.com/KostenloseTexascowboyromantik

Triff sie auf Facebook unter
www.facebook.com/debra.clopton.5

Folge ihr auf Twitter unter @debraclopton

Kontaktiere sie unter debraclopton@ymail.com